噬血狂襲
STRIKE THE BLOOD
22
曉的凱旋
三雲岳斗
illustration マニャ子
Kadokawa Fantastic Novels
U0074979

姬柊雪菜
「劍巫」Swords-Shaman
獅子王機關的嬌柔監視者

曉古城
「第四真祖」The Fourth Primogenitor
世界最強的「怠惰」吸血鬼

曉凪沙
「眞祖之妹」Sister of Primogenitor
天眞爛漫而聒噪的賢妹

奧蘿菈・弗洛雷斯緹納
「焰光夜伯」Kaleido-Blood
「空靈」的第十二號睡美人

煌坂紗矢華
「舞威媛」Shamanic War Dancer
優雅起舞的魔彈射手

香菅谷雫梨・卡思緹艾拉
「修女騎士」Paladiness
至純無上的炎劍守護騎士

Contents

三雲岳斗

illustration マニャ子

曉的凱旋

22

Kadokawa Fantastic Novels

序章

Intro

那座島的名字，她不曉得。

單軌列車俯瞰著澄澈的藍天，從鐵灰色街道疾馳而過。

天地萬物皆為倒反的世界。

群青色海面罩在頭頂，人工大地漂浮於粲然波浪之間。樣似老朽遺跡的鐵灰色島嶼上有無數建築物屹立，延展至眼底的天空。

她默默地望著車窗外流過的景色。

單軌列車的車輛受到螺旋狀軌道引導，緩緩地不停迴繞。陽光隔著玻璃時時刻刻改換角度，令她的金髮散發出虹彩光澤。

車輛不久便放緩速度，而後滑行進站。

那是終點。距離她就讀學校最近的車站。

車門發出些微聲響並開啟，乘客們被一舉從中吐出。

少女們都穿同樣的制服。她混進當中成為一分子，也跟著前往學園。

那所學園的名稱，她不曉得。

鋪設落地窗的透明校舍讓人聯想到巨大水槽，少女們就在四下寂靜的教室裡度過每一天。一如往常的熟悉景象，以往重複過好幾次的日常光景。

然而，理應停滯的那片景象卻在不知不覺中出現了細微變化。

原本靜謐的學園內迴盪著少女們的喧鬧聲。

喜悅；悲傷；憤怒；慨嘆。原本如人偶般毫無反應的少女們變得會展露情緒了。展露出她們獨一無二的情緒，彷彿童話故事裡從長眠中甦醒的公主。

靜止的時間動了起來，世界開始改變樣貌。

她曉得其中的理由。

更曉得令世界產生變化的原因，正是自己的存在——

「早安，奧蘿菈。這條路不通喔。」

當她脫離那些少女前往教室的行列，朝著昏暗的階梯逐步走下時，有人呼喚了她的名字。

守在地下倉庫入口等待奧蘿菈到來的是個有著成熟眼神的同學。

身形苗條；笑容親切；鐵灰色頭髮搖曳生姿。這名同學親暱地朝著奧蘿菈揮手。

「……是汝啊，沼龍(葛蓮妲)，迴廊的守護者。」

奧蘿菈面不改色地停下腳步，並且望向站在樓下的少女說道。

鐵灰色頭髮的少女大概是對她的反應感到意外，就愉快似的眨了眨眼。

「妳講話的口吻怎麼會變成那樣呢？簡直像不知從何而來的公主呢，奧娃。」

「……吾並非王女。吾乃人偶。吾乃由人手製造出的眷獸器皿。」

奧蘿菈對使壞般笑著的葛蓮妲靜靜地搖頭。

葛蓮妲沉默了一瞬，然後略顯落寞地微笑。

「原來，妳回想起關於自己的事了。」

「嬉戲的時刻已經告終。然而，這是場美夢。」

奧蘿菈低頭望向制服胸口，靜靜嘀咕。

葛蓮妲像是放了心而瞇起眼睛。

「是嗎？幸好能讓妳開心，因為那是該隱的心願。不知道她們是否也開心呢。」

遠方響起宣告課堂開始的鐘聲。奧蘿菈默默地轉頭向後。

鋪設落地窗的教室裡可以看見身穿制服的少女們已經就座。虛假的安穩，須臾之間的日常。

可是，奧蘿菈曉得。為了賦予她們這些，昔日被稱作咎神的男人曾付出多大代價。

「妳找到教室了嗎？封存著世界祕密的教室在哪裡呢？」

葛蓮妲抹去笑容，改用成熟的表情問了奧蘿菈。

「縱使難題至今仍未解開，瀰漫於吾記憶的迷霧已然散去。」

奧蘿菈自嘲般含蓄地笑了笑。

尖銳的純白獠牙從她的脣間露了出來，發亮如火的藍眼瞪向葛蓮妲背後。她瞪著擋在螺旋梯前方的鐵灰色厚實天花板。

「因此吾明白這個世界的真實面貌——當即現身，『冥姬之虹炎（Minelauva Iris）』——！」

豔紅鮮血從奧蘿菈伸長的右手噴濺而出。

那些血變成了具魔力的深紅霧氣，不久便幻化為巨大的人型眷獸。覆有虹色火焰的美麗眷獸，手持光劍的女武神（Valkyrja）身影。

世界最強吸血鬼——第四真祖的第六號眷獸「冥姬之虹炎」能力為切斷。女武神所持的虹色光劍輕易斬開地下倉庫的門。不對，奧蘿菈用眷獸斬斷的是佯裝成門的細膩幻影——包圍住學園的強大結界一部分。

徒具表象的通道消滅後，理應斷在中途的樓梯現出後續蹤跡。

在那裡的已經不是校舍內部，螺旋梯周圍有一整片天空，毫無遮蔽物的無垠蒼穹。只要從玻璃樓梯踩空一步，應該就會無止境地墜向天空的盡頭。

奧蘿菈卻無所畏懼，從容地開始走下階梯。

「路上小心，奧蘿菈……後會……有期妲～～」

耳邊傳來葛蓮妲的聲音。不過奧蘿菈回頭時，她的身影已經消失，只感覺到巨龍的氣息

正隨著振翅聲逐漸遠去。

螺旋梯一路延伸。

奧蘿菈朝著理應位在前方的目的地逐步走下階梯。那與登高上天是同一回事。

分辨上下的知覺隨著步入天空深處而混亂，不久就連自己是正在下階梯或升上天的區隔都漸漸模糊。

於是在奧蘿菈完全感受不到肉體重量時，她抵達螺旋梯的終點了。

仿若白晝之月，那是一個獨掛於天的房間。

呈圓筒狀的小小空間猶如世界中心。是葛蓮妲之前提過的祕密房間。

奧蘿菈並不曉得那個小房間的名稱，然而她知道待在那裡的是什麼人。

坐鎮於世界祕密封藏處的人，亦即掌有世界祕密者——換句話說，就是異境(Nod)之王。

奧蘿菈在反覆做了幾次深呼吸後才走下最後一階。

被鐵灰色牆壁所覆的狹窄房間。

這處陰暗的地方令人聯想到埋在都市地下的管線，其壁面有無數螢幕像馬賽克磚一樣鑲嵌於上頭，還播映出非屬異境(這裡)的遙遠世界的景象。

螢幕的亮光照出某個坐在破爛椅子上的詭異擺飾。

看似被遺棄的玩具的小小形影——

「嗨，妳來啦，第十二號小妞。等妳很久了。」

寵物造型的醜布偶仰望著奧蘿菈，咯咯笑了出來。

†

「據說呢，我們的祖先是從天上降臨的。」

拉德麗．連叼著深紅棒棒糖，自言自語似的嘀咕。

長靴搭配格紋裙與領帶；無袖白色襯衫；附紅緞帶的禮帽。身上裝扮好似從話劇舞台上溜出來一樣脫離現實的少女。

外表年齡約莫十七八歲。輕柔長髮是近似於黑的灰色，白皙肌膚讓人感覺不出血色，紅如酸漿果的眼睛很是醒目，叼著棒棒糖的唇縫有獠牙般的犬齒外露。

「所以他們就自稱為『天部』，為了避免忘記自己與地上的人類有別，是從天降臨的來訪者。不過到了現在，根本沒人記得有這麼一回事嘍。」

拉德麗用嬌滴滴的嗓音繼續說。

浮於西太平洋西里伯斯海，Magna Ataraxia Research的根據地「山金車四角大廈」頂層——總公司的綜合司令室內。

「山金車四角大廈」是以塔勞群島中的一整座小島改建而成，與其稱作辦公大廈，它更接近於軍事要塞。透過電子網路將世界各地的分公司、工廠以及物流網盡掌於手，並以分秒為單位發出細密指示，其機能與重要性堪稱多國籍企業ＭＡＲ的頭腦。

因此「山金車四角大廈」警備極為森嚴。獨擁的防衛戰力包含巡邏艇與戰機，於司令室執勤的四十六名通訊員全都身懷軍人般的肅穆氣息。一身打扮活像演唱會服裝的拉德麗待在這種環境就顯得十分不搭調又醒目。

然而，沒有人為此責怪拉德麗。

因為她是ＭＡＲ總裁夏夫利亞爾・連的妹妹；更是公司唯一的執行總監（Principal Executive）。

「——聖域條約機構的空母打擊群展開作戰行動了。」

而負責警備的年輕通訊員開口報告，打斷了拉德麗的自言自語。

看不見的緊張感流竄於司令室。與其說訝異，那些職員的反應更有認命的味道。表示他們從一開始就知道，聖域條約機構將與ＭＡＲ為敵。

援助魔導犯罪集團「末日教團（Order The End）」；干預立場應屬中立的「魔族特區」，引發名為領主選鬥的紛爭；而後利用被逮的第四真祖，開啟了通往異境的「門（Gate）」——每項行為都明確違反聖域條約，ＭＡＲ免不了要遭受國際譴責。

不過，光是如此應該仍有交涉的餘地。藉由謝罪並賠償鉅款，ＭＡＲ至少可以避免全面

武力衝突才對。

但是夏夫利亞爾・連率領的特殊部隊卻獨占了遺留在異境的咎神遺產，導致MAR與聖域條約機構的對立成為定局。

咎神遺產即為大規模毀滅性的戰略兵器，夏夫利亞爾・連求取該物，目的顯然是要支配全世界。

縱使沒有那一回事，以多國籍企業身分厚植實力的MAR已過於壯大，早成了全世界戒懼的存在。各國政府藉機團結，採取各種合法或超乎法規的手段對MAR展開攻擊。

凍結資產；封鎖工廠及辦公處；拘拿幹部和員工；乃至於動用武力直接攻擊——

無論有多麼傲人的經濟實力，MAR終究屬於民間企業，面對國家行使的暴力仍然不堪一擊。MAR位於全世界的據點陸續遭到壓制，短短兩天之內幾乎就喪失了所有身為企業的機能。

於是，最後只剩根據地「山金車四角大廈」了。

「主力為墨瓦臘泥加聯邦的太平洋艦隊。確認有空母虹蛇及六艘飛彈驅逐艦。本島已經被納入長程陸攻砲彈(LRLAP)的射程之內。」

通訊員唸出從無人偵察機獲得的情資，秉公行事的語氣固然平淡，卻難掩內心動搖。

「對付區區的民間企業，還真是誇張的陣仗呢。難不成那些人以為我們會盛情款待以求寬待？」

拉德麗傻眼地嘆氣，司令室流過一陣尷尬的氣息。

聖域條約機構派出了難保不會在一夜之間就讓小國毀滅的雄厚戰力，要壓制單一企業的總公司，只能稱作戰力過剩。他們對MAR肯定心存警戒，但理由應該不僅如此。

「哎，雖然那幫人的居心再明顯不過就是了。剷平我們純屬順便，對方真正要拿的是絃神島。」

拉德麗別無用意地站在現場一邊轉圈圈一邊露出嘲弄似的笑容。

當下，通往異境的「門」只存在於絃神島上空。只要占領絃神島，就可以在任何時候派遣戰力，把身處異境的夏夫利亞爾．連與MAR的部隊驅逐出去。單純確實的解決方式。壓制「山金車四角大廈」應該算是前置階段的演習兼鼓舞士氣。

「事態危急。拉德麗大人，請脫離這裡。」

綽號叫上校的警備部門局長用嚴肅語氣向拉德麗提出建言。

聖域條約機構軍的艦隊已將「山金車四角大廈」納入射程，對方展開正式攻擊恐怕只是時間問題。

於現況會留在MAR的人員絕大多數是像拉德麗這樣的純種「天部」，否則就是繼承了「天部」血統的族人。換句話說，這些人皆為夏夫利亞爾．連的同夥。聖域條約機構恐怕也明白這一點。為了斷絕後顧之憂，應會毫不留情地殲滅拉德麗等人。然而——

「逃？我嗎？」

拉德麗略顯訝異地瞪圓了眼睛，接著愉快似的揚起嘴角。

「怎麼可能，現在離開四角大廈才危險得多。」

「拉德麗大人，可是……」

「與其跟我爭論，你更應該提醒全體人員找東西抓穩。要來嘍。」

「咦？」

警備局長困惑地蹙了眉。

就在隨後，出乎意料的衝擊朝「山金車四角大廈」撲來。

近似龍捲風的狂風席捲而過，全島劇烈搖盪。

牢固程度等同於核爆防空洞的司令室外牆嘎吱作響，宛若哀號。搖盪的並不是地面，而是空間本身。擁有巨大質量的物體突然從異界出現了。

「給我報告狀況！」

警備局長吼了身邊的那些通訊員。無數警報響起，將他的聲音蓋過。憑「山金車四角大廈」的情報處理能力，似乎仍無法掌握異象突發的真正原因。

「那是死都，留給『天部』十七氏族的最後領地，而且也是他們的武力象徵。」

與慌亂的那些部下呈對比，拉德麗臉色一亮。

她無須用手接觸，就操作電腦將畫面切換成無人偵察機傳來的即時影像。大型螢幕映出的奇異景色讓司令部眾人倒抽一口氣。

雪花球般的巨大球體。

球體直徑略短於一公里，表面材質為石與鐵。若將中世紀的城牆都市硬揉成一球，想必就會是那副模樣。

它正以無視重力的形式飄浮在西太平洋上空。

懸浮於半空的球形城塞。彷彿從超現實主義的繪畫中冒出來，令觀者感到恐懼的不祥建築。那是名叫死都的城市，來自異世界的「天部」要塞。

「難道……死都一直留存至今？」

警備局長發出驚呼。

死都出現在塔勞群島南方約十公里處。從聖域條約機構軍看來，那正好是可以抵禦艦隊靠近「山金車四角大廈」的位置。

「死都是為了支援我們而現身的嗎？可是，照它那樣……」

「會遭受敵方艦隊的集中砲火呢。」

拉德麗用事不關己般的清醒語氣說道。

死都雖是以「天部」科技建造的強大兵器，但他們從地表消失後已經過了七千年之久。在這段期間，人類科技有了飛越性提升，起碼在軍事方面肯定早就凌駕過去的「天部」了。要是與最新銳的艦隊迎面對轟，縱使是死都也免不了一場苦戰吧。

「確認有飛行物自敵方艦隊發射。總數為十六……不，三十二。約八分鐘後就會抵達死都。」

通訊員以急迫的語氣喊道。從驅逐艦射出的是對地巡弋飛彈，飛彈所搭載的恐怕是用於摧毀設施的咒式彈頭。

別名「異界城」的死都同時存在這個世界與異界(那個世界)，對物理性攻擊有強效抵抗力。那道魔法屏障在過去的戰爭中曾讓人類大吃苦頭，不過能否承受最新的咒式彈頭就是未知數了。

「請問要迎擊嗎？」

警備局長向拉德麗確認，拉德麗卻冷冷地笑著揮了揮手。

「沒事沒事，放著不管沒關係。」

「可是，照這樣下去——」

「跟人類現今的兵器相比，死都確實只是發霉的臭骨董。何況『天部』現在既沒有魔族士兵，也沒有人類民眾，根本不能好好地打一場仗。」

拉德麗用漠不關心的語氣告訴警備局長。

再過不到三十秒，聖域條約機構艦隊發射的飛彈應該就會命中死都。而且死都消滅的話，對方下一個攻擊的目標便是這座「山金車四角大廈」。

拉德麗明白這一點，也還是沒有抹去臉上的笑意。

「但是呢，那些只算無關緊要的小問題。因為『天部』擁有的最大優勢既不是魔導技術，也不是士兵數量。」

拉德麗的話尚未說完，死都就射出了某種物體。

那並非迎擊用的飛彈或高功率雷射之類。原始大砲射出了造型單純的金屬製砲彈。

它描繪出呈拋物線的彈道，在虛空炸開分解。從灑落的碎片中冒出燦爛如寶石的球體。

「……什麼玩意兒！那是人偶……不，女孩嗎？」

警備局長認出球體內封有的奇妙身影，因而蹙起眉頭。

那是個抱腿沉睡的赤裸少女。彷彿封藏於琥珀裡的昆蟲，年幼少女就沉睡在寶石當中。

「大家都忘記了。以往人類會在『大聖殲』獲勝是因為咎神該隱背叛，使天部被封住力量所致。」

拉德麗不禁嘻嘻發笑。

寶石受重力牽引而墜落，與射來的巡弋飛彈相互交錯——說時遲那時快，沉睡的少女頓時睜開了眼睛——睜開炯亮如火的碧眼。

「魔力反應加劇！是吸血鬼的眷獸！即將具現成型！」

臉色發青的通訊員開口報告，司令室內一片惶然。

吸血鬼召喚出眷獸。這種現象本身並不值得多訝異，但隔著十公里之遙仍能感受到那頭眷獸的魔力，事情就另當別論了。

能召喚如此強大眷獸的吸血鬼並不多見。不，多見可就令人頭疼了。

「怎麼可能……其魔力足以比擬三名真祖的眷獸……！毫無節制地解放這種玩意兒，海域本身應當會受到魔法汙染，連要靠近都不行……！」

警備局長的聲音流露出恐懼。

眷獸真正可怕的地方並不在於破壞力或凶暴程度。他繼承了「天部」的知識，對於這一點深有了解。

眷獸是與火焰類似的存在。如果眷獸力量弱，召喚者就能完全控制其活動，用完也可以令其消滅才對。

可是，強大過頭的眷獸難以消滅。好比大規模的山林火災不易撲滅，強大眷獸亦非人類所能駕馭。

它們會任由欲望所趨，將一切摧毀，無止盡地吞噬魔力。眷獸一旦召喚出來，只要魔力尚在就絕不會消滅。唯有在周遭魔力枯竭的情況下，它們才會消失。換句話說，僅限於生物記憶連同萬般情報消失的那一刻。

寶石中的少女召喚了眷獸，那是蒙上一層蜃景的巨大眼珠。或者該形容它是被灼熱蜈蚣纏住的一團白色肉塊，用人類言語難以描述其醜惡樣貌的怪物。

射來的巡弋飛彈被眷獸之焰捲入而陸續引爆。眷獸吞下散落的魔力，發出歡喜的吼叫。隨後它們更以不符龐大身軀的飛快速度撲向聖域條約機構艦隊。

驅逐艦的主砲開火了，從空母起飛的戰機也果敢地挑戰眷獸。

然而眷獸沒有停下動作。膨發的魔焰將艦隊完全籠罩，瞬間燒光了當中的一切。

戰機不留痕跡地蒸發，驅逐艦陸續被轟沉。巨大空母熔解消融，散發出蒸氣沒入海底。

過於壓倒性又單方面的破壞。那悽慘的景象讓「山金車四角大廈」的司令室變得一片沉寂。

「兄長，你終於得到手了呢。」

在靜寂當中，拉德麗突然嘀咕。

她咬碎散發出鮮血氣味的棒棒糖，還瞇眼露出一絲微笑。

「你得到了咎神該隱封藏在異境的『天部』大罪——『眷獸彈頭』。」

第一章 收購交涉

Itogami-jiima Purchase

1

曉古城正在作夢。

一場由透明螺旋梯往下的夢。

階梯周圍什麼都沒有，唯有無所遮蔽的藍天，開闊如汪洋。

頭上模糊可見像鏡面一樣平靜無波的湛藍大海。

天地顛倒的奇妙世界。漫長階梯從上下貫穿反過來的世界，而古城正持續不停地獨自往下走，手裡捧著一束豔紅得彷彿鮮血滴落的十二朵薔薇。

這場夢莫名生動——古城如此心想。

體驗起來就像直接追隨著某個人在以往看過的景象。

聽得見有些微鐘聲夾雜於吹來的海風中。

在透明螺旋梯的末段，有一座霧氣繚繞的海岬。

粗糙的岩石表面，長有苔蘚的大地。海岬突出處可以看見一棟古老的建築，石砌的破舊鐘樓。

有人站在那棟鐘樓前面。那是身穿純白結婚禮服的嬌小人影。目睹她的背影被陽光照出來的那瞬間，古城的心蹦了一下。

湧上的心愛感與懷念感直教人瘋狂。

古城有種直覺，自己就是為了見她才會來到這地方。

看不見對方被層層面紗蓋著的臉。

古城降落在飄浮的海岬之上，逐步朝破舊鐘樓接近。

鐘聲不停響起。強風吹動她那一身禮服。

穿結婚禮服的少女回過頭，察覺到古城以後有了柔柔微笑的動靜。

她撲到趕來的古城懷裡，並且緩緩掀開自己的面紗。

古城茫然屏息。

從純白的面紗底下冒出一只寵物造型的醜布偶。

近得幾乎能讓嘴脣相觸的它朝古城仰望而來，還發出挖苦似的「咯咯」笑聲。

「唔……唔哇啊啊啊啊啊啊啊啊啊啊啊啊啊啊啊！」

古城伴隨著尖叫醒了過來。

恐懼令他想吐，全身僵硬緊繃，冷汗濡濕了背。

摩怪穿著結婚禮服的模樣深深烙印在古城眼底，他猛力搖頭想將它甩開，然後深深地嘆了氣。古城告訴自己剛才是一場夢，硬是壓抑住內心的動搖。

沒錯，古城作了夢，荒誕而不祥至極的惡夢。他把手擱在至今仍猛跳的心臟上頭，然後緩緩望向四周。

陌生的寬敞房間；厚地毯；豪華床鋪；牆壁另一端有供多人使用的沙發以及玻璃桌。這是基石之門內的頂級飯店客房。

古城等人因為昨晚的風波而有所消耗，便決定在人工島管理公社掌管的飯店留宿。要說這是在體貼贏得領主選鬥的古城——並沒有這麼回事，稱作遭受隔離會比較接近實情。與其放任不知何時會失控的吸血鬼在外遊走，還不如把他留在能夠就近監視的地方——人工島管理公社應該是如此判斷的。

床邊的時鐘指針再過不久就要走到正午。抵達飯店是在黎明，所以古城應該睡了將近七小時。

不過大概是因為作惡夢，全身都感到沉重。胸口難受，身體無法任意活動。

感覺像有人隔著棉被壓在自己身上。古城剛這麼想，眼簾就映出了人影。無聲無息冒出來的黑髮女性身影——

「學……長……」

「唔哇啊啊啊啊啊啊啊啊啊啊啊啊！」

在耳邊細語的女性嗓音讓古城回想起摩怪於夢境中的模樣，使他忍不住開口大叫。不知怎地，壓在古城身上的人影驚慌似的抖了抖肩膀。

「學長，請、請你靜下來！是我！我是姬柊！」

那道人影壓住有意掙扎的古城，還拚命開口呼喚。古城聽見了耳熟的嗓音，才總算停止大吼大叫。

「姬、姬柊……？」

「是的。學長，你到底把我當成誰了啊……」

雪菜低頭看向虛弱呻吟的古城，並且困惑似的嘆氣。

她應該沒想到自己居然會讓以往被稱為世界最強吸血鬼的少年嚇成這樣吧。她噘嘴的表情看起來也像內心受了點傷。

雪菜穿的並非平時那套制服，而是飯店提供的睡袍。古城也是因為這樣才沒有立刻認出她。

「等一下……姬柊，妳為什麼會在我的房間？門鎖呢？」

古城帶著還有些睡迷糊的語氣問道。由於這是高級飯店的套房，寢室應該附有門禁周嚴的電子鎖。

雪菜卻理所當然似的爽快直說：

「我解開了，用式神解的。」

「為什麼……？」

「因為我不想被其他人發現。趁現在的話，大家都還在睡。」

雪菜莫名淡然地說明。為了讓被眷獸附身而失控的古城恢復神智，有許多朋友奉獻心力直到累垮。她們目前恐怕仍酣睡如泥。雪菜就是抓準這個空檔，溜進了古城的寢室。

「難道說，妳有什麼不方便被人看見的事情要找我？」

古城跟著壓低音量反問。雪菜的個性正經八百，感覺不會沒來由地做出這種與非法入侵無異的舉動，想當然是有什麼迴避不了的因素吧。然而——

「呃，差不多。」

被古城面對面凝望的雪菜卻尷尬地別開目光。

她跪坐在床上，看似難以啟齒，還忸忸怩怩地扭身。

「姬柊？」

「沒什麼，我是想問……學長取回吸血鬼之力了，對不對？」

「對啊。以結果而言，或許我被齊伊・朱蘭巴拉達救了。」

古城一邊撇嘴一邊握起舉到眼前的右手。雪菜附和似的點頭說：

「所以說，學長之後是打算闖入異境，把奧蘿菈救回來吧。」

「對。畢竟我跟對方的交易就是這麼談好的。」

古城笑著聳聳肩。第一真祖齊伊．朱蘭巴拉達承諾過，他會賦予古城跟第四真祖同等的力量，代價是古城要前往異境阻止夏夫利亞爾．連的行動——雙方立下的契約便是如此。而齊伊雖然做法很亂來，仍履行了與古城的約定，接下來輪到古城履行契約了。

「所以在那之前……我想跟學長……先把那件事辦妥。」

雪菜紅著臉，始終沒有跟古城對上視線就嘀嘀咕咕地開口。

「那件事？」

古城納悶地蹙了眉。他不懂雪菜在講什麼。

「就是那件事嘛。那個……藉著吸血鬼真祖的魔力，經由感染咒術構築魔力路徑以建立魔法系統來抵銷神格振動波驅動術式帶來的過剩靈力。」

「……啥？」

難不成這是新種的咒語？古城感到疑惑。

雪菜面對古城不開竅的反應，不知為何生氣似的扯開嗓門說：

「真是！學長，意思就是要請你吸我的血啦！」

「是、是喔……那妳從一開始明講不就好了……話說，怎麼突然提這個？」

古城心緒有些混亂地撐起上半身。

雪菜是獅子王機關派來的監視者，以立場而言，她得勸誡古城胡亂吸血的行為。假如是攸關眾多人命的緊急事態也就罷了，現況並沒有迫在眉睫的危機，她要求古城吸血會顯得有違作風。

這麼說來，聽說被吸血的一方在行為途中也能感到歡愉，有時候還會養成依存性。莫非雪菜有了像那樣的吸血依存症狀？當古城感到不安時，雪菜就用往常的正經口吻告訴他：

「沒有跟學長重新構築靈能路徑的話，我就無法使用『雪霞狼』。這樣到異境時不就困擾了嗎？」

「啊～～……」

原來是這麼回事——如此心想的古城鬆了一口氣。使用「雪霞狼」這項強大武神具帶來的反作用力，導致雪菜患有名為天使化的棘手症狀。

破魔長槍逆流的強大靈氣會使肉體變質，將存在本身強制轉移（shift）至高次元——換句話說，會有就此從人世消滅的風險。

儘管無礙於日常生活，施展強大靈力將促進她身上的天使化症狀。這代表在戰鬥中使用「雪霞狼」會讓她承受不了。

為了迴避這個問題，雪菜跟古城立下了「血之伴侶」的暫定契約。

用吸血鬼真祖擁有的無窮魔力來抵銷流入她體內的過剩靈力，這就是其中原理。然而，由於古城放棄了第四真祖的力量，該契約也就遭到重置。

所以雪菜才會溜進古城的寢室吧。她的目的是要再次跟古城立下暫定契約，以便讓自己使用「雪霞狼」。

而且要成為吸血鬼的「血之伴侶」，必須交換彼此的一部分肉體來當靈能路徑的觸媒。舉例而言，觸媒可以是封有古城骨與肉的契約戒指，或者雪菜的體液——也就是血液。

換句話說，雪菜想達成目的就必須讓古城吸自己的血。這便是她趁夜來訪的理由。古城懂了，懂歸懂——

「妳也打算跟著到異境嗎……？」

古城由衷意外似的反問。

「啥！」

雪菜愕然睜大眼睛。

「那還用說！因為我是學長的監視者！還是說被奧蘿菈看見我們在一起，會對學長造成什麼不方便嗎！」

「這跟奧蘿菈沒有關係吧……！我是在擔心妳耶！」

古城因為雪菜氣沖沖地說得振振有辭，便賭氣地回嘴。

雪菜氣得噘起嘴凝視著古城問：

「擔心……我？」

「呃，我知道妳很有本事，這點我認同。可是，那僅限於跟魔族交手吧？如果要對付像夏夫利亞爾．連那種率領私人軍隊的敵人，就算『雪霞狼』能用，妳也無能為力嘛。」

「學長想說我會礙手礙腳？」

雪菜仍一臉不悅地反問，古城卻沒有退讓。為了吸引失控的古城，雪菜在半天前才流失大量血液。原本她這樣的狀態非得住院靜養不可，古城總不能帶著這樣的她前往戰場，萬萬不行。

「妳阻止了失控的我，對此我心懷感激。但是，那導致妳現在的狀況並非萬全吧？所以這次妳先好好休養，我很快就會把奧蘿菈帶回來。」

古城諄諄教誨似的說道。

雪菜聽了這些話似乎就放棄說服古城，深深地嘆氣。

「我明白了。」

「是、是嗎？」

古城發現雪菜意外地好講話，就放心地捂了捂胸口。隨後，他的視野猛然一晃。

因為雪菜把古城推倒在床上，默默地壓了上去。她用抹去感情的眼神低頭盯著古城，還

把自己的睡袍鈕釦一顆一顆地解開。

「──欸，姬柊！妳做什麼，喂！等一下……！」

「既然學長說不吸我的血，我就讓學長變得想吸。」

雪菜以缺乏抑揚頓挫的語氣說道。古城仰望定睛不動的她，落得一副狼狽樣。

「欸，為什麼啦！慢著，姬柊！妳冷靜點！」

「怎麼了嗎，學長？被原本認定會礙手礙腳的學妹推倒還動彈不得，請問你現在是什麼心境？我明明是忍著羞恥來找學長的，學長卻只顧自說自話，還不願意吸我的血……！」

雪菜低頭看著古城，語帶挑釁地問。被說成在戰鬥中幫不上忙似乎讓她相當惱火。

「爭論的方式是不是偏了啊？話說妳用體能強化咒(Physical Enchant)是犯規吧！」

「請學長乖乖認命吸我的血。至少學長在怎樣的時候會感到興奮，我很清楚喔──」

雪菜抓起自己後面的頭髮往上一束，換了個短髮風格的髮型。雖然非常難辨認，那似乎是意識到凪沙而換的髮型。

「等一下！妳為什麼認為我看了凪沙會興奮！打從根本就有誤會吧！」

古城憤慨地叫道。勾起吸血衝動的導火線並非飢渴，而是性興奮，換言之就是性慾。雪菜似乎認為古城偏好像親妹妹凪沙那樣的類型。古城固然習慣被人戲稱為妹控，但他實在無法坐視雪菜有這種誤解。

「不然要什麼樣的女生，學長才肯吸血呢！之前……學長明明就說過我可愛……」

「好、好啦，我懂了，妳很可愛。姬柊，妳很可愛，所以冷靜一下再談吧……！」

古城為了討好露骨地鬧脾氣的雪菜，就拚命稱讚她。即使客套也稱不上有誠意的那些話，讓雪菜不滿似的鼓起腮幫子。隨後——

「……古城哥？」

從寢室門口傳來的靜靜說話聲讓古城和雪菜倒抽一口氣。

曉凪沙穿著家居風T恤，一臉不可思議地看著在床上扭成一團的古城與雪菜。由於她跟古城是親兄妹，姑且就住進了同一間套房，但她睡在別的寢室。

「妳、妳怎麼醒來了？」

「凪沙！」

「……雪菜？妳跟古城哥在床上做什麼？」

凪沙面不改色地問，這使得雪菜慌慌張張地搖頭。

「不、不是的，凪沙……這當中有萬不得已的因素……」

「雪菜，妳該不會是想讓古城哥吸血？」

凪沙用十分冷靜的嗓音確認。雪菜生硬地微微點了頭。

「是、是的……為了防止『雪霞狼』的副作用，我必須跟學長建立靈能通路，為此就要讓學長吸我的血當觸媒，呃，所以……」

「……哦～～這樣啊。表示你們無論如何都必須這麼做嘍。」

「凪、凪沙？」

凪沙的反應跟預料中完全不同，讓古城和雪菜面面相覷。

目擊這種狀況，凪沙要表現得更加訝異吵鬧或發脾氣都是合情合理的。她能冷靜固然是謝天謝地，然而冷靜過頭也會讓人心裡不安。

「不要緊，雪菜，人家也會幫忙的。」

凪沙溫柔地露出微笑，然後離開古城的寢室。古城和雪菜都莫名其妙，還維持彼此緊貼的姿勢沉默不語。

後來經過九十秒左右，凪沙哼著歌回來了。她的右手握著刃長約七寸的大把菜刀。

「咦？」

「喂，凪、凪沙？妳拿那把菜刀幹嘛？」

雪菜的臉色頓時發青，而古城的聲音變了調。凪沙不解地答了一聲「嗯」，偏過頭說：

「這個？這是冷模鋼製的主廚菜刀。好厲害喔，高級飯店的套房連廚房都有附呢。」

「不對，所以妳幹嘛拿菜刀過來啊？」

「既然要動手，感覺挑一把鋒利的刀才省得讓古城哥痛苦啊。」

凪沙和氣地微笑，並用手指撫過菜刀前端。

「凪、凪沙？」

雪菜發出顫抖的聲音，想阻止凪沙靠近。然而，凪沙帶著充滿使命感的悲壯表情點頭示意。

「雪菜，妳不用擔心，我都了解。」

「咦……了、了解什麼？」

「對不起喔，古城哥。」

凪沙咬緊嘴唇，然後反手重新握起菜刀，接著毫不猶豫地對準古城的心臟揮下。

「唔、唔喔喔喔！」

古城尖叫著在床上打滾。凪沙的菜刀砍斷枕頭，塞在裡面的水鳥羽毛隨之飄舞。

「你為什麼要逃呢，古城哥？」

凪沙用不耐煩的語氣問。古城違抗了自己的決心，讓她著實惱火。

「等一下，凪沙，學長並沒有錯！剛才是我逼迫他的……！」

「總之妳們都冷靜！用講的就可以溝通……！」

「我很冷靜喔。古城哥，你想吸雪菜的血對吧？既然這樣，人家只能捅你了嘛。」

「為什麼啦！」

古城和雪菜兩個人聯手制住凪沙，想從殺氣騰騰的她手裡奪下菜刀。凪沙不服似的猛力抵抗。

當他們三個像這樣激烈推擠時，寢室門口又出現了其他人的動靜。

拿著套房萬能鑰匙站在那裡的人是藍羽淺蔥。她不知為何穿著剪裁合身的套裝，還望著拿菜刀大鬧的古城等人，看似打從心裡感到傻眼地嘀咕：

「我說，你們幾個在搞什麼啊？」

2

「痛痛痛痛痛……雖然不知道出了啥狀況，但我痛得全身都快散了……」

古城拖著傷痕累累的身體仰望深夜的天空。

在人工島東區的貨櫃基地，眷獸失控後散落的魔力殘漬仍留有鮮明痕跡。

時間是古城於基石之門內的高級飯店醒來約半天前。眾眷獸的失控勉強得到平息，古城剛恢復神智。

「這是當然了……誰教你在魔力滿溢到幾乎保不住人型的狀態下發狂作亂，還直接使役十二頭失控的眷獸。」

香菅谷雫梨站到搖搖晃晃的古城旁邊，傻眼地告訴他。

她不知為何穿著兔女郎裝，臉上的表情疲憊得像是剛跑完全程馬拉松。用血肉之軀對抗真祖級眷獸，會這樣是難免的。或許是心理作用，連她晶瑩的純白秀髮似乎都變黯淡了。

要提到消耗甚鉅，古城也一樣。持續承受足以令肉體變質的魔力，對全身細胞造成了驚人負擔。即使靠吸血鬼的不死之軀，應該還是得花時間回復。

空曠的貨櫃基地中央，只剩下古城與雫梨兩人。

大量失血的雪菜已經由仙都木優麻用空間移轉早一步帶到醫務室；麗迪安的戰車載著淺蔥在港口周圍奔走，要調查眷獸失控帶來的災情。

被留下的古城步履蹣跚地朝市區方向走。即使全身的疼痛只能忍，總之肚子還是會餓。失控的後遺症使身上制服破破爛爛，可以的話也想洗個冷水澡。汗水、汙垢和凝固的鮮血讓全身上下都黏答答。於是——

「你真是個令人費心的吸血鬼呢。」

雫梨湊到這樣的古城身邊，肩膀與他緊貼。她拉起古城的右臂，彷彿在施展柔道的過肩摔，古城便一臉納悶地望著她問：

「卡思子？妳在做什麼？」

「肩膀借你啊。雖說是為了終結領主選鬥的緊急措施，我好歹算你的『血之伴侶』。」

「呃，不行吧。妳比我還要慘兮兮耶。」

古城冷靜地予以指正。之前分心在兔女郎裝上使他察覺得晚，仔細一看就發現雫梨全身上下滿是繃帶，腿也在發抖。前天在基石之門的戰鬥本來就讓她受了重傷，正常來想理應連起身站立都有困難。

為了阻止失控的眷獸，雫梨的協助固然不可或缺，不過真虧她能帶著這副身子上場戰鬥。古城與其說佩服她，還不如說是傻眼。

然而，雫梨幾近固執地硬是撐起古城的肩膀說：

「這點傷勢，對聖團（Gisela）的修女騎士（Paladiness）來說不算什麼！」

「妳眼裡都在飆淚了嘛……」

「唔唔……」

雫梨痛得臉頰抽搐，卻還是不打算放開古城。古城放棄說服她以後，就挨近身子以便互相支撐彼此的體重，並且朝貨櫃基地的出口走去。

受眷獸攻擊而凹陷的地面另一端，可以看見被探照燈照亮的克難帳篷。

帳篷裡似乎在治療傷患，也有人開伙供膳。古城和雫梨被飄來的熱湯香味吸引，加快了腳步。

「古城哥！」

有人突然叫住了古城。

眾眷獸發威過後，餘波導致白煙瀰漫的柏油路面另一頭。有個嬌小的少女身穿彩海學園制服，帶著有幾分焦急的表情趕過來。

「凪沙？妳怎麼會在這種地方……？」

古城茫然望著意外出現的親妹妹，問了一句。

為了阻止失控的古城，聽說有為數眾多的人伸出援手。然而，成員裡包括凪沙倒是初次耳聞。自己失去理性而變凶暴的模樣被妹妹看見，讓古城難掩內心的動搖。

「先別提那些，古城哥，你跟我來就對了！夏音出事了！」

凪沙無視哥哥內心的糾葛，還急得彷彿只顧把話說完。

「叶瀨……？難道連她都來到這裡了嗎！」

古城疑惑地板起臉孔。

叶瀨夏音繼承了阿爾迪基亞王室的血統，身懷的強大靈力可以匹敵雪菜等人。但是，她並非受過戰鬥訓練的攻魔師。假如像夏音那樣也參加了與黑眷獸的戰鬥，肯定是冒了相當大的險。

「拜託！快一點！」

凪沙好似要為古城他們領路而拔腿奔跑，古城忘了全身的疼痛追上她。

白霧隨前進的腳步逐漸變濃。柏油融化湧現的蒸氣被取代，冰冷的空氣撫過肌膚。常夏的絃神島氣溫不可能低到這種程度，有霜落在地上。

「Cosa?怎麼回事，那塊冰是……？」

跟古城並肩疾奔的雫梨看似愕然地止步。

貨櫃基地邊緣的一角已經被冰雕占滿。彷彿將肆虐的龍捲風直接塑形而成的巨大冰塊。

眼熟的那副景象讓古城發出低喃。

「難不成……是天使化？」

「天使化？」

雫梨瞪向古城反問。是啊——古城咬牙點頭說：

「之前叶瀨差點變成模造天使(Faux-Angel)時就是像這樣，周圍碰得到的東西一律結凍了。雖然狀況跟那時候不盡相同……」

「模造天使？你是說受高濃度的靈力影響，導致施術者自身的存在轉移至高次元的那種現象？」

雫梨的眉心多了一道縱向的皺紋。模造天使的存在雖是阿爾迪基亞的國家機密，但她早就知道有雪菜這樣的病例，對靈力強大得超越人類極限將換來從人世消滅的危險性也有所理解才對。

「——我表示肯定。可以想見這是她為了對抗『吸血王(The Blood)』的眷獸，用上阿爾迪基亞王國的神具以後所帶來的影響。」

有個藍髮少女在霧中等待著古城等人，她回應了雫梨的嘀咕。那是個穿著女僕裝的人工生命體(Homunculus)。

「亞絲塔露蒂……！」

古城趕到了女僕裝少女的身邊。

天使化症狀加劇的夏音確實令人憂心，但是在蒙受生命危險這方面，亞絲塔露蒂也一樣值得擔憂。她屬於眷獸共生型的人工生命試驗體。後天性強行植入體內的眷獸會以驚人速度消耗亞絲塔露蒂身為人工生命體的壽命。

以往她使役眷獸所需的魔力都還有古城頂著，然而魔力的供給在此刻已經中斷。由於古城放棄了第四真祖之力，跟她之間的靈能路徑也就斷了。

「妳沒事吧？不對，不可能沒事……既然妳不靠第四真祖的魔力就用了眷獸——」

「無礙於現階段的活動。建議優先保護叶瀨夏音。可以料想到妮娜·亞迪拉德也在叶瀨夏音身邊結凍了。」

亞絲塔露蒂用不含感情的淡然語氣告訴古城。

她的體內寄宿著眷獸，壽命於當下這一刻仍在持續減少。即使如此，她還是表示應當先救助夏音，這表示夏音的生命就是處於如此危急的狀況才對。聽起來妮娜似乎也被結凍的範圍波及，但是古城顧不到那個有違常理的鍊金術師，便決定之後再去援救她那邊。

「不過妳叫我保護叶瀨……只要砸掉阿爾迪基亞那所謂的神具就行了嗎？」

古城瞪著夏音位於剔透冰塊深處的身影問道。穿制服的夏音左手腕上戴著幽幽發亮的金色手鐲，那恐怕就是造成問題的神具。

可是，天使化症狀加劇的夏音肉體內蘊藏龐大靈力，她戴的神具正在呼應其靈力，從而不停釋出冷冽逼人的寒氣。

要針對神具進行破壞，又不傷害到夏音的肉體，憑古城的能力有困難。古城的眷獸強到無謂的地步，根本不適合用來發動點對點的精密攻擊。亞絲塔露蒂的眷獸，還有雫梨佩帶的「炎喰蛇（Hauras）」也是同理。

「……她戴著戒指呢。」

在古城身旁默默思考的雫梨心血來潮地嘀咕了一句。

「戒指？」

「跟我還有姬柊雪菜相同的戒指，裡面封有你的一部分肉體當觸媒。」

雫梨將自己的左手亮給一臉納悶的古城看。在她的無名指上戴著與雪菜那枚戒指十分相似的銀戒。

「對了……札娜大姊捅我時用的那把短刀……！」

古城一邊摸索自己失控之前的模糊記憶一邊嘀咕。封存了古城身為吸血鬼的血肉充作觸媒的金屬。那是札娜交給雪菜，要她用來替古城召集「血之伴侶」的道具。

雪菜把那化成戒指交給了雫梨，所以古城光是吸過雫梨的血就讓她成為「伴侶」了。

而且若要相信雫梨說的話，表示夏音也擁有一樣的戒指。

「……只要我吸了叶瀨的血，或許就可以阻止她的天使化。」

古城瞪著眼前的冰塊，好似下定決心地靜靜調適了呼吸。

受厚實冰層阻礙，從這裡看不清夏音是否有戴戒指。只能祈禱她目前仍戴在手上。

「從類似病例評估，我判斷其可能性極高。故請求嘗試吸血之行為。」

亞絲塔露蒂這麼說完，古城還來不及阻止，她就召喚了自己的眷獸。發出虹彩光輝的巨大手臂如翅膀般展開，將擋住古城等人去路的冰塊排除。

「讓古城哥吸血以後，夏音就能得救嗎？」

面露不安的凪沙仰望著古城的臉龐問了一句。古城含糊地表示肯定。

「哎，我想……應該不會錯。」

「太好了……既然這樣，拜託你！趕快吸夏音的血！」

「呃，就算妳催我動作快……」

古城焦急得歪了嘴，冷汗沿著他的太陽穴滑過。

儘管這一點屢屢遭人誤解，然而引發吸血衝動的導火線並非食慾，而是性慾。

要說的話，吸血是相當於性行為的一個舉動。就算是古城，也不會來者不拒地任意吸他人的血，當著親妹妹眼前自然更有顧忌。

「呃……曉凪沙，如果妳能離開一下現場，這事就好辦……」

難得體貼的雫梨避重就輕地要凪沙迴避。

凪沙愣愣地眨了眨眼，回望她問：

「咦……？為什麼？」

「要問為什麼，呃，那是因為……有、有教育上的問題啦……！」

「……啥？」

雫梨的說明語無倫次，讓凪沙露出懷疑的神色。唉，理所當然的反應。

當親哥哥準備救自己的好朋友時就被要求閃一邊去，這不可能讓人輕易信服。

古城仰頭嘆了氣。要一邊讓凪沙觀摩一邊對夏音產生情慾，實在有困難。話雖如此，現在也沒時間說服凪沙了。當他們像這樣蘑菇時，夏音的天使化症狀仍在加劇，亞絲塔露蒂也在跟著折壽。

「亞絲塔露蒂，在我跟叶瀨接觸的期間，妳能找出妮娜帶她脫離嗎？」

「——命令領受（Accept）。」

人工生命體少女簡短地同意古城所做的指示。接著古城重新轉向雫梨問：

「卡思子，妳那把劍不至於不衛生……應該說，不至於髒吧？」

「不衛生？你在說『炎喰蛇』嗎？沒禮貌！我都有仔細保養啊！」

「……據說生物遭受生命危機，性慾就會高漲對吧？」

「啥？古城，你在想些什麼？難道說……」

古城唐突的提問讓雫梨板起了臉孔。有種說法認為當生物面臨生命危機，生殖本能就會活性化以圖存續物種。

更何況雫梨的「炎喰蛇」是在砍中對手以後會吞噬魔力，增進威力的魔劍。為了取回被奪走的魔力，吸血鬼的本能滿有可能冒出吸取他人血液的欲求。

「抱歉，沒時間煩惱了，麻煩妳一鼓作氣。拜託妳嘍，監視者。」

古城露出挑釁的笑容看向雫梨。

「你這男的……！」

雫梨恨恨地歪了嘴。古城是叫她出手砍自己來引發對夏音吸血的衝動。既魯莽又不切實際，實在不是能讓人接受的做法。

然而除此之外，沒有別的手段能救夏音，道理說得通。

而且雪菜此刻並不在場，砍古城就是雫梨的職責。

因為雫梨跟雪菜一樣，也是曉古城的監視者。

「……雫梨？」

凪沙看雫梨俐落地拔出長劍，因而露出疑惑的臉色。不過，她似乎還沒察覺雫梨拔劍的目的。

亞絲塔露蒂的眷獸摧毀冰塊，讓夏音的肉體外露。

古城他們將不安地定睛觀望的凪沙留在現場，朝夏音靠近。結冰掉在地上的妮娜於途中被撿起來拋到亞絲塔露蒂那裡，失去意識的夏音則被古城抱起。

「卡思子！」

「……Scusa……你可別記恨喔！」

雫梨繃緊了臉舉起劍。她對準回頭的古城，用長劍的利刃朝他的側腹突刺。

起伏如火焰的凶刃幾乎未受抵抗地貫穿古城的身體，鮮血從傷口洶湧噴出。正如古城的要求，傷勢重得足以感受到生命危機。

「古城哥！」

凪沙茫然地倒抽一口氣，古城卻沒空關心她。

「真夠痛的，混帳……！」

古城按住仍插著長劍的側腹，望向夏音的臉。

被靈氣光芒裹覆的夏音美到崇高境界。輝亮銀髮；剔透肌膚；如藝術品般精緻的那副姿態，或許在正常狀況下並不會成為吸血衝動的目標。

然而短短幾天前，古城也吸過夏音的血。當時從她身上感受到的溫暖與柔軟依然鮮明地留在古城的記憶裡。

更何況有大量魔力被「炎喰蛇」奪去，使得古城在此刻飢餓至極。是足以喚醒吸血衝動的飢餓程度。

「大……哥……太好了……你平安無事。」

勉強恢復意識的夏音仰望古城，虛弱地露出微笑。

古城默默地用力摟緊她的身子。即使夏音的存在瀕臨消滅，她關心古城的平安依舊多於自己。

「抱歉，叶瀨，我仍要妳留在我們的世界。」

古城凶猛地露出獠牙，而夏音仰望他，點了點頭。

「好的……大哥。」

她獻上纖細的頸根，古城便將獠牙扎入其中。凪沙與雫梨默不作聲地望著這一幕。夏音戴在手指上的戒指綻放出淡淡銀輝。

四散飄落的碎冰聚積在古城他們身上，猶如燦雪。

「——發生過的狀況就是這樣。這段期間我們都在收拾你失控留下的殘局。」

淺蔥望著手機畫面播出的監視器影像，無奈地嘆了氣。

通往絃神島基石之門的中樞地帶——人工島管理公社總部的電梯當中，搭乘的只有古城、淺蔥與雪菜三人。

「欸，妳不能就這樣把話帶過吧！這段影片怎麼保留得像是理所當然！」

古城瞪著一臉傻眼的淺蔥，並且嘔氣似的出聲抗議。古城吸夏音的血確實是發生在戶外，但是他並沒有聽說全程都被偷拍下來了。

「還問為什麼，監視攝影機起碼要運作吧。為了阻止失控的你，特區警備隊可是全體出動戒備耶。」

「唔……呃……」

被淺蔥淡然中肯地一說，古城語塞了。

古城吸夏音的血這件事，發生在特區警備隊監視下的某塊作戰區域。古城身為其作戰目標，並不難想像他的一舉一動會被偵察衛星、監視空拍器等器具緊密追蹤。相關情資應該姑且都被當成機密，然而憑淺蔥的能力，要存取這些資料恐怕全不費工夫。

雖然古城並不認為自己做了虧心事，吸血衝動源自性慾這一點仍是事實，因此他吸夏音血的畫面被拍攝下來，冷靜想想還是會感到難為情。

更何況與夏音的行為結束以後，古城還吸了亞絲塔露蒂的血。一想到這也被人監視，他就覺得臉上快噴火了。

「換句話說，凪沙是誤會學長每次吸血，都要讓自己受重傷流血。」

雪菜用冷靜的語氣說道。古城打算吸雪菜的血——凪沙得知這一點，便突然拿菜刀出來的理由也就此釐清了。凪沙以為古城要吸他人的血就得先負傷才行。

「對啊。他在凪沙的觀念當中，大概被轉換成為了救朋友，不惜自我傷害的帥氣哥哥了吧。」

淺蔥譏諷似的抬頭看著古城苦笑。

「幸好你沒有被凪沙當成隨情慾流動，跟身邊碰得到的所有女生搞七捻三或吸血的性慾化身。」

「妳說我搞七捻三是什麼意思啦……」

古城不悅地吐氣。話雖如此，他不能不承認淺蔥點出來的癥結有道理。凪沙的誤解是有那麼些聳動而令人掛懷，但與其被親妹妹鄙視，能受到尊敬必然比較好。

「先不論這件事以結果來說形同騙了凪沙的對錯，實情是姬柊學妹趁古城睡覺時摸進了房間，想讓他吸血對吧？」

淺蔥改搭職員專用的電梯，並且向雪菜確認。雪菜冷不防被問到，聲音就略顯著急似的變了調。

「不、不是的。呃，我打算讓曉學長吸血沒有錯，不過那是因為不跟他立下契約，我就沒辦法使用『雪霞狼』……並不是學姊想的那樣！」

「事到如今，我是不會阻止啦，但我也覺得你們私下偷偷摸摸的很令人不爽。總要事先講一聲吧。」

淺蔥靠向電梯內牆，鬧脾氣般深深嘆息。她那有些失焦的發言讓古城捂著眼睛搖頭說：

「欸，做這種事沒有人事先報備的吧……」

「既然你們不覺得心裡有鬼，那就大方面對啊。換成我想要，也會擺出那樣的態度。」

「我又不是自己想要才跟姬柊做那種事的。」

「……學長並不是自己想要才跟我做那種事啊……是嗎……這樣啊……」

雪菜聽見古城立即提出的反駁，就壓低說話的音調。不知怎地，淺蔥對明顯面有慍色的她投以同情般的目光。

「然後呢，你們打算怎樣？反正凪沙又不在這裡，要趁現在辦事嗎？」

「咦！藍羽學姊，那、那樣實在不好吧……」

雪菜紅著臉猛搖頭。

淺蔥微微聳了聳肩，稍感安心似的露出一抹笑容。

「是喔？那就好。畢竟讓客人一直等也過意不去。」

「……客人？」

古城盯著身穿成熟套裝的淺蔥，納悶地瞇起眼。他這才想起自己被凪沙的菜刀風波分去心思，都還沒確認淺蔥過來找他們的理由。

淺蔥看似傻眼地回望疑惑的古城與雪菜，同時正色抹去臉上的笑容。

「有訪客想跟你見面，是個有點棘手的客人。」

電梯停下後開門。古城還有雪菜對通道上瀰漫的凝重氣氛提高警戒，並且踏進了人工島管理公社內部。

3

巨大的耐壓玻璃窗之外有海面下四十公尺的開闊景致。

陽光照耀的海面與深海蒼藍形成漸層色。以這片優美的景觀為背景，室內擺著一張巨大圓桌。這裡是位於基石之門地下的貴賓用會議室。

「日安，第四真祖。」

在會議室等待古城他們的人是個服裝華麗得可以聯想到偶像舞台裝的年輕女子。外表年齡與古城等人相去無幾，灰色秀髮輕柔飄逸，肌膚潔白如雪，一對紅眼猶若酸漿果。她把手湊向附有大緞帶的禮帽，以嬌媚的笑容示人。

「……不，該稱呼你前第四真祖才對，絃神市國領主，曉古城先生。」

「妳是什麼人？」

面對一臉世故地問候的女人，古城不客氣地開口反問。

目睹古城顯露戒心，服裝華麗的女子仍未改變表情。她以作戲般的誇張動作行禮，然後用流利的日文做起自我介紹。

「幸會，我是Magna Ataraxia Research的執行總監，名叫拉德麗．連，還請見教。」

「MAR的幹部……？」

「拉德麗……『連』？」

古城與雪菜同時驚呼。女子看似愉悅地揚起嘴角回答：

「是的，敝公司的總裁，夏夫利亞爾．連與我是親兄妹。這次家兄驚擾到各位，我實在感到萬分抱歉。」

拉德麗使壞似的微笑，抬起了目光。緊接著，她像是心血來潮般把手湊向帽緣說：

「對了，關於我這身打扮，請別放在心上。如各位所知，我們『天部』禁不起陽光照射，帽子是用來防日曬的。呵呵。」

「……！」

古城看拉德麗主動告知身分，就下意識地備戰。

假如她真是「天部」，大有可能使用夏夫利亞爾．連稱作神力的奇特攻擊。出外不帶護衛，應該也是她自信用不著他人保護的表現。這名女子，是個比外表所見更讓人鬆懈不得的危險人物。

「所以說，MAR的執行總監親臨人工島管理公社有何貴幹？該不會是來把哥哥帶回去的吧？」

淺蔥沒好氣地問拉德麗。拉德麗哀傷似的一邊搖頭一邊拿出尺寸可以放在手掌上的小小盒子。那是MAR的新產品，投映立體影像的袖珍裝置。

「很遺憾，並不是那樣喔。首先我要播放一段好片，這樣才曉得各位好不好騙……我說笑的。」

「這是……？」

古城等人忽略了拉德麗的冷笑話，都注視著浮現在半空的立體影像。直徑約兩公尺的球體中播映了艦隊航行於海上的模樣。那似乎是無人偵察機拍攝的軍方紀錄影片。

「看來是北美聯合(NAU)太平洋艦隊的遠征打擊群。」

淺蔥瞥向播映出的艦影，短短地哼了一聲。

於真祖大戰之際，淺蔥曾經跟聖域條約機構的多國籍艦隊交手。在多國籍艦隊當中，就包含了北美聯合的軍艦。

「妳真有慧眼，『該隱巫女』。說穿了，就是聖域條約機構為了壓制絃神島還有侵略異境所派出的制裁艦隊吧。」

拉德麗恭敬地點了頭。古城訝異地瞪向她。

「妳說壓制絃神島……？」

「對，恐怕是的。他們應該是認為只要拿下全世界唯一開通門戶與異境相連的絃神島，無論夏夫利亞爾有什麼企圖都可以擺平。」

「畢竟在最糟的情況下，連帶轟了紘神島也是種手段。」

拉德麗和淺蔥各自表示看法。古城湧上一絲既視感而甩頭。紘神島成為聖域條約機構軍的目標，這算起來是第二次了。

上次古城祭出了真祖的拒絕權，防範艦隊攻擊於未然，但同一招不能再用了。目前古城已不是第四真祖，聖域條約機構視為敵人的亦非紘神島，而是身處異境的夏夫利亞爾・連。既然連被認定是恐怖分子，聖域條約機構就有征討他的大義名分。

「莫非妳希望跟紘神島聯手？為了對抗聖域條約機構，妳要我們幫忙出力？」

就近拉了椅子坐的淺蔥在會議桌上托腮。

古城訝異地看向淺蔥。ＭＡＲ正與聖域條約機構為敵——或者應該說，他們正與全世界為敵。雖然紘神島只是被這場騷動波及，卻一樣成了聖域條約機構的攻擊目標。這就表示拉德麗與古城等人彼此聯手有好處。

「聯手？不不不，怎麼會呢。」

可是拉德麗卻意外乾脆地否定了淺蔥說的話。她伸出食指繞了繞，將立體影像快轉。

「不如請各位欣賞影片的後續，有趣的畫面快要到嘍。」

拉德麗講完的同時，房裡響起了爆炸聲。在立體影像的畫面中，有艘驅逐艦被轟沉了。

「……咦？」

淺蔥睜大眼睛說不出話。看來她實在沒料到情勢會如此演變。

「這什麼狀況！他們到底在對付啥玩意兒！」

古城探了頭，定睛注視被火焰包圍的立體影像。驅逐艦爆炸的前一刻，有某種籠罩閃光的物體從上空飛來。那並非砲彈或飛彈的軌道，而是近似於猛獸的生物性動作。

「那是……眷獸？究竟誰會召喚那樣的眷獸……？」

雪菜茫然嘀咕。全身環繞魔力之雷的頭足綱生物正站在逐漸沉沒的驅逐艦船首，冷冷地睥睨四周。

從驅逐艦的大小判斷，怪物身高應超過十公尺。那當然不是自然界的生物。擁有以濃密魔力構成的肉體，來自異世界的召喚獸——吸血鬼的眷獸。

然而，縱使是吸血鬼的眷獸，要一擊摧毀施予魔法防禦的驅逐艦仍非易事。只有極少數可匹敵真祖的吸血鬼才能使役此等眷獸。

而且那頭眷獸的宿主在影像裡完全不見蹤影。

攻擊聖域條約機構艦隊的眷獸擁有足以比擬真祖級眷獸的力量，卻沒有宿主，而是任由自身本能極盡破壞之能事。

「眷獸彈頭，對嗎？」

古城望著眷獸肆虐的模樣，面無表情地嘀咕。

「……學長？」

古城有違本色的冷靜反應讓雪菜露出納悶神情。

另一方面，拉德麗則是帶著滿面笑容回望古城。

「是嗎？你看過其他真祖的記憶，而且，你得知了過去的真相。」

「對。」

古城簡潔地表示肯定。

「天部」的人類及魔族聯合軍造成莫大損害，最後更毀滅了「天部」的都市與文明本身。

眷獸彈頭。那是以往「天部」於「大聖殲」所用的戰略兵器名稱，其驚人的威力對反抗

「任由本能毀滅一切的魔力聚合體——據說眷獸身為來自異界的召喚獸，那才是它們原本的面貌。所謂的眷獸彈頭，就是將它們事先封入彈頭再射向敵陣，並且讓眷獸當場解放出來的兵器。」

拉德麗用唱歌般的調調繼續說明。

「以原理來說很單純，但在威力方面就如各位所見，所向披靡。畢竟它們都屬於未受馴養的野生眷獸，攻擊的目標和範圍無從指定，因此缺點是無法運用在殲滅戰以外的場合。」

「妳說將眷獸封入其中……那是怎麼辦到的……？」

雪菜聲音顫抖地問。

眷獸指的是從異界召喚來的濃密魔力聚合體，它們光是存在於這個世界，就必須消耗掉數量龐大的「祭品」。魔力、靈力、生命力，還有人們的回憶與記憶。它們就是靠著貪婪地吞噬萬般資訊，才能保有實體。

根本沒有魔法裝置能封印這樣的怪物，除了唯一的例外——

「我想妳也心裡有數吧？」

拉德麗．連好似已看透雪菜的心思，便嫵媚地笑了。

難掩動搖的雪菜沉默下來。眷獸對於「祭品」的胃口奇大，要將其封印就只有身懷無窮「負之生命力」且不老不死的吸血鬼辦得到。

「你們該不會是把人工吸血鬼……當成兵器使用……？」

雪菜眼神凶狠地瞪了拉德麗。

ＭＡＲ的執行總監輕鬆應付掉她的視線，並且昂然挺胸。

「請放心。用於眷獸彈頭的人工吸血鬼皆由工廠製造，根本不具自身意志與感情，所以不要緊。兵器就是要屏棄自我……呵呵。」

「妳……！」

古城對拉德麗嘲弄般的態度展露憤怒。拉德麗略顯困擾地將柳眉蹙成八字形說：

「氣我也沒用啊。她們是在好幾千年前的遠古時期——早在『大聖殲』之前就被製造出來的。」

「……原來如此……夏夫利亞爾．連從異境帶出了那些眷獸彈頭。」

淺蔥用毫無感慨的嗓音點出了事實。

是的——拉德麗得意地回答。

在投映的立體影像當中，第四艘驅逐艦正冒出火焰。

剩餘的艦艇仍拚了命繼續應戰，尋常武器對於作亂的巨大眷獸卻幾乎毫無效力。照這樣下去，艦隊全軍覆沒應該只是時間的問題。

「咎神該隱有一項遺產被封印在異境——那就是六千四百五十二顆眷獸彈頭。如果該隱沒有將其封印，據說『天部』根本不可能會在『大聖殲』敗給人類。畢竟六千四百五十二顆眷獸彈頭的威力，可是足以將地表毀滅三次。」

拉德麗隨口道出了駭人的情報。

假如夏夫利亞爾．連得到了留存在異境的眷獸彈頭，此時此刻，他手裡等於握有可以將地表毀滅三次的力量。

「將異境的眷獸彈頭納入手中就是夏夫利亞爾．連的目的嗎？」

「與其稱作目的，感覺比較像計畫的一部分。畢竟眷獸彈頭只是道具。」

古城戰慄地提出質疑，而拉德麗若有深意地含笑以對。她於胸前拍掌合十，端正姿勢後重新面對古城等人。

「所以嘍，讓我們開始談生意吧。」

「……談生意？」

「是的。請將絃神島賣給ＭＡＲ，連同島上的全體居民。」

「啥……？」

拉德麗從天外飛來一句，古城剎時間沒能理解她說了什麼。要說驚訝，雪菜也是一樣。

只有淺蔥輕輕掩著眼睛，慵懶地嘆了氣。

「換句話說，希望你將絃神市國的統治權移交我方，支付的代價則是市民的安全，更可保有成為『天部』臣民的權益——大致上就是這樣嘍。詳細權益都整理在這份合約當中。」

「……簡單來講，就是要我乖乖讓你們占領絃神島？」

古城擺出忍著頭痛的臉色向對方確認。

正是如此——拉德麗瞇眼笑了出來。

「我認為這是破格的優渥待遇喔。畢竟夏夫利亞爾似乎有意將全世界都納入『天部』的支配底下，那樣一來戰爭就無可避免吧。不過呢，你們只要早一步接受我方統治，就可免受戰火。這樣還選擇彼此爭鬥的話，可就真逗了……我說笑的。」

「什麼叫破格的優渥待遇嘛，要是紘神島被摧毀，頭痛的是你們啊。」

淺蔥露出挖苦的笑容說道。

「這我不否認。用眷獸威脅人就範會受到排斥的心理，我也可以理解。」

拉德麗毫不反駁就接納了淺蔥的說詞。接著，她試探般以銳利的視線直指古城而來。

「但是，要談到想用名為眷獸的暴力支配眾人這點，你不也一樣嗎，曉古城？敢問你比我方更能統治好紘神島的根據在哪裡？」

唔——古城低聲嘟噥。拉德麗的問題精確地戳中了古城內心的迷惘。

古城並沒有自願坐上紘神島支配者的位子，他更不覺得自己有資格或權利統治紘神島。像古城這樣的未成年學生會出現在左右紘神島命運的交涉場合本來就是異常的。

「至少ＭＡＲ坐擁眾多專業人才，又具備運作組織的經驗，創造就業的經濟力以及讓人們生活富足的技術力也都一應俱全。哪一邊才是好的執政者，對紘神島的居民來說不是很明白嗎？」

拉德麗彷彿抓準了古城的迷惘，接連勸說。古城無法回嘴，雪菜和淺蔥就代他開了口：

「我認為紘神島的居民期望誰執政並不是妳能決定的事。」

「就是啊。再說，古城有平定領主選鬥之亂的功勞，沒道理被只會趁亂煽動讓市民受苦的你們挑毛病。」

「哎呀～～……被妳們這麼一說就駁不了嘍～～」

拉德麗服輸似的搖搖頭苦笑。

「只不過，重要的是你怎麼想呢，曉古城？你真的有意願統治絃神島嗎？只要能救回第十二號，你不就滿足了嗎？倘若如此，MAR可以協助你喔。」

拉德麗意外提到的名字讓古城明顯動搖了。古城想取回吸血鬼之力的理由不是為了當上絃神島的領主，更不是為了拯救這個世界，他只是想將名叫奧蘿菈‧弗洛雷斯緹納的少女救回來而已。

「……妳說，協助我？」

「對。既然通往異境之『門』已經打開，我們就不需要她了。我會試著說服家兄，將她送還予你。有借有還，再借不難嘛……我說笑的。」

拉德麗眉飛色舞地說道。妳是在胡鬧嗎——古城氣得太陽穴都跟著抽搐，但是對方似乎沒有惡意。

「給你們的選項有兩種。將絃神島的統治權交讓給我們，避免無謂的爭鬥；不然就是跟MAR及『天部』為敵，並且戰鬥到最後。」

拉德麗豎起兩根手指比成V字，賊賊地笑了笑。

「我不會叫你們立刻就拿出結論，因為還有時間，請你們悠哉地一邊吃個飯一邊做出理想的判斷。啊，請笑納，這是我的名片，你要哭納也是可以。我說笑的。」

拉德麗變戲法似的不知從哪裡拿出了名片擺到圓桌上，然後揮手說掰掰。這成了會談結束的信號。

4

「哎～～……陽光真令人討厭。」

拉德麗．連在人工島管理公社的職員目送下從基石之門的大廳離去後，就探頭看向映於迴轉門上的藍天，並且生厭似的捂起眼睛。

對拉德麗這些「天部」的族人而言，陽光是致命威脅。只要有一絲反射就會導致皮膚潰爛，就算隔著玻璃窗照到，也會讓身上的肉烤焦剝落。假如直接曝曬陽光，應該就化成灰燼了吧。

「兄長明知道南國陽光明媚，居然還派我來這裡，真不曉得他把妹妹當成什麼。這一曬可是會讓我變成陽光冥妹的耶。」

拉德麗一邊自言自語地講起無聊的冷笑話，一邊拿出類似胸針的魔具——以MAR最新技術製作的空間移轉魔術裝置。

儘管有消耗魔力龐大，還要事先登記過座標才能移轉的缺點，即使不是魔法師也能輕鬆施展空間移轉魔法的便利性仍無可比擬。靠這種裝置，拉德麗才敢在白天拜訪人工島管理公社，把陽光置之於度外。

將拉德麗從塔勞群島載到絃神島的ＭＡＲ公司商務噴射機，目前正在絃神島的中央機場待命。為了迴避麻煩的出境手續，拉德麗按下空間移轉裝置的按鈕，打算直接移動到噴射機內，不料——

「哎呀……？」

浮現在拉德麗周圍的魔法陣光芒卻碎散消滅。她發現自己由外部受到他人干涉，因而看似不滿地鼓起腮幫子。

「抱歉，我設了封鎖空間操控魔法的結界，妳出不了這棟建築。」

男性嗓音從拉德麗的背後傳來。雖然並不具攻擊性，低沉的聲線卻能讓人感受到耿直與威嚴。

「稀奇稀奇，這可不是塞維林侯，裴瑞修．亞拉道爾大人嗎？」

從大廳裡靠近的是一名穿著典雅長大衣的長髮男子。「戰王領域」的帝國議會議長裴瑞修．亞拉道爾，被外界指為第一真祖心腹的重臣。

在他背後有四名穿黑衣的吸血鬼待命。假如那全是貴族級的吸血鬼，戰力之雄厚即可比擬一支步兵中隊。

而在不遠處還有一名女性揮著手。那是紅髮色澤近似於金的亮麗美女。

拉德麗看見她以後，嘴形就多了幾分嘲諷的笑意。

「而且，連札娜．拉修卡王妃殿下都來了。能拜見玉容實在榮幸至極，哪怕在面前的是排行第七十二的吊車尾王妃。」

「妳……！」

拉德麗的冒犯之詞讓亞拉道爾顯露憤怒。可是，理應受了愚弄的札娜本人卻態度從容地制止亞拉道爾。

「沒關係啊，她說的是實話……再說活了七千年之久的老人家發發牢騷，要是身邊的人連聽一聽都不肯，未免可憐。」

「啥！」

拉德麗聽見札娜這段譏諷之詞，氣得橫眉豎目。

「妳叫誰老人家！死都裡的時光流動與外界不同，所以我的肉體遠比實際年齡年輕啦！要提到不老不死，妳也一樣吧！」

「我的年紀跟妳差了一個位數啊～～」

「……嘖。」

拉德麗粗魯地咂嘴後，調適過呼吸，然後粉飾般換了一副語氣。

「所以你們找我有什麼事？要提出投降的話，我倒是可以考慮接受喔。」

「我要原原本本地將這些話奉還給妳，拉德麗・連。」

亞拉道爾態度正經地告訴拉德麗。原本在他身後的四名吸血鬼上前要包圍對方。

「聖域條約機構將ＭＡＲ全體幹部視為大規模魔導恐攻的嫌疑犯，向全球發出了通緝。勸妳解除武裝投降，不然『戰王領域』帝國騎士團將在此對付妳。」

「趁現在讓我們逮捕會比較好喔。『滅絕之瞳』(Fall Gazer)還有『混沌皇女』(Chaos Bride)陣營的火暴分子為了找妳，也在絃神島到處遊蕩呢。」

札娜露骨地用嚇唬人的語氣提出警告。

官方認同存在的吸血鬼真祖有三名。三個夜之帝國的將兵們身為其眷屬，即使同屬聖域條約機構，也不代表彼此有合作關係。這些人應該是以爭奪獵物的形式逕自行動，只求捉拿拉德麗。

他們想捉拿拉德麗，理由不單是她在ＭＡＲ擔任幹部。

拉德麗是夏夫利亞爾・連的妹妹，而且身處異境的夏夫利亞爾要跟地表的「天部」保持聯繫，還得靠她當中間人。無論視為人質或情報來源，拉德麗的價值都無從估計。當然了，逮住拉德麗以後，對她的審問肯定會十分苛刻。

相較於謎團重重的「破滅王朝」還有以殘忍聞名的「混沌境域」，自己所屬的「戰王領域」還算是比較講理——札娜主張的似乎就是這一點。

不過，那是他們真能逮住拉德麗才可成立的假設。

「真遺憾。如果你們願意投降，事情談起來就快了。」

拉德麗拿出棒棒糖在手上轉了轉。糖原本只有一支，卻在不知不覺中增為三支。

「唉，可是呢，想想也對。事到如今，在『大聖殲』轉投人類陣營的叛徒——三真祖的眷屬才不可能聽命於天部嘛。」

拉德麗將手裡握的棒棒糖砸向地板。棒棒糖的塑膠棒插進石灰岩材質的地磚，從中迸出驚人的力量。有別於「天部」的神力以及吸血鬼的魔力，血腥且凶狠的力量。

「——裴瑞修！」

札娜察覺狀況有異，就對亞拉道爾做出攻擊的指示。

亞拉道爾的那些部下一起召喚了眷獸。

拉德麗的空間移轉魔法能用札娜的神格振動波封鎖。然而，MAR應用「天部」遺產研發的技術屬於未知數，得趁拉德麗還沒作怪就將她完全制伏，縱使要殺她也一樣。可是——

「我等『天部』當然也無意原諒你們這派徒眾就是了。」

解放出的眷獸尚未觸及拉德麗，施展的攻擊已經被悉數彈開。突然現身於拉德麗眼前的白色身影迎面擋下了眷獸，並將它擊落。

「什麼……！」

亞拉道爾因訝異而皺起臉。

站在拉德麗周圍的是一群被白色外骨骼裹覆全身的人型怪物。

身高約兩公尺或以上，手腳異常地長，軀體苗條，模樣近似還原後的恐龍化石或凶猛的肉食昆蟲。拉德麗以撒在地上的棒棒糖碎片為觸媒，召喚了它們。

「這些傢伙是什麼……？魔導兵器嗎？」

亞爾道爾一邊驚呼一邊跟著喚出自己的眷獸。幾乎沒有內臟，只具備外骨骼的怪物。何止不像魔族，感覺根本不屬於正常生物。可是——

「不……這是生物！它們展開了強大的活體屏障！那足以彈開我方的眷獸……唔、唔喔喔喔喔！」

亞拉道爾納為部下的吸血鬼受怪物反擊而負傷。驚人的敏捷性和膂力，與化石般的外表並不相襯。帝國騎士團成員皆屬「戰王領域」的精兵，對付區區三頭怪物卻顯得一面倒。

「竟然是生物……！」

「難道……它們是Dragon Tooth Warrior……？討厭，長得不可愛！」

戴上銀色手指虎的札娜挺身掩護負傷的帝國騎士，揍飛白色怪物。她釋出的神格振動波能讓魔導兵器無力化，那些怪物接招後卻還是沒有停下。臉部近似骷髏的骨骼表面只是冒出了些微裂痕。

「Dragon Tooth Warrior……？我懂了，原來是龍牙兵(Spartoi)嗎！」

「沒錯。家兄與古龍是朋友，這是從採取的龍牙培養而成的魔導士兵。龍牙兵們，上吧，可不要讓人覺得你們在裝聾作啞！」

拉德麗向怪物們號令，要它們朝訝異的亞拉道爾進攻。

亞拉道爾把自己的眷獸像鎧甲一樣披在身上，接下了龍牙兵的攻擊。他的眷獸能夠摧毀一切近身之物，那些怪物直接觸及眷獸卻還是安然無事。

傳說中，龍牙兵是誕生自龍族牙齒的人工魔族。

它們跟身為母體的龍族一樣，對於魔力具備強大抗性。即使靠吸血鬼的眷獸也無法輕易將其摧毀，就是因此所致。

「嘖……刺吧，『嫉妒者(Invidia)』！」

氣惱的亞拉道爾召出了新眷獸——以昏暗色彩點綴的闇之大劍。

這柄活武器(Intelligent Weapon)以自力迴繞，橫掃擊碎白色怪物的軀體。龍牙兵的防禦屏障被強橫的雄厚魔力打破了。

「不愧是裴瑞修．亞拉道爾大人……要培育這樣一具龍牙兵，可要耗掉五六架最新銳戰機的預算呢。」

拉德麗低頭看向碎散的龍牙兵，看似哀傷地搖頭。

亞拉道爾無視她的慨嘆，還命令眷獸「嫉妒者」展開攻擊。

這柄闇之大劍原本是用於摧毀敵方要塞或城牆的眷獸，如果對手不是像第四真祖一樣的怪物，根本不可能在單打獨鬥的場面召喚出來。因為它的威力太過強大，會將敵人轟得不留痕跡。

「什麼……！」

從麾下眷獸傳來的異樣手感卻讓亞拉道爾冒出困惑之聲。

拉德麗身為嬌小的女性，接住了有自己身高五倍長的「嫉妒者」劍刃。更精確地說，是她手中出現的鐵灰色長杖擋下了亞拉道爾的眷獸。

「咎神的魔具嗎！」

「正確來說，要稱作『天部』的魔具才對啦。」

拉德麗像老練的奇術師，一邊揮舞長杖一邊露出自信笑容。

名為咎神遺產的魔具謎團眾多，但是拉德麗會在這種局面拿出來，長杖的能力就大有可能對亞拉道爾構成威脅。既然並不明白具體的效果是什麼，亞拉道爾判斷不應該隨意靠近，因而與她保持距離。

「裴瑞修，上面！」

札娜從背後喊了躊躇不攻的亞拉道爾。

「札娜大人……？」

「摧毀這座建築的屋頂！『天部』的弱點是陽光！」

「哎呀。」

拉德麗困擾似的用手扶著臉。紘神島是常夏人工島，此刻在建築物外頭理應仍有強烈的陽光灑落。空間移轉的魔法遭到封鎖，拉德麗就無法逃離日曬。

亞拉道爾卻沒有遲疑。拉德麗活過的歲月比亞拉道爾他們更久，嬌憐外表下有怪物般的內在，並非可以挑選手段戰勝的敵人。與她短暫交手的過程中，亞拉道爾已經理解這一點。

「覺醒吧，『怠惰者（Acedia）』！」

亞拉道爾召喚出新的眷獸——刃長達十幾公尺，有如鞭子的鋸刃長劍。其巨大身軀發出的衝擊波輕易粉碎大廳天花板，連同上一層樓的建築結構都轟得不留痕跡。

拉德麗看似愉悅地望著那一幕。她眼裡毫無動搖，而且理應從頭頂灑落的陽光並沒有照到她。

亞拉道爾將建築物的屋頂完全摧毀了。可是，到處都看不見白晝的天空。

因為有直徑恐達一公里的球體飄在基石之門上空，將太陽遮住了。

「呵呵，沒了屋頂可不一定會變露天喔～～」

拉德麗手湊在帽緣，俏皮地露出微笑。

「怎麼會……！死都居然到了這裡……！」

亞拉道爾勉強擠出聲音。

死都是指從異界現形的「天部」要塞。

在那座要塞裡裝載了由異界運來的眷獸彈頭。它出現在絃神島上空，實際上「天部」就已經將絃神島本身擄為人質了。

「坦白說呢，你們的主子第一真祖出面的話，事情會有點棘手，但是他已經不在這座島了。像你們這樣的小夥子跟吊車尾王妃會來對付我，就可以當成證據。光是得知這一點就算有收穫嘍。」

拉德麗朝亞拉道爾等人看了一圈，並且低吟似的淡然嘀咕。她那親切的笑容變得刻薄而扭曲，明眸大眼綻放出深紅的光彩。

「我會盡量溫柔地毀了你們來表達謝意。活不到千年的小娃兒，你們真覺得自己能贏過我拉德麗・連？」

「……唔！」

拉德麗・連的問題與札娜的慘叫聲重疊。鮮血飛濺，札娜豐腴肉感的身體飛到半空。札娜沒能防禦住由拉德麗・連釋出的神力——不可視之刃。

「札娜大人！」

亞拉道爾立刻想挺身保護札娜，卻被砍斷左腿而倒下。拉德麗釋出的神力就連亞拉道爾身上的眷獸之鎧也能斬開。

拉德麗往下看著倒地的亞拉道爾，用鐵灰色長杖指向他。

「匍匐於地的下等生物，你們大可倒臥在自己嘔出的血泊中後悔。」

靜靜細語的她眼裡並無反映出任何感情。

第二章 戒指的去向

Whereabouts Of The Rings

1

灰色的廢墟之城——

夏夫利亞爾・連仰望無星夜空，把玩著手裡的短劍型魔具。

漂浮於異境大海的古代人工島「暹羅」的市區。有幾十架運輸直升機在沿岸廣場降落，形成臨時的軍事基地。聚集在那裡的士兵約四百人，是從MAR旗下民間軍事企業精挑細選的精銳特種部隊。

運用絃神島基石之門的機能開啟了通往異境之「門」，將咎神該隱的遺產——眷獸彈頭納入手中；擊退聖域條約機構軍的艦隊，藉著召來的死都封鎖絃神島上空。到此為止一切都按照連的盤算在走。

可是，理應逮到的「第四真祖」奧蘿菈・弗洛雷斯緹納卻失蹤了，至今依然下落不明。

這項事實讓連有些焦慮。

「北美聯合艦隊已脫離眷獸彈頭的有效範圍。殘存艦艇數為四，生存者人數不明。」

負責通訊的女兵以略顯興奮的語氣報告。只搭了篷布的野戰司令室裡有十五名左右的士兵聚集，正持續解析與地表間的通訊及數據。

投映式的克難螢幕上播出許多軍艦被捲入火海沉沒的景象。單單一頭由眷獸彈頭召喚出來的眷獸就將北美聯合艦隊引以為傲的空母打擊群逼迫到潰滅狀態。

「轉達死都，無須窮追猛打。要讓活下來的那些人多傳述眷獸彈頭的恐怖才行。」

連在帳篷下移動，一邊用冷冷的語氣吩咐。

MAR的目的並不是殲滅北美聯合艦隊，重要的是要讓全世界的人都對眷獸彈頭的威力印象深刻。越多人類明白違抗「天部」有多愚蠢，連越能夠順利支配全世界。

「這麼一來，聖域條約機構也會暫且放棄攻擊絃神島吧。三真祖的動向如何？」

「第二真祖『滅絕之瞳』於西里伯斯海，第三真祖『混沌皇女』則於北太平洋上出現。兩方似乎各自開始處理眷獸彈頭了。」

「哎，是應該如此。」

連聽完女兵的回答，就看似滿意地點了頭。以眷獸彈頭召喚出來的眷獸，只有操控更強眷獸的吸血鬼真祖才能阻止。為了保衛自己的夜之帝國以及聖域條約加盟國，這時候他們應該已經分散到世界各地，正在防範死都的出現。

這也表示真祖們非得從絃神島離去。此刻他們並沒有空閒來妨礙連的計畫。

『——這樣當下的威脅就消失了，連總裁。』

『接下來只能祈禱人類在目睹眷獸彈頭的威力之後，不會蠢到繼續違抗我們，對嗎？』

突然間，有兩名男性的嘶啞聲音打斷對話，螢幕的影像隨之切換。

女兵看見兩名異形男子在畫面上浮現的模糊身影，微微地發出尖叫。

其中一人是打扮有如古代神官般隆重的白髮老人；另一人披著華美長袍，是個讓人聯想到中世紀貴族的黑髮男子。兩人的肌膚都像死人一樣蒼白，從脣縫間露出的犬齒尖銳如獠牙。對連來說，那是相隔數百年未見的知己臉孔。

「古路・茲公、雅爾德・巴侯，倉促間幸能召集到兩位，我要在此致謝。」

連恭敬地行了禮。冠有爵位的這兩人屬於「天部」現已稀少的正統後裔，他們是跟連結盟的死都領主。

兩名領主看連低頭行禮，就露出了笑容。

『這乃是身為「天部」一員應盡的義務。您惠賜的眷獸彈頭有何威力，我已經親眼見證過了。』

『按照約定，我們也讓居城現於人世了。我的巴城在南太平洋，古路・茲公的茲城則在北太平洋，這麼一來便無人能接近絃神島。』

「很好。我也會加快補給眷獸彈頭。」

連告訴兩名同盟者。昨晚，MAR從異境運出的眷獸彈頭共為七枚，連將過半數的四枚交給了古路．茲他們當樣本，那是要他們出動死都擊退聖域條約機構軍所付的代價。

『不過，在「天部」十七氏族當中，加入這場仗的居然只有我們，令人意外。』

白髮老人——古路．茲揶揄似的對連說道。

雅爾德．巴也附和般竊笑。

『就是啊。不曉得其他人是在觀望，或者怕事……』

「這表示我尚未獲得信任吧。」

連面不改色地淡然回答。

現存的死都有十七座，換句話說，從以往「大聖殲」存活下來的支配者階級僅剩十七宗家。夏夫利亞爾．連曾向「天部」全體氏族呼籲結盟，給了回應的卻只有古路．茲與亞爾德．巴，剩下的「天部」大多不相信連的計畫能成功。

「但是，這不成問題。只要我完全壓制異境一事昭然於世，其他氏族就不得不改變想法了吧。再不然，那些人就等著被我們動手消滅。」

『實在可靠。我對您抱有期待，新盟主。』

『那麼，我們先告退了。』

兩名同盟者朗聲笑著切斷通訊。雖說現狀是「門」已開啟，身處異境的連要跟他們毫無延遲地進行對話，即使憑ＭＡＲ的科技也難以達成。他們能輕鬆辦到這一點，可見實力還是足以自稱「天部」後裔而不可小覷。

然而，他們倆同時也有傳達出內心對連的不快。

他們在戒懼連想統治的是否不只人類，而是要將「天部」都納入支配。連若是露出一絲破綻，他們應該就會立刻毀棄同盟，並且與ＭＡＲ為敵。

「兩隻老狐狸，你們才是在觀望的人吧……」

連喃喃嘀咕。

隨後，從通訊器播送出來的是銀鈴般的清脆笑聲。螢幕影像又自己切換，有個穿著華麗服裝的年輕女子出現。

『說得對……要不要將老狐狸的狐狸尾巴揪出來呢……我說笑的。』

「是拉德麗啊……妳聽見剛才的通訊了？」

連表情嚴肅地瞪向愉快笑著的妹妹，並且低聲清了清嗓。拉德麗似乎察覺到親哥哥內心的焦躁，就微微聳了肩。

『哎，有什麼關係呢。他們出動了死都是事實，何況一百四十具龍牙兵也算相當可觀的戰力。』

「我明白。表示他們多少有認真看待。」

連依然臉色不悅地點頭。

從炎龍克雷多取牙製造的龍牙兵其實並非出自MAR的科技。茲家相傳的魔導管控，再加上巴家保有的活體操作法——正因為他們兩家大方提供了這些祕不外流的技術，龍牙兵才得以進入實用階段。

否則MAR不可能在短期間就量產如此強大的魔導士兵。儘管對方另懷鬼胎，要證明同盟成立，他們的貢獻暫且是夠了。

『所以呢，兄長，眷獸彈頭的搬運進度如何？』

「作業有進展。但是，在解除結界這方面似乎耽擱到了。」

連苦澀地皺起臉。封印在人工島「暹羅」的六千多枚眷獸彈頭受到格外牢固的結界保護，MAR的魔導技師們為了解咒也還在苦戰當中。僅僅搬運了七枚眷獸彈頭到地表，就是因此所致。

『這樣啊。不過，請兄長要盡快喔。眷獸彈頭供給得慢了，會被那幾位貴人數落的可是我呢。』

連面對直話直說的拉德麗，簡短地回答了一句：我懂。

連重視效率與合理性，對拉德麗總是帶著幾分胡鬧調調的態度沒有好感，坦白說，甚至也會感到厭煩。「天部」壽命接近無限，維繫種族的本能薄弱。當然，對血親的親情也淡。

即使如此，連會重用拉德麗是因為她屬於有能的人才，否則就算是親妹妹，他也不會把

MAR在地表的指揮權全交給她。

而拉德麗心血來潮般在胸前合掌。

『啊，這麼說來，曉古城似乎得到了「吸血王」的眷獸。』

「妳說『吸血王』的眷獸……？這樣啊，是第一真祖的『伴侶』在搞鬼……」

連抖了抖一邊眉毛。他想起曉古城與「吸血王」決戰之際，札娜・拉修卡也在場。札娜的目的在於回收「吸血王」的那些眷獸，這一點固然令人意外，但確實不無可能。因為「吸血王」的黑色眷獸是與第四真祖那一批具備相同性質的「特殊」眷獸。

『曉古城的目的應該是奪回第十二號。請問兄長要如何因應？他得到了「星之眷獸」的試造品（Prototype），「該隱巫女」也在他的陣營，放著不管會讓事態變棘手喔。畢竟該隱巫女的態度也差不多該硬起來嘍。』

拉德麗說完就莫名其妙地露出得意的微笑。連用毫無感情的眼神瞪向妹妹。

「別讓曉古城進入異境。」

『咦？指示就只有這樣嗎？』

「為此我應該有將戰力交給妳。」

連不講情面地把問題推給疑惑的拉德麗。拉德麗嘔氣似的鼓起腮幫子說：

『乾脆把第十二號還給他怎樣？對方是青春期的男生，我想只要把喜歡的女生配給他，他就會安分了。大概啦。』

「很遺憾，我辦不到。把那傢伙絆在地表直到完事為止。這是命令。」

『欸……兄長……！』

連無視想反駁的拉德麗，逕自切斷通訊。

曉古城取回吸血鬼之力一事在意料外，但不至於對計畫造成阻礙。只要他待在地表，就不可能成為連的威脅。然而就算這樣，感覺仍然像喉嚨裡梗了根魚刺，有一股難以言喻的不安與不快。

雖說已事過境遷，身為區區人類的曉古城曾自稱第四真祖，還獲得了新的黑眷獸。這個令人不愉快的事實讓連無從掩飾內心的不悅。

「……看來你似乎費盡了苦心，夏夫利亞爾·連。」

有一陣顯得客氣的低沉聲音呼喚連，他便苦笑著緩緩回過頭。

帳篷入口有個高大男子頭戴蜥蜴頭骨造型的面具站著。這名男子並不是與連同族的「天部」，跟人性也應該無緣，但他卻願意表示關心，這讓連感到莫名莞爾。

「嗨，吾友克雷多。相隔許久回到異境，感覺怎麼樣？」

「懷念之情……固然是有，不過，別忘了，你尚未履行與我之間的契約。」

龍族男子用缺乏抑揚頓挫的嗓音告知。有一部分字句沙啞得難以聽清楚，是因為他的喉嚨構造異於人類。

「我明白，迴廊的守護者。你應該也知道，第十二號……不，第四真祖有能力打開通往異境之『門』，亦有能力從異境開『門』。」

連用冷靜的語氣說道。所謂的異境並非世界的盡頭，那是指異世界之間的分界。經由這塊地帶，就可以移動至原本並無交集的彼界之地。克雷多尋覓的彼界之地，正是他們龍族的故鄉。

「異境是通往『東方大地（艾爾瑟）』的唯一迴廊。想打開迴廊之門，必須有第四真祖奧蘿菈・弗洛雷斯緹納。你想返鄉，得先把她找回來。」

「奧蘿菈・弗洛雷斯緹納，她在哪裡？」

面具底下，古龍克雷多的眼睛發出紅光。

連緩緩地仰望頭頂。

「她不在這座廢墟之城。搜索之所以費時，就是因此所致。」

「……天空……我懂了！葛蓮妲在作梗……對吧？」

克雷多全身散發出熱波般的殺意，可以感受到他的身軀膨脹得大了一圈。而連看似寄予信任地望向龍族男子說：

「ＭＡＲ的特種部隊已經過去找奧蘿菈了。如果你也能協助他們，那倒是事半功倍。」

「我明白了……」

克雷多粗魯地脫下並甩開披著的斗篷。不消片刻，他那覆有赤銅色鱗片的全身便化為巨龍形貌。熔岩色龍翼展開，目送他振翅騰飛的連忽覺眩目而瞇起眼。

異境的黎明總是來得突然。天空在不知不覺間開始泛白，從海的另一端冒出的微曦照亮了天空。

「令人厭惡的陽光。」

連逃也似的離開帳篷，前往運輸直升機中專設的睡鋪。

異境的太陽比地表昏暗且小，但是其光輝對「天部」來說依然要命。連非得留在經過遮光處理的建築物中——留在陰暗如牢獄的昏暗房間裡度過，直到夜晚再次來臨。

「但是，再過不久……再過不久，我就能將世界納入手裡……家畜(人類)們……」

在夏夫利亞爾．連的睡鋪備有一名用鎖鏈拴著的赤裸女孩。

那是死都領民獻上的活祭品。為了提供血液讓「天部」進食，才以人工方式培養出來的可悲人類，不具自我的活人偶。

連咬向女孩毫無抵抗的喉嚨，啜飲那食之無味的血液。同時，他夢想將來讓全體人類畏懼哭喊著屈服後，便有溫暖鮮血讓自己潤喉的那一刻——

2

「戒指的分析結果出來了。」

太史局的魔導技師——荒島早海帶著用塑膠袋裝的戒指回到克難帳篷。

人工島東區末端，絃神島的貨櫃基地。昨晚曉古城讓眷獸作亂之處，今天依然有一大群攻魔師與警備員聚集於此。他們監視著出現在絃神島上空的通往異境之「門」。

而在這群人當中，亦有太史局的六刃神官及獅子王機關攻魔師的身影。

「本體的材質是高純度灰輝銀，內含的些微雜質則是來自吸血鬼肉體的有機物，但是與金屬已經牢密結合，因此不可能分離。應該說，這種原子間相結合的方式本身似乎就構成了一種魔法裝置。」

早海說明的口吻與其說是幹練的魔導技師，感覺更像有格調的音樂教師。

妃崎霧葉則帶著冷冷的臉色瞪了這樣的搭檔。早海長得漂亮，個性開朗，待人也親切，缺點就是在聊到自己感興趣的話題時，會格外饒舌又拐彎抹角。

「結論呢？」

霧葉淡然質疑，使得早海有些鬧脾氣地噘起嘴脣。

「表示這是用來讓曉古城和他人靈能連線的魔具，除此之外派不上用場，但是反過來講，只要跟曉古城連上線，這枚戒指的主人就能任意取用他身上堪稱無窮無盡的魔力。」

「簡單來說，就是可以獲得與『血之伴侶』同等的資格嘍。」

早海的回答似乎又要變得冗長，霧葉就把話截短。是的——早海微笑表示。

「……然後，妳打算怎麼辦，霧葉？」

「什麼怎麼辦？」

「要跟他立下契約嗎？」

「妳是要我成為曉古城的『伴侶』……？」

霧葉露骨地板起臉。

她發現獅子王機關派來坐隔壁桌的那些攻魔師——煌坂紗矢華、羽波唯里和斐川志緒都拚命豎起了耳朵細聽，因而生厭地嘆氣。

霧葉委託早海進行分析的戒指，是她從獅子王機關的姬柊雪菜那裡收到的。阻止曉古城失控需要十二名「血之伴侶」——而霧葉就是人選之一。

可是，藍羽淺蔥提出的主意讓計畫在最後關頭出現改變，結果霧葉並沒有成為曉古城的伴侶。曉古城已經設法取回對眷獸的控制，這件事應該也就可喜可賀地收場了，沒想到如今又舊事重提，連霧葉也掩飾不了困惑。

「太史局似乎是這麼期望，畢竟真祖級吸血鬼的『血之伴侶』會成為寶貴戰力。要是妳無論如何都感到排斥，由我來代替倒也可以。」

「……早海，妳是認真的嗎？」

「是啊。就算丈夫年紀比我小，我也不會介意喔。」

早海和氣地微微一笑，從她的表情看不出這段話有幾分認真。霧葉看似不悅地撇了嘴，托起腮幫子——於是，她跟側眼窺伺著這邊動靜的煌坂紗矢華對上了視線。霎時間，霧葉眼底多了一絲嗜虐的光彩。

「等等……妳說得對。當曉古城的『血之伴侶』……或許也不錯。」

霧葉故意用誇張的動作點頭，並從早海手裡收下戒指。

冷靜想想，太史局的提議確實不壞。成為曉古城的「伴侶」，戰鬥能力就會突飛猛進，連帶還有不老不死的好處。這等特權要是全讓獅子王機關的人獨享，霧葉也覺得不是滋味。既然如此，乾脆由她將曉古城迷得神魂顛倒，讓那幾個女的懊惱還更有樂子。

「啥！慢著，妃崎霧葉！妳說那些話是認真的嗎！」

正如所料，煌坂紗矢華輕易地中了霧葉的挑釁，還急得要咬人似的開口抱怨。霧葉擺了一副像是這時候才察覺紗矢華在場的表情說：

「哎呀，煌坂紗矢華？妳都聽見了嗎？」

「我不想聽也會聽見啊！」

紗矢華踹開原本坐著的鋼管椅，朝霧葉步步逼近。

霧葉平靜地望著她，不解似的微微歪過頭。

「妳是在焦急什麼呢？我從一開始就打算成為曉古城的『伴侶』了耶，昨天我也有聲明過吧？」

「狀況已經跟那時候不同了吧！現在曉古城並不是處於失控狀態，妳根本沒必要成為他的『伴侶』啊！」

「那個男的神智是否清醒，並不算什麼大問題嘛。」

「哪有可能不算大問題！」

紗矢華滿面通紅地反駁。霧葉一邊拚命忍笑一邊露出有幾分嫵媚的表情說：

「可是，我又不討厭那個男的……呵呵，我跟討厭男人的妳不一樣。」

「什……要、要說的話，我對曉古城也是……呃……」

「有好感嗎？」

霧葉斬釘截鐵地逼問。紗矢華心虛得整個人都不自然地愣住了。

「才、才怪！他一直糾纏我的雪菜，誰會喜歡那樣的男人啊……！」

「不對吧，說到誰糾纏誰，我倒認為是姬柊雪菜在糾纏他……」

「唉，以雪菜(小雪)的情況來講是因為任務如此啊。」

斐川志緒和羽波唯里始終都在聽這兩個人鬥嘴，還莫名嚴謹地吐槽。紗矢華瞪了一眼讓她們倆安靜，並且要求：

「總、總之妳快把那枚戒指還給獅子王機關，妃崎霧葉！」

「啥？妳又沒有意願當曉古城的『伴侶』，我沒道理聽妳的話啊。該放棄戒指的人反而是妳吧？連帶還有那邊的兩個人也一樣。」

霧葉輕靈閃過想硬搶戒指的紗矢華，然後對獅子王機關的兩名攻魔師喚道。羽波唯里有些焦急似的搖搖頭。

「等一下等一下，我們並沒有說過不當『伴侶』啊。是吧，志緒？」

「咦！不對……昨天我總覺得是受了現場氣氛的鼓動，冷靜思考以後，感覺要做這樣的決定還太早了，我比較希望從假日一起出門逛街或者互相牽手開始培養感情……啊，要跟唯里一起也無妨，我沒有很堅持要兩人獨處……」

斐川志緒卻畏縮似的開始喃喃自語。

「志……志緒？」

「該怎麼說呢，她的妄想還真是鮮明……」

志緒突然露出少女心的一面，使得唯里和霧葉難掩困惑。

「反正妳把戒指還來就對了啦。東西沒收，沒收！」

紗矢華依舊吵著要搶回戒指，隨後原本自顧自地玩手機的早海訝異地發出一聲「哎呀」並且蹙了眉。

「不好意思，霧葉。很遺憾，計畫要中止了。請當成我沒說過剛才那些話。」

「……怎麼一回事？」

早海露出嚴肅的表情，而霧葉回望她以後，看似不悅地瞇起眼。

霧葉並沒有認真想當曉古城的伴侶，然而被別人交代不當也罷的話，就會讓她冒出一股強烈的反抗心。霧葉的性格便是如此。

「狀況或許有變。日本政府好像答應跟MAR協商停戰了。」

早海深知霧葉那種脾氣有多麻煩，就用不情願的口吻繼續說明。

獅子王機關和太史局都是日本政府的特務機關，假如日本政府跟MAR停戰，霧葉等人就不能對MAR出手。要像以往那樣協助曉古城，當然也會變得困難。

「協商停戰……怎麼會突然做這種決定？」

紗矢華茫然嘀咕。霧葉一臉慵懶地嘆息說：

「理由出在眷獸彈頭，對吧？」

「是的。倘若從異境運出的眷獸彈頭射到日本國內的大都市生活圈，估計最多將造成一千兩百萬人犧牲。以現狀而言，能對抗眷獸彈頭的只有真祖級吸血鬼，但他們也沒辦法保護好全世界。」

早海有些為難地回答。

唯里和志緒也顯得困惑地看了彼此的臉說：

「就算如此，任由ＭＡＲ擺布行嗎？」

「那不就稱了夏夫利亞爾．連的意了……！」

「確實令人不服呢。」

霧葉百般焦躁地咂了嘴。日本政府屈服於恫嚇的結果，就是讓霧葉等人對恐怖分子莫可奈何——這樣的結局實在令人難以接受。該找誰發洩這種不爽的心情呢？霧葉把手湊在下巴思索。

於是，下一個瞬間。

「——！」

在場的四名攻魔師蹦也似的同時起身，並且各自把武器拿到手裡，慢一拍的早海也做出反應。可以感受到有極強大的「力量」接近——性質與霧葉等人認識的魔力或靈力有所不同的驚人力量，那簡直可以匹敵吸血鬼真祖——

「怎麼會有這股壓迫感……！究竟從哪裡來的……？」

霧葉凝神想找出「力量」的來源，卻無法釐清過於強大的「力量」源自何處。壓倒性的存在感足以籠罩腳底所有地面，連獅子王機關的攻魔師都只能不知所措。

以霧葉等人所在的帳篷為中心，鏡面般的鐵灰色影子逐步擴張並侵蝕地面。

彷彿被大規模的空間魔法捲入其中，強烈的不適感來襲。受影子侵蝕的地面劇烈搖晃，從中浮現身軀龐大的魔獸。

覆有鐵灰色鬃毛與鱗片的美麗龍族。

『妲啊啊啊啊啊啊啊啊啊啊啊啊啊——！』

從影子中冒出的鐵灰色巨龍高聲咆哮。它那龐大的身軀掀起暴風，讓霧葉等人所在的帳篷毫無招架之力地被颳走。

「——龍族？」

霧葉只愣然愣了半晌。深灰色雙叉槍（Spear Fork）在她手裡一轉，進攻的態勢立刻就緒。太史局的六刃神官是對付魔獸的專家，即使面對體長超過十公尺的龍族，霧葉也可以想出好幾套有效的術式。

呼應霧葉灌注的咒力，雙叉槍幽幽發光了。她發動擬造空間切斷術式，為了割開龍喉而備戰。可是，有人突然現身打斷了準備施展攻擊的霧葉。

「等一下，妃崎同學！這孩子不是敵人！」

獅子王機關的羽波唯里擋到霧葉面前。預料外的干擾者出現，讓霧葉出手攻擊的時機遲了些許。

鐵灰色巨龍就趁這段空檔變成了另一副姿態，由巨龍化為人類少女——有著鐵灰色秀髮的嬌小女孩。

「葛蓮姐！之前妳都去哪裡了？」

斐川志緒放下原本舉起的西洋弓，趕到少女身旁。

紗矢華和霧葉在混亂之間望著志緒她們的行動。她們倆聽說過葛蓮姐這名來歷不明的龍族，實際目睹後卻還是掩飾不了訝異。葛蓮姐會使用空間移轉這一點也是前所未聞。

「唯里！志緒！跟我來！救救奧娃！」

化為人身的葛蓮姐用與外表相符的年幼嗓音向唯里她們求助。霧葉和紗矢華都在疑惑出了什麼狀況，但唯里似乎馬上就想通了。

「奧娃？妳是指奧蘿菈嗎？」

「姐！」

「可是，叫我們跟著妳，究竟要循著什麼途徑去哪裡……？」

志緒仰望頭頂問了。

新成為第四真祖的奧蘿菈．弗洛雷斯緹納目前恐怕仍在異境，而且要到異境，非得透過絃神島上空的「門」。可是，那道「門」只有晚上才會開啟。

然而，葛蓮妲氣惱地拉起遲遲不動身的唯里她們倆的手臂，然後再次化為巨龍模樣。

『妲～～！』

「咦？等等……！」

「葛、葛蓮妲？」

鐵灰色巨龍把發出尖叫的唯里和志緒放到背上，並瞪向地面。霎時間，霧葉等人所站的大地像起了漣漪一樣劇烈蕩漾。

鐵灰色影子如水面擴散開來，霧葉的腳尖頓時陷入地面。覆蓋著霧葉腳底下的影子就這樣發揮出通往異境之「門」的功用。

「異境侵蝕……！難道那頭龍族……」

巨龍縱入鐵灰色影子，並將動搖的霧葉捲入其中。表情僵凝的唯里和志緒也立刻沉入影子看不見了。

鐵灰色影子在最後將龍尾吞沒，就此消失無蹤。

事後只剩下散亂在地面的鋼管椅、工作桌椅及帳篷殘骸，還有茫然杵在原地的紗矢華與早海。

「怎麼會這樣……什麼情形啊！斐川！羽波！妃崎霧葉！」

陷入輕度恐慌的紗矢華讓銀色長劍掉到地上，還扯開嗓門大喊。可是，她當然得不到回應。察覺有異的特區警備隊隊員們聚集過來，不過應該沒有人能看懂出了什麼狀況。

「這下子……傷腦筋了呢。」

當旁人因為異象突發而一片譁然時，只有荒島早海不改表情，思索起要如何擬稿向總部報告。

即將下山的太陽開始把西方天空染黃。

3

紘神市綜合魔導醫院專門收治魔族，屬於由人工島管理公社直營的醫療機關。

醫療大廈位於紘神島中心一帶，隔著運河還可以清楚看見被亞拉道爾用眷獸摧毀的基石之門大廳，飄浮在該地上空的巨大球型城寨亦能收進眼底。

「哼……搞成這樣還真是大手筆。」

保釋中的魔導罪犯修特拉・D從病房窗戶望著基石之門的慘狀，嘲諷似的笑了。他是個外貌粗魯，讓人聯想到街頭混混的青年。

然而，或許是因為全身上下的傷勢，修特拉·D連說風涼話都嫌力道不足。前天晚上，他曾挑戰夏夫利亞爾·連，反而受了瀕死的重傷。

「看來那是死都，歸連家所有的迦雷納連城。混帳東西……！」

修特拉·D凝望飄在空中的城寨，因而皺起臉。這個人講話嘴巴不乾淨的毛病正如傳聞所述，卻給人幾分小孩子鬧脾氣的印象，感覺並沒有多恐怖。

「死都？」

淺蔥鸚鵡學話般講出了這個陌生的單字。為了問出拉德麗·連的情報，她才會來這裡拜訪同樣身為「天部」的修特拉·D。

「……就是『天部』那些王公貴族的居城啊。據傳那是飄浮在異界與現實世界間的夢幻都市或什麼來著。『天部』經過『大聖殲』從地表離去以後，一直在死都作著漫長的夢，還盼著日後捲土重來的那一刻……」

陪淺蔥來的矢瀨基樹裝模作樣地做了說明。可是——

「才沒那麼氣派啦。那種破城專門建給老不死的敗類住，根本只能算鬼屋。」

修特拉·D不屑地嘀咕了一句。

他原本是此刻仍應被關在監獄結界的凶惡罪犯，對淺蔥等人的態度卻一反預料地願意配合。只要有人肯陪他講話，不管訪客是誰應該都沒關係。修特拉．D被綁在病床上無法動彈，與他同房的布魯德．丹伯葛萊夫又是個寡言得令人吃驚的男子，因此修特拉．D似乎悶得發慌。

「你叫他們老敗類……那些人不是你的同伴嗎？」

淺蔥用納悶的語氣問。修特拉．D與連氏兄妹，同樣自稱「天部」的他們有何差異，淺蔥等人對此並不清楚。

然而，修特拉．D突然氣得滿臉通紅說：

「啥？妳說誰是誰的同伴，臭女人！老子可不管妳是『該隱巫女』還什麼名堂，小心我宰了妳……狗娘養的，講沒幾句就痛得要命！我的傷好痛！」

「誰教你受了重傷還大呼小叫……！」

淺蔥對在床上痛得死去活來的修特拉．D投以同情的目光。

「吵死了，臭女人。聽好，像我們這種有尊嚴的『天部』啊，在經過那該死的『大聖殲』之後，就在與人世隔絕的南美大陸高地上獨自建立了與你們這些笨猴子不同的高度精神文明，費了好幾千年的時間！」

「高度的精神文明……？」

「怎樣，妳有什麼意見嗎！」

淺蔥面露懷疑，修特拉．D就含淚吼她。

「我看算了，然後呢？」

淺蔥淡然催對方繼續說。修特拉．D仍不耐似的拳頭顫抖，回答：

「留在死都的那些人都是從好幾千年前就停止進步的行屍走肉。他們仗著自己不會老也不會死，一直窩在會飛的墳墓當中，還丟人現眼地執著於權力，想取回過去的榮耀。別拿那種沒藥救的敗類跟我們相提並論，蠢貨！」

「哎，我大致曉得你們的內情了……」

「是喔？這樣就懂啦？」

修特拉．D應該是氣累了，便無力地倚向病床。接著他閉上眼睛，花了一點時間讓呼吸調適過來。

「……所以說，妳想知道死都的弱點嗎？」

「咦？」

「妳會特地來見我，不就是為了問這個？不想聽的話，倒也沒關係啦。」

「等一下，告訴我吧，修特拉．D。啊，對了，你想吃果凍嗎？」

淺蔥抓起擱在桌上的盒裝果凍，遞到「天部」的年輕人面前。修特拉．D啞口無言似的朝淺蔥望了一眼，然後叫道：

「誰要啊！再說，那不是我吃剩的醫院伙食嗎！」

「你不要喔？那可不可以給我？」

「居然是妳自己想吃嗎！」

「我喜歡這種果凍嘛。以前，我在小學的營養午餐常常吃到……」

淺蔥一邊興高采烈地解說一邊吃起了果凍。修特拉．D帶著傻眼的表情盯著她一會兒，然後有些認栽地嘆息。

「讓我想想要從哪裡說起。首先，物理性攻擊對死都不管用。那個刺蝟頭剛才也有提到，即使死都出現於現實世界，有另一半還是保留在異界。無論從這個世界發動多猛烈的攻擊，都會受異界的屏障阻擾而無法造成損傷。」

「原來如此……所以它的構造跟真空隔熱魔法瓶類似嘍……」

「啥玩意兒？我不懂妳在講什麼啦。」

修特拉．D很難分辨淺蔥的比喻是否貼切，就敷衍地應了一句。

「即使來自外部的攻擊不管用，從內部下手行得通嗎？」

矢瀨用認真的語氣發問。

曉古城率領的眷獸當中，有一隻雙頭龍是可以無視次元之隔，對敵人造成傷害的「次元吞噬者（Dimension Eater）」。由於對周圍空間的影響太大，古城並不能命令它直接吞下整座死都，但是要打開侵入死都內部的破口應該就有法子。

嗯——修特拉．D沉思後回答：

「哎，也行吧。但是，我可沒聽說過有誰進了死都還能活著出來。」

「為什麼？」

「死都住的那些人已經在那座擠得要命的城裡窩了幾千年。他們早把底下的那些僕人改造得亂七八糟，好用來防衛自己的城池，順便當消磨時間。」

修特拉．D嘀咕完就垂下目光，彷彿在忍受腦海裡復甦的記憶。

「我們村子裡的人大多都遭到那些混帳的毒手。那傢伙——夏夫利亞爾．連就是故意引誘我們進城來給自己找樂子！我死去的同鄉居然成了他觀賞的玩物！」

「這樣啊……」

矢瀨表情凝重地沉默下來。修特拉．D為何會憎恨身為同族的連，當中的理由似乎終於有解了。他會被視為魔導罪犯而被捕入獄，似乎正是為了打倒連就在再三襲擊MAR的過程中波及一般民眾的關係。修特拉．D造成的損害固然無法抹滅，感覺卻多少有同情的餘地。

「那名龍族怎麼樣了……？」

隔著一道薄薄的布簾，之前始終保持沉默的布魯德．丹伯葛萊夫從修特拉．D的隔壁床出聲問道。

「龍族？你是問名叫克雷多的那頭炎龍？」

矢瀨回想起在人工島東區倉庫街遇見的赤銅色炎龍身影。原本被認為是末日教團一分子的那名龍族，真面目似乎是夏夫利亞爾·連的同夥。

「那名龍族應該到異境了喔，跟夏夫利亞爾·連一起。」

淺蔥滿不在乎地回答丹伯葛萊夫的問題。

屠龍男子聽完，就在布簾的另一邊靜默不語。跟克雷多交手而落敗的他沒能阻止那頭炎龍前往異境，他似乎為此自責。

「欸，你是屠龍者——聖喬治一族的成員對吧？為什麼你要這麼敵視龍族呢？」

淺蔥好奇地反問對方。原本她以為會遭到無視，丹伯葛萊夫卻意外順從地接話。

「沒有理由。我是為此被教會造就的聖喬治。」

「就算如此，總會有內情吧。西歐教會製造屠龍者自有其目的。」

「……因為那些傢伙是侵略者。這是我聽到的說法。」

丹伯葛萊夫在沉默過後嘀咕了一句。淺蔥納悶似的瞇起眼。

「侵略者……？」

「這顆星球上的龍族是斥候，所以要殺，趁它們尚未將情報帶回去。」

「……斥候……表示它們是來偵察的？從什麼地方？」

丹伯葛萊夫的說明有欠完整，讓矢瀨大為困惑。他講的是真相？或者只是被灌輸了偏頗的教義？矢瀨在這個時間點並無法判斷。

然而，淺蔥卻莫名爽快地點了頭。

「這樣啊，原來如此。」

「咦……？淺蔥，剛才他那樣說明，妳就信服了嗎？」

矢瀨低聲追問自己的青梅竹馬。淺蔥則帶著不關心的表情說：

「我並沒有全面相信，可是這個人看起來又不像在撒謊。」

「呃，話是這麼說沒錯啦……」

「何況對付龍族的事不管怎樣都得排在後面，要先設法解決死都的問題。」

「哎，的確……要不然，我們也沒辦法把古城送到異境。」

儘管有一些部分無法讓人釋懷，矢瀨不得不認同淺蔥點出的癥結。他蹙起眉頭嘆息。

總之，需要的情報到手了，看來並沒有理由在這間病房多逗留。矢瀨與淺蔥互相點頭，接著就同時準備離開病房。

就在這時，修特拉．D再次開口了。

「慢著，該隱巫女。第四真祖……是叫曉古城對吧？幫我帶話給他。」

「給古城嗎？」

淺蔥停下來回過頭。修特拉．D帶著嘔氣的表情點頭說：

「對。說來丟臉，我現在成了這副慘樣。所以啦，麻煩叫他連我們的帳都一起算清楚，把夏夫利亞爾．連那個臭傢伙幹掉……就這樣。」

淺蔥看修特拉．D乖乖地低頭請求，就略顯訝異地挑了眉。接著，她露出一張好勝的笑容。

「……ＯＫ。先不談是否要把人幹掉，最起碼也要讓對方半死不活。我會負責叫古城辦妥這件事。」

「好樣的。」

修特拉．D滿意似的嘀咕著閉上眼。而淺蔥和矢瀨轉身背對他，這才從病房離去。

「……妳跟他那樣約定行嗎？要讓夏夫利亞爾．連半死不活……假如那傢伙知道ＭＡＲ正在談判收購絃神島的事宜，會不會發飆啊？」

矢瀨走在空蕩的醫院走廊，向淺蔥問道。

淺蔥面不改色地認同：

「會啊。」

「欸……妳還說這種話……」

「但是呢，不要緊的。我不會讓事情談成。」

淺蔥露出潔白的牙齒笑了笑。矢瀨則對她這樣的態度感到糊塗。

「妳為什麼敢這麼斷言？」

「畢竟ＭＡＲ……拉德麗．連有一個天大的誤解嘛。」

「誤解？」

「是啊。她錯在認為靠收購談判或斟酌得失便能說動古城。」

提到古城名字的那一瞬間，淺蔥的笑容滿是燦爛光彩。

而且她用帶著幾分疼愛與驕傲的口氣說：

「只有蠢得不吃那一套的傻瓜才能當絃神島（我們）的領主啊。」

4

過去曾是基石之門大廳的地點呈現有如巨大隕石墜落中心點的樣貌。直徑約二十公尺的範圍內有大量瓦礫堆積，沙塵至今仍瀰漫不去。

「優麻！」

古城察覺到站在那陣沙塵中的少女，就喊了她的名字。

身穿運動品牌連帽衣的修長少女——仙都木優麻看見古城還有雪菜接近，便莫名歡喜地揮了揮手。

「嗨，古城，還有姬柊同學，你們來得真快。」

「這怎麼搞的啊，太慘了……」

「到底出了什麼事？」

古城和雪菜環顧大廳的慘狀，一邊各自嘀咕。

他們結束與拉德麗．連的會談，回到旅館，是在約二十分鐘前的事。隨後，驚人魔力就在這一帶灑落，讓建築物的屋頂崩塌。

基石之門上空更出現了來路不明的球體城寨。多虧如此，古城他們亂成一團，總之為了確認現狀，才會來到位於爆炸中心點的大廳這裡。

「拉德麗．連下的手。」

優麻回望杵著不動的古城他們，微微露出苦笑。她是以南宮那月助手的身分在攻魔局工作，應該至少比古城他們更掌握了情報。

「『戰王領域』的帝國騎士團本來打算抓住拉德麗．連，因為ＭＡＲ的幹部被當成恐怖分子，在國際間受到通緝。」

「既然如此，那個冷笑話女是被『戰王領域』的人帶走了嗎？」

古城訝異地反問一句。假如拉德麗被「戰王領域」抓走，古城等人橫豎是不可能跟她進行談判。

優麻卻有些疑惑似的眨眼睛說：

「冷笑話女？呃……沒有耶，拉德麗．連毫髮無傷地回去了。單提她的話。」

「……單提她？」

什麼意思——古城他們歪過頭。正好在這時候，從堆積起來的瓦礫另一邊傳來耳熟的尖嗓音。

「找到了！小戰車，在這下面！把這根柱子搬開！」

『嗯。在下明白是也！』

伴隨刺耳的馬達運作聲，大得誇張的混凝土碎塊被舉起，粗魯地把碎塊甩到旁邊的是一輛深紅色有腳戰車（Robot Tank）。那是被麗迪安．蒂諦葉稱為「紅葉」的兩人座新款戰車。引導這輛戰車的人則是世界最強夢魔（Succubus）——「夜之魔女（莉莉絲）」江口結瞳。她們也跟古城等人居留於同一間旅館，似乎就率先趕到了現場，著手救助那些被事故波及的受害者。

要搜索埋在瓦礫底下的生存者，擁有強大精神感應力的結瞳可以勝任，而麗迪安的戰車比重工業機械靈活，在這種受災現場也可以發揮效能。說來令人不太想承認，但是她們這兩個小學生都比身為最強級別吸血鬼的古城更能幫上忙。特區警備隊的隊員總算聚集到這裡以後，也看似信賴地守候著她們的活躍。

接著，古城和雪菜察覺到麗迪安開戰車從瓦礫當中拖出來的物體，因而倒抽一口氣。那是散發出深紅光輝的亮澤石像，為數兩座。如紅玉般透明澄澈，可是那精美端正的造型卻似曾相識。

「那是亞拉道爾嗎……！」

「札娜小姐……！」

古城和雪菜同時驚呼。從瓦礫堆中出現的深紅石像完美雕成了亞拉道爾與札娜的模樣，無論身高、外表或表情，酷似得簡直像用了真人來取模。

「這是石化……不對，應該稱為寶石化。」

雪菜一邊觸摸挖掘出來的石像一邊嘀咕。

「寶石化？物質轉換嗎……！」

古城表情緊繃地驚嘆。物質轉換屬於鍊金術的奧祕，是少數能讓不死身的吸血鬼無力化的方法之一。那並非破壞肉體，而是將肉體轉換成無機物，藉此封鎖吸血鬼的生命活動，阻礙其再生能力。古城在與「賢者靈血(Wiseman's Blood)」一戰中也曾落得同樣下場。

可是，即使憑頂尖鍊金術師的能耐，要對具備強大魔法抗性的吸血鬼施展物質轉換仍然有困難。那非得是「賢者靈血」級別的怪物才可能達成。

「——這是拉德麗．連下的手。」

古城疑惑地嘀咕：究竟誰有這種能耐？優麻便告訴他答案。

「那女的打倒了亞拉道爾還有札娜小姐……？就憑她一個人？」

古城啞口無言地看向優麻。

儘管拉德麗．連的年齡與外表不符，她仍是纖弱的女性。若對付一般魔族或攻魔師也就罷了，要戰勝亞拉道爾跟札娜感覺實在是無能為力。

優麻卻略顯困擾地搖頭說：

「被她制伏的不只是這兩個人。亞拉道爾議長帶了四名部下，我剛剛才把他們送到醫院。他們全都屬於舊世代的吸血鬼，但是要恢復到可以活動，我認為需要花三天時間。換成力量較弱的吸血鬼，就算完全消滅也不奇怪。」

「那個冷笑話女竟然有能力辦到這一切……」

古城的臉色更添嚴肅，雪菜也無言以對。實際跟札娜交手過的她知道其厲害，應該更難相信札娜會落敗。

然而，現實是亞拉道爾等人都變成了寶石，被迫以悽慘的模樣示眾。

被壓在瓦礫底下仍毫髮無損，表示他們的肉體目前應該都具備跟真正寶石一樣的硬度。

要實現完美到這種地步的物質轉換，恐怕得用高竿得嚇人的魔法，解咒的難度也就相對提升。至少古城就想也想不到該怎麼做才能讓他們恢復原狀。

「——原來如此，這應用了眷獸彈頭的製造技術。既然能封印真祖級的眷獸，要讓貴族級吸血鬼或真祖的『血之伴侶』無力化，想必也不無可能。」

古城手足無措地站在寶石化的亞拉道爾他們面前，耳邊忽然傳來一陣優雅含笑的說話聲。古城驚訝地回過頭，與他對上視線的是個金髮碧眼的美麗女子，被譽為美神(Freja)再世的北歐阿爾迪基亞王國公主。

「拉・芙莉亞……！」

「看來你取回力量了呢。這樣一來，我就放心了。」

拉・芙莉亞・立赫班瞇起深邃湖泊般的碧眼，微微一笑。

她得知古城等人的窘境就專程從阿爾迪基亞趕來是已知的事實。她會來見古城，也算可以理解。

不過公主突然出現讓古城倉皇得板起了臉，因為他有點怕這位擅使權謀術數的公主。然而少了她的協助，眾人便無法應付古城失去控制的那些黑眷獸，這亦屬事實。古城對她並非沒有感激之情。

「呃，哪裡。聽說這次也受了你們許多關照，得救了。」

古城改換心情對拉・芙莉亞致謝。銀髮公主則刻意誇張地擺出驚訝的態度，搖頭說：

「哎呀，無需答謝我。我欠了你在阿爾迪基亞那次風波的人情，何況拯救丈夫的危機對妻子來說不是當然的嗎？妳說對吧，雪菜？」

「是、是啊……沒錯，一般而言是的。雖然曉學長並不是妳的丈夫。」

雪菜有些招架不住公主的話鋒，卻還是隨口點出了矛盾之處。拉・芙莉亞則是若無其事把她的反駁當成耳邊風。

「更何況對於夏音能獲救這件事，反而是我要感謝古城。」

「啊……不會啦，說起來那根本也是我害的……」

把手放到後腦杓的古城說到一半就露出警覺的臉色。拉・芙莉亞不著痕跡地點出了古城為了防止夏音天使化，因而吸夏音的血這個事實。

「等一下，拉・芙莉亞，怎麼連妳都曉得我跟叶瀨發生的事？」

「因為那是攸關我國王族生死的問題。」

拉・芙莉亞不以為意地斷言。她從胸口拿出一張經過護貝的偷拍照，古城咬向夏音喉嚨的決定性瞬間已留影於此。

「原來有人偷拍嗎！那麼，當時優絲緹娜小姐之所以不在叶瀨身邊……！」

「呵呵……誰曉得實情如何呢？」

拉・芙莉亞使壞似的微微吐舌裝蒜。

臉色始終鐵青的古城嘆息。看得出雪菜收下偷拍照以後，心情不知怎地就越來越糟。再繼續讓拉．芙莉亞握有主導權會有危險——如此判斷的古城硬是換了話題。

「拉．芙莉亞，重要的是妳沒事嗎？既然叶瀨會因為過度運用靈力導致天使化，妳也會有一樣的狀況吧？」

「哎呀。那麼，假如我的身體出了問題，能請你跟對待夏音一樣地對待我嗎？就在此時此地？」

拉．芙莉亞眼睛一亮，看了古城。

她的提議出乎意料，讓古城詫異地望向四周說：

「現在就要？在這裡嗎！這未免太……」

「呵呵……那麼，事不宜遲嘍。」

「欸，妳別這樣啦，還說什麼事不宜遲……！」

「來吧，雪菜，請拿出要分給我的那一枚戒指。」

「咦？」

雪菜突然被點到名，就慌得冒出迷糊的聲音。

拉．芙莉亞則像在測試雪菜一樣望著她微笑。

「妳從札娜．拉修卡那裡收下的戒指，應該還有剩吧？」

「啊……是的，還有……」

雪菜從制服口袋拿出銀戒。封有古城一部份肉體的契約戒指，用於擬造「血之伴侶」的觸媒。

「為了封住失控的黑眷獸，我同樣釋出了超越極限的靈力。要對抗天使化的話，我倒是認為自己跟妳或夏音一樣，也有資格成為古城的『伴侶』喔。」

「說來……是這樣沒錯……」

雪菜含糊其辭。戒指真的可以交給拉．芙莉亞嗎？她一副拿不定主意的表情。

「啊……」

這時，拉．芙莉亞目眩似的微微嘆了一聲，還站不穩。

「拉．芙莉亞……！」

雪菜立刻伸出手想扶穩身形搖晃的公主。拉．芙莉亞便穿過雪菜身邊，然後轉身回頭。公主的手指間拈著銀戒，她在錯身之際從雪菜手裡奪走了其中一枚。

「原來如此，這就是觸媒戒指啊。」

「妳、妳什麼時候……！」

拉．芙莉亞深感興趣地舉起戒指端詳，而雪菜一臉愕然地凝望她。

公主迅速把搶來的戒指戴上自己的左手無名指，然後說道：

「札娜・拉修卡準備的戒指共有十一枚。在那當中，獅子王機關及太史局的攻魔師收了四枚；為了終結領主選鬥，卡思緹艾拉家的鬼族(Ogress)領了一枚；還有一枚是用來阻止夏音天使化——我收下這枚以後，就只剩四枚了。」

「不，只剩三枚。因為我要拿一枚。」

雪菜慌亂未定，有隻小手就從她的死角伸過來，並且搶走了一枚戒指。得到戒指而放心地露出笑容的人，是個戴貝雷帽的嬌小小學生。

「咦！結瞳……？不過，這戒指是……」

「我曉得。這是預約。」

「預、預約？」

「是的。請妳們看著，再過三年我就會像雪菜姊姊一樣，跟古城哥哥盡情耍甜蜜。」

「等一下……妳等一下，我才沒有跟曉學長耍甜蜜……！」

雪菜拚命想否認，古城卻認為：問題不在那裡吧。

另一方面，拉・芙莉亞則對眼前的小學生投以看待對等強敵般的眼神。

「世界最強的夢魔，『夜之魔女』江口結瞳嗎？照這樣看來，我身為古城的正室也不能掉以輕心呢。」

「哪裡，真不愧是阿爾迪基亞的拉・芙莉亞公主。您就像傳言中一樣，美得令人驚豔。」

不過，將來我一定會搶下正室寶座給大家看的！」

「為什麼由拉・芙莉亞當正室好像已經變成前提了啊……！」

為避免被結瞳她們聽見，雪菜低聲咕噥。而在雪菜的後頭，有個高個子少女毫無預警地現身了。

「哦～～……那種戒指有多的話，我也拿一枚好了。」

「優、優麻同學，連妳都要嗎！等等……還給我！請把戒指還回來！」

優麻出手一摸，將第三枚戒指搶去，雪菜察覺就急忙想拿回來。然而，她們倆身高有差距，優麻高舉手臂以後，雪菜的手就搆不到了。

「還戒指的說法……讓人無法心服呢。這本來就不是歸妳所有，應該由古城掌管才對啊。對不對，古城？」

拉・芙莉亞用冷靜語氣糾正雪菜的用詞。與人談判這方面就是厚黑公主獨秀的舞台了。

「啊～～……聽妳一說，我也覺得好像要那樣才對耶……」

古城態度猶豫地認同拉・芙莉亞的說法。從札娜・拉修卡那裡直接收下戒指的人確實是雪菜，不過那是因為古城當時被札娜捅穿了肚子不省人事，原本戒指應當要給古城這個立契約的當事者才合情理。

「唔唔……」

不只拉・芙莉亞，結瞳與優麻也拋來抗議的視線，受到注視的雪菜不情願地把剩下兩枚戒指交給古城。

古城無奈地嘆了氣，隨手把戒指塞進口袋。

「所以你對吸血行為意下如何呢？就地進行嗎？」

拉・芙莉亞滿意似的見證了事情經過，然後挑逗地仰望古城問道。古城不由得跟公主拉開距離說：

「哪有可能啊，在這種情況下！」

「我倒不介意……畢竟在眾目睽睽下辦事說不定也有這樣才能帶來的興奮……呵呵。」

「妳講這種話會聽不出有多少開玩笑的成分，很恐怖耶……！」

「哎，這次能收到你的戒指就夠了。」

拉・芙莉亞嘻嘻一笑，優雅地聳聳肩。

「至於我的身體狀況呢，你無須擔心。因為我並不是像夏音那樣單以血肉之軀來施展魔法。阿爾迪基亞王室所使用的大規模魔法，原則上皆有設想到以精靈爐輔助其架構。」

「意思是叶瀨獨力跟眷獸較勁，才會拚過頭嗎？」

原來如此——古城對拉・芙莉亞的說明感到信服。公主則微笑表示：是啊。

「你說得沒錯，那果真是愛的力量吧？」

「欸，哪有什麼愛不愛……她對誰都一樣溫柔啊。」

「……哎，就當作是那樣吧。」

拉・芙莉亞罕見地用以她而言顯得有些傻眼的口吻說道。接著，她再次把視線轉向寶石化的亞拉道爾等人。

「不說那些了，現在的問題是該怎麼解救他們。」

「姬柊，妳的長槍沒辦法解除這種寶石化的症狀嗎？」

古城心血來潮地問了雪菜。雪菜帶著認真的臉色思索。

「我認為有可能解除。換成單純的石化，『雪霞狼』就無法復原，但是這屬於一種近似封印的狀態——」

「嗯。可是，別那麼做應該比較好。」

優麻打斷雪菜說到一半的發言。古城有些訝異地看向優麻。

「怎麼說？」

「姬柊同學的長槍確實能讓魔力無效化，可是從外部強制破壞封印的話，其衝擊有可能破壞人體內部的細胞。假如要解除，就得花時間慢慢來。」

「……跟冷凍食品解凍好像。」

古城說出傻氣的感想。然而，正因為是強大的魔法，解咒的反作用力也大。這個道理他倒是能理解個大概。

「何況『雪霞狼』的攻擊本來就會對亞拉道爾議長造成傷害。」

「啊～～……」

雪菜過意不去似的說明以後，這才讓古城打消主意。她以長槍釋出的神格振動波能讓魔力無效化，藉此對吸血鬼造成致命傷害。

「別多插手，直接把他們送還『戰王領域』應該就不至於出差錯。只是，那樣做的話，亞拉道爾議長的處境似乎會有些尷尬。」

拉．芙莉亞用有所顧慮的語氣說道。

亞拉道爾是廣受畏懼的好鬥派吸血鬼，對他而言，被敵對的「天部」小丫頭獨自擺平，還被送回祖國，應該會留下相當屈辱的汙名。

如果只是卸下帝國議會的議長之職就能了事倒還好，搞不好亞拉道爾還會被沒收領地及剝奪爵位——最糟的情況下，甚至無法斷言死罪可免。萬一事情變成那樣，古城的良心也會深受譴責。

拉．芙莉亞也認真無比地思索著說：

「難得有機會賣對方一份大人情，可以的話，我並不想浪費……」

「妳還念著賣人情……」

公主暴露內心盤算的這段話讓古城傻眼地嘆息。

就在隨後，有腳戰車的喇叭傳出了一陣客氣的說話聲。

『啊～～……各位……恕在下失禮。有關亞拉道爾大人與札娜大人一事……』

「麗迪安？」

總是情緒高亢的「戰車手」態度安分，讓古城對她有違本色的態度感到納悶並回過頭。

瓦礫堆積成山，特區警備隊的隊員們忙亂地來來去去。夕陽從毀壞的天花板射入，照亮瀰漫四周的塵埃。跟剛才完全相同的景象。

並沒有發生什麼讓麗迪安感到混亂的狀況，唯獨一項小小的改變例外——

『那兩位的屍首，都已經消失了是也。』

「……！」

寶石化的亞拉道爾與札娜・拉修卡突然消失，讓雪菜、優麻，甚至拉・芙莉亞都說不出話了。

感覺不到有人將亞拉道爾他們運走的動靜，更沒有空間移轉魔法施展過的痕跡。只是，原本應該擺在那裡的兩座寶石像消失了。

目的與手段都不明的小小異狀。當這個謎團讓雪菜等人受到動搖時——

古城偷偷在內心吐槽：呃，那不能叫屍首吧。

5

「……然後，結果亞拉道爾和札娜．拉修卡並沒有找回來嗎？」

南宮那月身穿豪華禮服，坐在跟現場不搭調的骨董風格扶手椅上，態度高傲地開口問。

紘神島第六魔導研究所。這裡是叶瀨賢生的研究室。

然而，原本應該擺有魔具及魔導書的空間，已經被那月的私人物品占去了大半。比方說三層高的蛋糕架與茶具組，或者真皮沙發與布偶。唯我獨尊的那月賴著不走，她目中無人的程度似乎帶來了壓力，讓叶瀨賢生本就陰沉的表情變得更加鬱結。

話雖如此，這跟古城等人並無直接的關係。

「是的。在那種距離，要動用大規模魔法而不被任何人察覺，我想是辦不到的……畢竟除了我之外，還有優麻同學與拉．芙莉亞公主在場。」

「麗迪安也說她的戰車並沒有偵測到反應。」

雪菜用正經八百的語氣說明，而古城隨便補充了一句。

室內有那月與古城等人，還有房間的主人叶瀨賢生，再加上受傷療養中的香菅谷雫梨．

卡思緹艾拉。把古城他們叫來這裡的人則是雪菜的上司緣堂緣，但她似乎有急事，所以會晚點到。

於是古城等人就向那月報告了拉德麗的事情，順便打發時間。

「只聽你們剛才的說明，老實講什麼都無法釐清，情報實在太少。」

那月聽古城他們說完，就道出合理至極的感想。既然連報告的古城等人都為此感到混亂，那月當然不可能理解。

「唉，也對啦。我本來是想，搞不好那月美眉還有大叔會有些頭緒……」

「稱呼老師別用美眉這種詞。」

那月臉色不悅地瞪向古城，並且慵懶地換邊蹺腳。

「現場有仙都木的女兒留下來調查吧？既然如此，那邊交給她處理就好。還是說，你對第一真祖的老婆那麼介意？」

「欸，妳這樣說會招來誤解吧……！我又不是因為札娜小姐是人妻才介意！」

那月的質疑無法分辨是說笑或認真，使得古城急著反駁。那月短短地哼了一聲說：

「也對。畢竟你有剛剛交到的『伴侶』。」

「……伴侶？」

這話是什麼意思？古城由衷不解地偏過頭，接著他忽然把視線轉向待在房間一角的香菅谷雫梨・卡思緹艾拉。白髮雪亮的鬼族身上全是繃帶，被人安置在床上靜躺。

「該不會是在說卡思子吧？」

「啥！怎樣，你幹嘛一副明顯不服氣的表情……！還有，你叫誰卡思子！」

雫梨瞪向板著臉的古城，猛烈抗議。

「我要先聲明，這只是為了阻止眷獸失控才暫時立下的契約，你別以為靠這種東西就連我的心都可以任意擺……布……唔！」

雫梨亮出戴著戒指的左手嚷嚷，卻想起了傷口還會痛，因而直接趴在床上掙扎。她顯然是激動過頭了。

「呃，契約那些都無所謂啦，重要的是，妳還好吧……？妳的傷是不是變得比今天早上還慘啊？」

「什麼叫無所謂！還有，我纏這麼多繃帶，只是因為這裡的庸醫太誇張而已！」

雫梨對講話不經心的古城咧嘴露齒，還生氣似的瞪了叶瀨賢生。

彷彿對此寒心的賢生微微搖頭說：

「我可不是醫生，而是魔導技師。醫治普通傷患並非我的專業，倒不如說，其實我不太感興趣。因為鬼族屬於稀少物種，我本來還期待會有更獨特的肉體構造……真是遺憾。」

「請你不要把我當成稀奇的深海魚或什麼動物來看待！」

賢生的話裡不帶感情，讓雫梨氣得發出高八度的咄嗟聲。這兩個人各有毛病嘛——古城傻眼地心想。

「總之，卡思子的傷勢似乎不用擔心吧。」

「對。跟二十四小時前相比，骨折多了兩處，肌肉局部撕裂多了六處，但是那不會構成多大的問題吧。今晚她應該就可以活動了。」

賢生漠然說明，古城便驚訝得瞪大眼睛。

「會不會康復得太快啊？鬼族的身體固然強健，可是痊癒能力跟人類差不多吧？」

「我這是修女騎士的庇佑嘛。」

「雖說契約是暫時性的，她好歹已經成為真祖級吸血鬼的『血之伴侶』，多少會有藉此獲得的恩惠。換成真正的『血之伴侶』就能得到與吸血鬼相近的再生能力，因此兩者相較下功效倒是微乎其微。」

雫梨「哼哼」地挺起胸脯，賢生則是無視她，給出正經的答覆。

目前雫梨成了古城的「血之伴侶」，就可以得到他提供的無窮魔力。她應該是把那些魔力分給細胞促進活性化，藉此提升肉體的自然痊癒力。雫梨身為魔族才有這種特權。

「是嗎……哎，這樣的話，幸好我有跟妳立契約。」

古城露出放心的笑容說道。為了阻止失控的黑眷獸，雫梨會成為古城的「血之伴侶」幾乎是出於被迫。然而這一點能幫到她本身，對古城來說也是好消息，多少能沖淡罪惡感。

「對、對呀……感覺並不壞啦。」

雫梨大概沒想到古城會坦然表示慶幸，就害羞似的臉紅了。

還有，雪菜在旁邊聽著古城和雫梨像這樣對話，則是變得面無表情。雖然不清楚理由，她的心情似乎莫名其妙地大受影響。

為了逃離那股冷冷的氣息，古城喝起放涼的熱茶，還伸手要拿不知為何擺在蛋糕架上的飯糰。那是準備給進出研究室的職員當宵夜，不過緣堂緣讓他們在這裡乾等，古城覺得擅自拿一個應該也沒關係。

「咦……這些飯糰，是叶瀨幫忙做的嗎？」

古城才吃了一口飯糰便訝異似的嘀咕。因為飯糰的味道來自不在場的叶瀨夏音之手。

於是那月深感興趣地望著古城問：

「哦，虧你吃得出來？果然由自己的『伴侶』做的東西就是特別不一樣，對吧？」

賢生不悅似的抽了抽眉毛。他的養女叶瀨夏音也跟雫梨一樣，成了古城的「血之伴侶」。賢生好像想起了這一點。

「……是這樣嗎，學長？」

雪菜仍面無表情地用乾巴巴的嗓音問。古城則表示「怎麼可能有這種事」，搖搖頭說：

「不是啦。這跟我上次陪叶瀨供餐給難民時吃到的味道一模一樣……等等，提起這個，叶瀨到哪裡去了？」

「找夏音的話，她跟妮娜．亞迪拉德一起去彩海學園了喔。」

雫梨大概是同情拚命想轉移話題的古城，因而語帶嘆息地說。

「原來她帶著妮娜一起行動？去學校？」

「要修理損毀的校舍，那個鍊金術師幫得上忙。只要奉承幾句，她就會主動效勞吧。」

那月對疑惑的古城說明。居然叫人做白工——古城難得對妮娜感到同情。

研究所後頭的門被人打開，隨後有個修長苗條的少女走了進來。

那是昨晚在貨櫃基地分開的煌坂紗矢華。她胸前抱著長有金眼的黑貓——雪菜之師緣堂緣所用的使役魔。

「——讓妳久等了，雪菜，還有前第四真祖小弟。因為獅子王機關的高層有所爭執。」

黑貓用挖苦似的語氣喚了古城等人。

走進房裡的只有紗矢華與一隻黑貓，沒有之前跟紗矢華一起行動的唯里、志緒以及妃崎霧葉的身影。

「唯里同學沒有跟妳在一起嗎？」

雪菜對紗矢華投以納悶的視線。紗矢華卻像受了驚嚇，肩膀顫得厲害。

「咦？這、這個嘛，羽波唯里她們……她們在監視『門』，沒錯！監視異境之『門』！絕對不是鬧失蹤！」

「是、是喔……」

雪菜望著舉止可疑的紗矢華，態度含糊地點了頭。雖然紗矢華總是不夠沉穩，今天的她表現得格外失措。

「妳說獅子王機關的高層起了爭執？」

古城吃完剩下的飯糰，就對緣發問。黑貓有些隨便地搖搖頭。

「這是當然。『天部』的死都，外加眷獸彈頭。我聽說你們跟拉德麗・連見面的事了，那支艦隊的影像也看過了吧？」

「是啊，姑且有看過……那果然是真的嗎？」

「北美聯合陣營也對他們派出的艦隊遭受嚴重打擊，現已撤退一事表態承認了，全世界的新聞節目也在反覆播放。紗矢華，讓他們看剛才的照片。」

「好、好的。」

紗矢華神色緊繃地一邊點頭一邊拿出自己的手機。

手機秀出了絃神島的夜景，有形似幾何學圖案的複雜魔法陣飄在上空。那是與異境相通的「門」。

而在「門」的旁邊，可以看見飛機的小小機影，似曾相識的機種。

「這是……MAR的運輸直升機？」

「上頭載的貨八成是從異境帶回來的眷獸彈頭。」

緣對古城的嘀咕表示肯定，並且繼續說道。她回答得彷彿事不關己，讓古城有點惱火。

「都沒有人察覺這架直升機嗎？」

「沒有空閒去理會啊。因為某人的眷獸正好在地表作亂。」

「唔……」

被人以意想不到的形式點出自己有責任，古城便語塞了。

MAR能成功運出眷獸彈頭而不被任何人發現，靠的不是別人，正是古城那些眷獸發揮了吸引注意力的功效。夏夫利亞爾大概並未算到這一點，在古城看來卻是不幸的巧合。

「考量到直升機的運輸能力，從異境運出的眷獸彈頭估計最多會有十二枚。就算實際上比這來得少，現況可不容樂觀看待。」

「……當中已經用掉兩枚，剩下的最多就十枚。」

那月接在緣的後頭告訴在場眾人。

「只不過，『天部』的死都作為發射台，會出現在世界上的什麼地方便不得而知。難怪聖域條約機構的加盟國全都聞風色變。」

「這方面的事，我姑且也聽拉．芙莉亞提過。」

古城的聲音流露出無從發洩的憤怒。有關「天部」死都的情報，也是由拉．芙莉亞轉達給古城等人知道。

然而她的祖國阿爾迪基亞同樣是聖域條約機構的加盟國。

當拉．芙莉亞或她的騎士團採取與ＭＡＲ敵對的行動時，便無法保證阿爾迪基亞的都市不會成為眷獸彈頭的發射目標。所以拉．芙莉亞有談到她不能協助古城等人，至少目前還只能旁觀而已。

「不僅阿爾迪基亞王國，據說日本政府也答應跟ＭＡＲ談判。」

那月用淡然的口吻告訴古城。古城訝異得忍不住挺了身。

「妳說跟日本政府談判……那絃神島會變成怎樣？」

「在國際上，絃神市國被視為日本國內的自治領。最糟的情況下，會『遭到出賣』。」

那月毫不留情地冷冷告知。

真祖大戰過後，絃神島在政治上的定位就極為不穩而模糊。

島上握有獨自的自治及外交權，另一方面，國防及警力則要依賴日本政府。由於有這層緣故，那月和獅子王機關身為日本的國家攻魔官才能像以往一樣活動。

所以說，萬一ＭＡＲ要求讓出與絃神島相關的領土權，日本政府恐怕拒絕不了。因為Ｍ

ＡＲ手裡有眷獸彈頭。

「既然如此，為什麼拉德麗．連會來人工島管理公社？假如他們能說服日本政府，特地找紘神島這邊的人談判根本沒有意義啊……」

雪菜困惑地喃喃嘀咕。

「即使同樣會遭對方占領，與其由日本政府擅自作主，紘神島的居民若能主動接納，在心證上應該比較好吧。」

那月提出了觀點實際的推論。

「問題在於那種狀況不會僅限於紘神島。假如『天部』真的取得了六千枚以上的眷獸彈頭，表示全世界同樣會受到那些人支配。即使明白那是遲早的事，政府也無法犧牲國民，這就是那些政治家的心聲吧。」

「這樣的話，現在更不是悠哉地待在這種地方的時候吧。得趁『天部』還沒有得到更多眷獸彈頭，先把夏夫利亞爾．連從異境拖出來……」

古城忍不住捶向工作桌嚷嚷。

那月靜靜地垂下目光，然後把視線轉向自己的頭頂。

「說得對。可是，我們想得到的主意，『天部』也都心裡有數。所以他們才叫來那座飄在天上的大塊頭吧。」

「表示我們要到異境的話，就非得設法解決掉死都嗎……」

古城重新想起自己這些人被迫面對的問題有多棘手。

根據麗迪安以戰車觀測到的，死都似乎飄浮在絃神島上空兩千公尺處附近，形同將通往異境之「門」堵個正著。

「只要死都賴在絃神島上空，你也不能用眷獸轟飛它。假如有碎片落在市區，造成的損害會有多慘重可預估不了。」

那月彷彿看穿了古城的心思，便提出警告。直徑達一公里的球形城寨，若是靠古城得到的黑眷獸，要將其摧毀應該不無可能。

但對手是受到強大魔法結界保護的「天部」居城，古城的攻擊並不保證絕對管用，即使管用，只要死都有任何一塊碎片砸落地表就會釀成重大慘劇。

「呃，就算那樣，我們也不能就這麼袖手旁觀吧。還是說，妳真的打算把這座島拋售給拉德麗·連啊？」

「攻魔局也已經跟獅子王機關的成員聯手，正在研討對策。你別多操心，乖乖等著吧。要是讓你擅自出手亂搞，難保不會重蹈昨天的覆轍。」

「……昨天又不是我自己樂意那樣做的。唉，反正也探望到卡思子了，既然妳叫我乖乖等著，那我回去就是了。」

被那月叮嚀過以後，古城不情願地起身。

可以的話，古城希望立刻就出發去帶奧蘿菈回來。然而他終究明白，那實在是辦不到的事。「天部」的死都，還有眷獸彈頭。即使古城恨得牙癢癢，無論怎麼想，這都不是他憑著一己之力就能扛起的局面。

雪菜擔心似的望著垂頭喪氣走向出口的古城，並且理所當然般緊跟在後。緣就突然把她叫住了。

「且慢，雪菜。妳要留在這裡。」

「……師尊大人？」

「昨天妳已經失血至不支倒地，這樣在出事時還能執勤嗎？我有為妳安排回復咒術，在我准許以前，妳都要在這裡跟古詠一起靜養。」

緣的使役魔用強硬口吻對驚訝的雪菜斷言。

「跟古詠大人一起……？可是，我還有監視曉學長的任務……」

雪菜委婉地拒絕師父單方面下的命令。黑貓卻賊賊一笑說：

「那種差事，讓聖團去做就行了。」

「您說聖團……是指讓香菅谷同學接手？」

雪菜一臉困惑地看向病床上的雫梨。雫梨一邊解開手臂纏著的繃帶，一邊像等候已久地奮然起身說：

「交給我嘍！為了不讓曉古城做壞事，引導他是我身為聖團修女騎士的職責！傷患好好休養就對了！」

「說我是傷患……香菅谷同學，妳不也一樣嗎……？」

雪菜怪罪似的斜眼瞪向緣當成使役魔的黑貓。黑貓則一臉不在乎地吐了氣，還抬頭仰望將自己抱在胸前的高個子少女的臉。

「這樣的話，保險起見就多派一個人好了。妳不介意吧，紗矢華？」

紗矢華突然被點名，就又驚又怕似的繃緊了身子。

「好、好的。」

紗矢華帶著想不開的表情點頭，讓古城感到有些不可思議。他曉得紗矢華討厭男性，不過事到如今，感覺紗矢華對監視自己這種小任務並沒有必要如此緊張。

紗矢華卻緊緊咬住嘴唇，並且把收納長劍的樂器盒抱到胸前。

她那明顯不自然的反應讓雪菜默默地盯著看了一陣子。

6

古城回到基石之門，出來迎接他的人是淺蔥與矢瀨，還有麗迪安和結瞳這一對小學生拍檔。

「所以說，你們就這樣言聽計從地回來了？」

淺蔥看著古城帶回來的雫梨和紗矢華，露出好似由衷感到傻眼的臉色。

基石之門高樓層的飯店房間之一，古城昨晚留宿的套房客廳裡。儘管房間寬廣，天花板也高，但是因為麗迪安的有腳戰車也停在這裡，室內瀰漫著莫名的壓迫感，心境上好比被迫出庭接受軍法審判的罪犯。

「什麼叫言聽計從啦？呃，雖然我曉得那只是找了個好理由把傷患推過來給我照料。」

古城看似不滿地反駁。啥——雫梨寒心似的瞪向古城問：

「你說有傷患被推過來，該不會是指我吧！」

真沒禮貌——雫梨像小孩一樣鼓起腮幫子。古城嫌麻煩似的冒出嘆息回答：

「除了妳以外還有誰？倒不如說，難道回飯店(這裡)會誤事嗎？可是，總不能讓卡思子和煌坂住我家吧……？」

儘管對方都是熟人，親哥哥帶了兩個女生回家的話，無論彼此再怎麼熟識，凪沙應該還是會生氣的。她們倆大可利用雪菜在曉家隔壁的住處，然而紗矢華一不小心就忘了借鑰匙過來。

換成平時的紗矢華，可以合法進入雪菜的起居空間，她八成就會歡天喜地收下鑰匙，這次的失態有違其作風。

「哎，那倒無妨。反正除了我們，這間飯店也沒有其他客人。再說，我也有事情想要問煌坂同學。」

「妳有事情想問？問煌坂？」

古城有些意外地看了便裝打扮的淺蔥。

淺蔥等人同時對古城的疑問點點頭。皮膚彷彿要為之麻痺的緊繃氣氛讓古城和雫梨看向彼此的臉，而紗矢華的表情越來越僵硬。

「總覺得可以嗅出有哪裡不對勁呢。妳說是吧，煌坂同學？」

淺蔥托腮，嘴邊露出微微笑意。紗矢華心慌似的搖頭說：

「什、什麼？我今天可是有洗澡耶！還洗了兩次！」

「我們不是在講這個。妳有什麼企圖嗎，紗矢華姊姊？」

結瞳直直地仰望紗矢華問道。

紗矢華彷彿要逃避她敏銳的視線，無意識地轉開目光。

「我、我哪有，什麼，企圖嘛……」

「對了，我從特區警備隊那裡接到了奇怪的抱怨耶。說是聯絡不上太史局的妃崎霧葉，讓他們很困擾。她在貨櫃基地用完拋下的武神具需要收拾，似乎也引起了爭執……」

「是、是喔……太史局還真會給人找麻煩呢……！」

矢瀨無心間的嘀咕讓紗矢華聲音變了調。身為攻魔師，紗矢華極有才幹，可是她在心靈方面意外脆弱，對於突發狀況尤其不擅因應。她的撲克臉被輕易扒下，顯而易見地慌了。

「看姊姊的臉色，妳知道些什麼吧？」

結瞳就像殘酷地逼迫獵物的蛇，緩緩地問紗矢華。

紗矢華急得猛搖頭說：

「不、不是的。我沒有做什麼，是葛蓮妲她……」

「葛蓮妲？」

意外的名字出現，古城的眼神變得嚴肅。

紗矢華被在場所有人瞪著，才認命而無助地點頭回答：

「沒錯。那個女生突然出現，把斐川、羽波和妃崎霧葉帶去某個地方了。」

「妳說的某個地方，是哪裡？」

「我也不曉得啊……！」

紗矢華被古城追問，就惱羞成怒似的大聲吼了出來。

淺蔥把手湊向嘴脣，短短地呼了口氣。

「原來如此……」

「妳心裡有底嗎，淺蔥？」

矢瀨略顯意外地蹙眉，淺蔥卻冷淡地搖頭說：

「稍微啦。但是，我想她們那邊放著不管也沒問題，葛蓮姐並不是敵人嘛。」

「我並沒有擔心那個啦。」

古城語帶苦笑地吐氣。他所認識的葛蓮姐不可能懷著惡意加害古城等人，只要對她稍有認識，任誰都會這麼想才對。

「獅子王機關也明白這一點，就不急著處理吧。我猜啦。」

淺蔥也同意般聳了聳肩。

矢瀨納悶地凝望紗矢華問：

「那麼，表示葛蓮姐的事情跟煌坂她們那邊的企圖是兩回事嘍？」

「是、是的……」

紗矢華迫於形勢，似乎反射性地點了頭，然後才警覺而回過神來。

「不、不對！我剛才說的並不是師尊大人有什麼企圖的意思……不對啦！」

「哦～～……」

淺蔥用冷冷的眼神注視著驚慌的紗矢華。隨後──

「『戰車手』。」

「在下明白是也。」

麗迪安拿出兒童用的手機，熟練地操作起觸控面板。

坐鎮在房間中央的有腳戰車突然動了起來，伸縮式機械手臂從紗矢華背後牢牢地把她架住。

「欸，等一下！怎樣！這是幹嘛！」

紗矢華使出蠻勁想掙脫糾纏自己的機械手臂，卻只是讓身上的衣物變得凌亂，有腳戰車則是文風不動。

淺蔥越顯冷酷地望著紗矢華被捆住而毫無防備的模樣，開口交代：

「結瞳，麻煩妳。」

「好。對不起，紗矢華姊姊。」

結瞳移動到紗矢華面前，然後閉上眼睛。於是當她再次睜開眼時，瞳孔就散發出貓咪在暗夜般的眩目光彩。以魔力編織成的黑色翅膀從她背後浮現。

紗矢華察覺了這一點，臉上露出貨真價實的恐懼神色。

「難、難道妳想用夢魔之力讓我講出祕密？沒、沒用的喔，即使妳那麼做也行不通！我絕對不會說出自己其實喜歡雪菜這件事！」

「……………」

房裡幾乎所有人都露出「早就知道了」的尷尬表情，只有雫梨默默地瞪大眼睛。

另一方面，紗矢華本人似乎在吐實以後就來勁了，明明沒有被問到什麼，她卻主動開始大講特講。

「明明如此，事情是怎麼搞的嘛！雪菜跟曉古城在一起時，看起來比跟我在一起時還要開心……！他們兩個總是沒完沒了地一直打情罵俏，唔唔……我好恨！我恨曉古城！明明我也想舔雪菜的頸子，還想聞她頭髮的香味……！」

「這、這什麼狀況啊……」

古城感到眼花，雙手抱頭。江口結瞳身為「夜之魔女」轉生體的能力是心靈操控，憑她壓倒性的支配力，要強行控制他人並非不可能的事。然而這項能力原本的用法基本上是要揭開內心的黑暗面，讓對方直接任由潛藏的欲望來行動。

話雖如此，施術者似乎也沒想到紗矢華的心聲竟然會如此愚蠢丟臉，因此連結瞳都有些動搖而臉紅了。

「感覺我們這些聽眾還比較尷尬呢。」

「呃，對不起。因為我的能力只能揭發對方潛藏的心聲……」

淺蔥困擾似的按著瀏海，結瞳則消沉地垂下頭。結瞳身為夢魔的能力似乎沒有方便到想問什麼就可以讓對方回答什麼。

紗矢華都沒有察覺到旁人失望的情緒，還越講越興奮地扯開嗓門說：

「嗚嗚……什麼嘛，像曉古城那樣，長相雖然很普通，臉龐偶爾看起來倒有一點帥氣，汗味重歸重卻好好聞，聲音聽了也讓人覺得好安心，還會用公主抱的方式抱我。什麼嘛，既然他要找雪菜當『伴侶』，就連我一起娶啊……！」

「……啥？」

紗矢華像個爛酒鬼一樣開始滔滔不絕，使得古城對她的發言只感到一頭霧水。

雫梨待在旁邊，卻莫名其妙用不高興的眼神望著古城說：

「真是太好了呢，你這麼受歡迎。」

「欸，她講這些話不能當真吧……」

古城勉強保持平常心回話。畢竟紗矢華目前的精神狀態不正常，要是把這些當成她的真心話而採取行動，之後似乎會惹來大麻煩。

不知道紗矢華是否明白古城心裡的糾葛，她還自顧自地苦惱般搖起頭。

「哎……但是不可以……我們摧毀掉絃神島以後，就不能再跟曉古城在一起了……！」

「……啥！」

隨耳聽聽的淺蔥原本似乎對紗矢華自白的內容不感興趣，現在卻變了臉色站起身。

「摧毀絃神島？妳說的是怎麼一回事，煌坂！」

古城也板起臉逼問紗矢華。紗矢華則像個耍賴的小孩一樣搖頭說：

「我也不曉得啊……！都是『三聖』跟攻魔局決定的！他們說毀了基石讓絃神島沉沒，通往異境之『門』也會跟著消滅……！」

「妳說……他們決定，毀了基石……？」

古城恍惚地發出虛弱的嘀咕。

海面下兩百二十公尺，照不到光的永恆牢獄，基石之門最底層。古城想起封存在那裡的石柱模樣，咬緊牙關。

7

強勁夜風從牆面刻下的巨大裂痕吹了進來。

裸露的鋼筋；混凝土的碎塊；基石之門最頂層。古城爬上大廳堆積的瓦礫，來到半毀的樓頂。

時間已過晚上十點，眼底可見紘神島的街景。夜晚的海面環繞於外，在月光照耀下散發有如絹織品的光澤。

仰望夜空，滿是詭異的魔法陣。獨懸於那中央的球體宛若黑月，那是死都，替異境隔絕外界入侵的「天部」居城。

古城朝遙遠上空的死都伸出右手。憑著從「吸血王」繼承而來的黑眷獸之力，應該不是無法企及的距離。

但是，古城並未喚出眷獸就放下右手。此刻，這座島面臨的威脅既不是人在異境的夏夫利亞爾·連，更不是「天部」的死都。

「好慘的景象。『吸血王』認為這座島歸他人所有，就在這裡盡情撒野。」

腳邊忽然有聲音傳來。沿著逃生梯殘骸爬上來出現的身影是個髮型亮麗的女高中生。

「淺蔥……」

古城遲疑地伸出手，把踉蹌的她拉了上來。淺蔥靈巧地踏在扭曲的鋼筋上，設法來到了安全地帶。

淺蔥的服裝是白底T恤搭配制服風格的百褶裙，跟平時的她相比，給人一種極為輕便的印象。上的妝也簡約無比，感覺多了幾分稚氣，卻也有些難以親近。因為她是個臉蛋本來就長得標緻的女孩。

「古城，這裡是你最後見到奧蘿菈的地方，對吧？」

古城對淺蔥跟平時的落差感到疑惑，淺蔥倒是用一如往常的調調問他。

「對。」

古城略顯寡言地回答表示肯定。這裡正是古城跟「吸血王」最後交手之處，更是他將第四真祖麾下眾眷獸讓給奧蘿菈的地方。

可是，奧蘿菈卻在隨後被夏夫利亞爾·連的魔具支配，進而被帶到異境，當成用來開啟「門」的祭品。

「『天部』的死都，還有眷獸彈頭……假如我當時沒放開她的手，事情就不會變得這麼麻煩了。」

古城自嘲地露出無助的笑容。他心裡明白後悔並沒有意義，失去吸血鬼之力的那一瞬間，他不可能阻止夏夫利亞爾・連。

即使如此，那一瞬間，古城就是放開了奧蘿菈的手，這項事實並不會改變。

「或許呢。」

淺蔥沒有怪古城，也沒有安慰他，只是用淡淡的語氣這麼說道。

「但是，大家都還活著啊。我們活著，奧蘿菈也活著。」

「啊……」

她說的話讓古城短短地倒抽一口氣。

沒錯，什麼都還沒結束，夏夫利亞爾・連並沒有支配地表。古城支配了黑眷獸，已經取回吸血鬼之力，而且奧蘿菈活著，通往異境之「門」仍持續敞開就是證據。

淺蔥看出古城的眼裡恢復神采，就滿意地微笑。

「前往叶瀨賢生研究室的特區警備隊有提出報告。據說那月美眉和獅子王機關那些人早已經離開那裡了，基石之門也派了多一倍的警備人員，但是有那月美眉協助對方的話，老實說，形勢對我們不利。」

淺蔥拿出手機說道。她就是為了告訴古城這項情報，才特地爬上基石之門樓頂的吧。

「那月美眉真的打算摧毀絃神島嗎？」

古城擺著一副難以置信的表情問自己。「空隙魔女」南宮那月身為古城他們的級任導師，同時也是在絃神島首屈一指的攻魔師。在古城獲得第四真祖之力以前，她就已經捉拿過眾多魔導罪犯，也解救過好幾次絃神島的危機。

然而那月隸屬於警察廳的攻魔局，是受僱於日本政府的國家攻魔官。日本政府若下令要她摧毀絃神島，她就不得不從。雪菜那些獅子王機關的探員在這方面應該也一樣。

「合乎於理啊。沒有絃神島的話，通往異境之『門』就沒辦法維持。只要『門』消失，夏夫利亞爾．連回不來這個世界，眷獸彈頭的數量便不會增加。」

淺蔥道出客觀的事實。

眷獸彈頭的數量最多還有十枚，實際上很有可能更少。只要對或多或少的犧牲視而不見，那並不是吸血鬼真祖們無法應付的數量。哪怕將導致幾座大都市滅亡，即使有人認為這樣做總比讓世界受「天部」支配要好，想必也不足為奇。

「至少聖域條約機構沒有理由反對這項作戰呢。畢竟那些人從一開始就打算讓絃神島沉沒，就算那月美眉等人失手，對方也不會有任何損失，無論成敗都不吃虧啊。」

淺蔥的評論好似事不關己，讓古城嘗到了一股冷颼颼的滋味。那月將摧毀絃神島的荒唐說法突然帶著真實感逼近而來。

「絃神島要沉了嗎……」

古城俯瞰開展於腳下的絃神島街景，軟弱地嘀咕。

街燈照亮夜晚的黑暗，點起的光明有多少，在絃神島生活的人們就有多少。人類與魔族互不相爭保持共存，屬於「魔族特區」居民的人生。

基石若被摧毀，絃神島撐不了幾個小時，跟失去錨墩（Anchorage）的吊橋一樣。東南西北四座人工島（Giga Float）將承受不住各自的重量而翻覆，並且相撞，或者開始在海面上漂流。當然，住在上面的人們會失去他們的生活，連同回憶中的景物，永遠消失——

古城想像到最惡劣的未來，眼裡浮現絕望、焦躁及憤怒。

淺蔥便用婉約的目光望著古城的臉龐。

接著，她溫柔地帶著微笑說：

「我喜歡你喔，古城。」

「咦？」

古城茫然地眨了眨眼，一下子無法理解對方說了什麼。因為淺蔥的語氣感覺實在太從容自然。

「我從以前就一直有好感，對於你，還有這座島。」

淺蔥從正面望向古城的眼睛。被她用堅定的目光盯著，古城停住呼吸。淺蔥輕輕瞇細眼睛，斷然地接著說下去。

「所以，我不會讓任何人摧毀這座島。喜歡這裡的我，絕對不會。」

「淺蔥……妳在打什麼主意？」

古城望著凶狠地微笑的淺蔥，不安地反問。他對淺蔥現在的表情有印象，是跟她為了保護絃神島，獨自向聖域條約機構軍發動戰爭時一樣的表情。

「『天部』唯有對絃神島才不敢發射眷獸彈頭。因為這座島是通往異境的唯一路徑，他們不能讓這裡沉沒。」

「換句話說，能反抗那些人的只有我們……妳是這個意思嗎……？」

古城的背一陣冷顫。

日本政府、阿爾迪基亞王國、三名真祖的夜之帝國都不敢違抗夏夫利亞爾．連，因為他們的國土和國民都透過眷獸彈頭成為人質了。

然而，古城這些絃神島的居民並非如此。

MAR不能對絃神島用眷獸彈頭，所以他們才畏懼古城等人。畢竟只有絃神島的居民能反抗「天部」的支配，並且跟MAR作對。拉德麗．連會過來談收購絃神島一事，就是因此所致。

「戒指。」

淺蔥朝著毫無防備杵著不動的古城伸出左手。

「咦？」

古城傻愣愣地睜大眼睛看向淺蔥。淺蔥粗魯地嘆了一聲說：

「札娜．拉修卡交給你的契約戒指還有剩吧？我要。」

「可是，這東西……」

古城拿出了銀戒。以魔法將古城的一部分肉體納入其中，用於立下契約的戒指，為了讓吸血鬼製造「血之伴侶」的觸媒。

把這種戒指交給身為朋友的淺蔥好嗎？古城感到強烈躊躇。然而，淺蔥揪住了猶豫的古城胸口，把他的臉拉到面前。

「就算你忘不掉奧蘿菈，或許說，就算你喜歡的是別人，那些對我而言都不重要。縱使要花上一百年或一千年，我都會讓自己成為你最喜歡的女生——所以你要給我機會。」

淺蔥在古城耳邊細語。

長睫毛；好勝的眼神；亮澤的嘴脣與白皙肌膚；身上的芬芳挑逗著鼻腔。古城遭受到喉嚨強烈乾渴以及犬齒蠢蠢欲動的感覺侵襲。

「真的……可以嗎？淺蔥……」

古城順著引誘，將銀戒戴到她的纖纖玉指上。

淺蔥望著散發銀光的戒指，看似滿意地露出笑容，然後用左手撥起旁邊的頭髮。好似要

獻出細細頸子的她悄悄抬起下巴，靜靜地閉上眼。

「我們要拯救世界喔，古城。靠我和你。」

古城聽著那有如咒語的誓言，將獠牙扎進淺蔥的頸根。

淺蔥發出嬌喘，甜美的深紅液體流入古城的喉嚨。

與「該隱巫女」的血之記憶一同流入——

第三章 背叛

Betrayal

1

風聲在耳邊響起，聞得到些許海潮香。有布偶般的毛茸茸觸感搔弄著臉頰，芬芳似花的長長鬃毛。

「志緒！快醒醒，志緒！」

「唯……里？」

肩膀被用力搖晃，讓斐川志緒清醒過來，最先映入眼裡的是好友熟悉的面孔。羽波唯里的目光不安似的蕩漾，在她背後可看見破風飛翔的巨大翅膀——散發鐵灰色光彩的龍翼。

「那是……葛蓮妲嗎？對了……當時葛蓮妲衝到我們面前……」

志緒猛甩頭，打算摸索模糊的記憶。

不知從何處來的葛蓮妲突然出現，將志緒等人粗魯地帶進了異境侵蝕製造出的「門」。而且葛蓮妲載著志緒她們，目前似乎仍飛翔於某處。

從身體變冷的程度判斷，志緒失去意識的時間不長，距離絃神島應該並沒有多遠——當志緒這麼心想，一邊環顧四周時，唯里帶著嚴肅的表情指了頭頂。

「志緒，妳看！」

「咦？」

志緒疑惑地抬起臉，閃閃發光的海面映入眼中。那異樣的景象讓志緒說不出話。籠罩頭頂的是湛藍大海，眼底則有一整片被雲朵覆蓋的天空。志緒差點失去分辨上下的知覺，因而拚命抓緊龍的鬃毛。感覺像作了惡夢。

「這裡……是怎麼搞的……？」

志緒茫然看了這世界猶如天地倒反的面貌一圈。由於缺乏目標物可供比較，正確的距離不得而知。可是，她們距離頭頂的海面看起來最少也有兩三千公尺。

廣闊海洋的中心有無數漩渦狀的痕跡浮在上頭，那是讓人有幾分既視感的島嶼蹤影。鐵灰色的廢墟城市，人工島。

「那座島……不是絃神島吧？看起來……好像是人工島耶……」

唯里帶著困惑的表情嘀咕。志緒什麼也無法回答，只是默默搖頭。

「很相似，像絃神新島的建築物。」

而在志緒她們背後，葛蓮妲的鬃毛晃了晃，臉色不悅的霧葉從中現身。她似乎費了工夫從葛蓮妲的長長尾巴爬上來。

「妃崎霧葉，原來妳也平安無事啊……」

「是啊，真不巧。」

霧葉語帶嘲諷地回答驚訝的志緒。唯里則來回看了頭頂的人工島和霧葉的臉說：

「重要的是，妳說那跟紘神新島相似……那麼，這裡該不會……」

「大有可能是異境——不是嗎？連同她操控異境侵蝕的現象考慮在內，想也知道吧。」

霧葉聳聳肩說道。志緒又感到一陣眼花。

之前志緒她們確實是從地表監視著「門」，然而沒有像樣的裝備和心理準備，就以這種形式親身來到異境實在是出乎意料。

「這到底是怎麼回事，葛蓮姐？妳想帶我們去哪裡？」

唯里以母親責罵年幼女兒般的語氣問葛蓮妲。

鐵灰色龍族卻只是動動耳朵，並沒有回頭。她望著的不是頭頂那些人工島，而是開展於眼底的雲海。

宛如棉花糖的白雲縫隙間，唯有一處可以望見看似由兩岸斷崖構成的海岬地形。葛蓮妲正筆直飛往那座天上的海岬。

「看來目的地是那棟建築物呢。」

霧葉瞪向海岬前端的人工建築物，冷靜地指出。高度近似鐘樓的建築。

「那是……教會嗎？」

「在我看來，倒覺得是水壩的管理設施……」

唯里和志緒各自偏了頭嘀咕。飄浮在雲裡的海岬，還有立於該處的尖塔。景觀美歸美，卻因而更顯奇異的光景。

『姐———！』

葛蓮姐彷彿在宣告自己的歸來，高聲咆哮。

她在塔的上空繞了一大圈，然後開始朝著海岬俯衝。實際上那是朝著天際而去，所以在這種情況下，或許要稱為急速抬升才對。當志緒混亂地思索這些時，葛蓮姐全身突然被金屬性質的光輝包裹住。

龍族的龐然身軀急遽縮小，豐茂鬃毛化為長髮。

葛蓮姐準備解除龍化，變回少女的模樣。她本來載在背上的志緒等人想當然會被拋到半空。

「葛、葛蓮姐？等等！」

「在這種地方被拋出去的話……會……會死……！」

「嘖……！」

唯里和志緒不禁尖叫，霧葉則是默默採取護身動作準備因應。然而，預料在著地時會有的衝擊怎麼等也等不到。

志緒等人並不是沒有墜落。她們確實在下墜，速度卻遠比想像中和緩。

身體輕得像從重力獲得了解放，好似站在雲端——倒不如說，事實上她們就待在雲端，某方面來想，或許這是理所當然的感觸。

志緒等人像離船活動的太空飛行員一樣生硬地划動手腳，在雲中的海岬著地。腳底傳來的是好似降落在中空造景上的輕柔觸感。

「不會痛……？」

「簡直像登陸月球表面呢。」

唯里和霧葉大概是對身體的輕盈感到不對勁，因而發出疑惑之語。

「難道物理法則跟我們原本的世界不同……？」

志緒一邊觸摸生苔的地面一邊嘀咕。儘管跟想像中的模樣有差異，這裡就是異境的一部分。即使天地倒反，即使重力強度有別，也非得視為理所當然的事情接納才行吧。

另一方面，將志緒等人載來這裡的葛蓮妲則是跟往常完全一樣。

「妲～～！唯里～～！志緒～～！」

「欸……葛蓮妲！」

唯里接不住撲上來的龍族少女，便搖搖晃晃地後退。因為重力較弱，她沒辦法使勁讓自己站穩。

「哎喲……我很擔心耶！妳之前都去哪裡了！」

「姐……」

葛蓮妲被唯里說重話責罵，喪氣地垂下頭。唯里深深地發出安心的嘆息，還把葛蓮妲摟進懷裡。

「幸好妳沒事……」

「妲～～……」

呵呵——葛蓮妲開心地瞇起眼睛，巴著唯里不放。志緒看著她們倆那副溫馨的模樣，收斂了表情。

「所以呢，這裡是什麼地方，葛蓮妲？這真的是異境嗎？」

「我記得你說過，要我們救奧蘿菈．弗洛雷斯緹納對不對？」

「妲！奧娃！」

葛蓮妲對霧葉的問題起了反應，猛然抬起臉。龍族少女目光一轉，看向立於海岬前端的鐵灰色小小尖塔。

好似在呼應她的視線，塔入口的門開了。儘管損傷得破舊不堪，那卻是一道金屬鑄造的厚實門板。

從門後探出臉的人是個抱著布偶的嬌小少女。有著虹彩般色澤多變的鮮豔金髮，而且藍眼長得灼亮如火焰的吸血鬼。

「奧蘿菈……！」

唯里喚了她的名字。金髮的嬌小吸血鬼畏懼似的肩膀發抖。

「真的是妳嗎，奧蘿菈？」

志緒對身體的輕盈感到不知所措，一邊朝少女接近。奧蘿菈緊摟住胸前抱著的布偶，下定決心般開口。

「汝、汝等……何以來到此處？」

「呃，我們也不太清楚這一點就是了……」

志緒看向困擾地蹙眉的奧蘿菈。可是，感覺唯一能說明事由的葛蓮妲卻抱著唯里，只是天真無邪地笑著。

「奧蘿菈，妳不要緊嗎？聽說古城同學把第四真祖之力交給妳了耶……」

唯里代為反問。奧蘿菈視線停在唯里左手戴著的戒指上。接著，她的視線依序轉向志緒的左手，還有霧葉的左手無名指。

「契約圓環……」

「啊……！不、不對，這不是妳想的那樣……！」

「沒、沒錯！我們什麼都沒做……我跟古城同學，還沒有……！」

奧蘿菈嘀咕了一句，使得志緒和唯里使勁搖頭。葛蓮妲抬頭看了慌張的志緒她們，歪頭說：「妲？」

「無關緊要就是了……妳手上的醜陋生物是什麼？」

霧葉一邊無奈地吐氣一邊問道。

她低頭盯著被奧蘿菈抱在手裡的布偶——連是否以實際存在的生物為範本都不好說，讓人覺得古怪奇異的吉祥物。

『咯咯……這位小姐一開口就有失禮貌呢，太史局的六刃神官。』

這個醜布偶突然眼珠一轉，看向霧葉。

「它、它講話了！」

「這是活的嗎！」

志緒和唯里驚呼。奧蘿菈看到志緒她們受驚嚇，也跟著繃緊身體。

「你是什麼人？」

霧葉立刻縱身後退，從背後的盒子抽出深灰色長槍。前端分岔成音叉形狀的雙叉槍，太史局的乙型咒裝雙叉槍（Ricercare）。

可是，即使被人用槍尖指著，醜布偶依然不顯畏懼地笑了笑。

『這個嘛，說來話長，總之我在絃神島被稱作摩怪。』

「……摩怪？」

布偶嘲諷般的說話聲讓霧葉的眼神變得嚴肅。

「我聽說過，那是藍羽淺蔥設計的人工智慧對吧？印象中是管理絃神島的五座超級電腦的化身（Avatar）……」

志緒一邊摸索模糊的記憶一邊嘀咕。

霧葉稍稍放緩警戒，並且哼了一聲。

「原來如此……表示你是『該隱巫女』的搭檔？」

「那你怎麼會在異境？還有，你的身體……是實體吧？」

唯里說出理所當然的疑問。

然而，醜玩偶卻做作地聳了聳肩，望向頭頂。

『妳們的問題之後再談可以嗎？不先設法處理那玩意兒可就慘嘍。』

「……那玩意兒？」

志緒也跟著將視線轉過去。

夾雜在海風傳來的是以尾旋槳起降的運輸機飛行聲。

運輸機從飄浮於頭頂海面的人工島起飛，正朝著這座海岬降落。在對方的知覺中，機體大概是在上升吧。總之，那肯定正一路朝著志緒等人這裡接近。

「他們是？」

『MAR的特種部隊啊。粗估有一個小隊吧。』

「夏夫利亞爾．連的那些部下嗎……！難道說，他們的目標是奧蘿菈？」

「妲！」

葛蓮妲激動地對志緒的疑問表示肯定。仔細想想，她從一開始就一直要叫志緒等人救奧蘿菈。

摩怪望著氣沖沖的葛蓮妲，嘲諷似的咯咯發笑。

『唉，也對。那些人的目的有一半在此。』

「剩下的另一半呢？」

霧葉帶著冷冷的表情反問。

摩怪靈活地彎起短短的手臂，指向背後的塔。

『就是它，這座設施本身。』

「設施……？這裡頭究竟有什麼？」

唯里猛眨眼，重新仰頭看向鐵灰色尖塔。

摩怪彷彿就等她這麼問，揚起了嘴角。它露出鋸齒狀的牙齒，還有些得意地挺胸。

『人工島暹羅的管理中樞——用來封印六千四百枚眷獸彈頭的系統就在這嘍。』

頭。

2

雪菜搭電梯靜靜地持續下降。狹窄的包廂內有雪菜和那月，緣堂緣的使役魔黑貓也在上頭。

雪菜會覺得空氣凝重，應該不是出於心理作用。

這裡是基石之門海面下第十階層，外牆之外的水壓已達近五氣壓。

電梯抵達終點，門隨之開啟。

正面可見的分隔牆讓人聯想到金庫門板，厚得難以置信。表面布有好幾道細密的結界，交織成牢固強韌的護壁。對雪菜這樣的攻魔師來說，光看就覺得窒息。

結界前有四名重武裝的警衛，還帶著許多警備器一塊行動。他們察覺雪菜等人抵達，就同時將槍口指了過來。軍用衝鋒槍，裝填在內的應是對付魔族用的銀鈦合金彈頭。

「停！站住！妳們是什麼人！」

警衛發出殺氣騰騰的聲音警告。他們在保護絃神島上最重要的區塊，被允許對未經許可靠近的人無條件開火。

然而，警衛並沒有扣下扳機，因為他們認出了從電梯出來的那月。

「……南宮攻魔官？請問妳怎麼會來這裡……？」

警衛們臉上浮現疑惑之色。那月身為攻魔師是傳奇性的名人，更在特區警備隊擔任戰術指導教官，即使這些警衛沒辦法把她看成敵人也無可厚非。

「你們正在保護基石的氣密分隔牆吧？」

那月一邊走向分隔牆一邊提問。

警衛們疑惑地點點頭，而她冷冷地投以微笑說：

「任務辛苦了。晚安。」

那月隨手揮下摺起的扇子，她身邊的空間隨之扭曲，並造成衝擊波朝警衛來襲。那些警衛未吭一聲就飛了出去。他們的腦直接受震盪，應該自始至終都無法理解發生了什麼。

警備器察覺到狀況有異，頓時轉換成戰鬥模式。

純白光箭便毫不留情地侵襲它們。

用於狙擊的高階魔法，靈弓術。緣當成使役魔的黑貓同時施展了十六道光箭。十六台警備器被瞬間擊毀，機能完全停止，特區警備隊自豪的精銳部隊打發起來就像孩童一樣。雪菜帶著幾近恍惚的表情，凝望恩師們單方面的蹂躪。

「那麼，輪到妳了，獅子王機關的劍巫。」

而那月回過頭，朝雪菜開了口，語氣冷漠得好似宣判死刑。

「我們……真的要摧毀紘神島嗎？」

雪菜用沙啞的嗓音反問。

那月等人準備執行的任務是入侵基石之門最底層，還有摧毀基石。超大型浮體構造物的連接處被毀，紘神島會失去平衡而分解，或致使島塊相撞，應該撐不過半天就會沉入海底，名為紘神島的都市本身將消失得不留痕跡。

「我想這件事已經談完了吧？」

那月瞪著猶豫的雪菜，並且嘆氣。

「妳放心，現在跟洛坦陵奇亞的殲教師來這裡作亂時情況不同。如今有紘神新島圍繞著這一片海域，就算這座島沉了，居民仍有充分的時間避難。」

「可……可是……！」

「動作快，姬柊雪菜。倘若ＭＡＲ從異境運出的眷獸彈頭變多，可會讓死亡人數也跟著增長喔。」

「唔……！」

雪菜緊握長槍，咬住嘴唇。

紘神島消滅的話，出現在島嶼上空的異境之「門」也會消失。夏夫利亞爾失去回到這個世界的手段，從異境運出的眷獸彈頭數量便不會增加。以結果而言，在爭鬥中成為犧牲者的人應該會大幅減少，只要雪菜肯摧毀絃神島——

「『雪霞狼』……！」

雪菜以長槍指向包圍住分隔牆的結界。近似於女性慘叫的尖銳聲音響起，重重設置的結界毫無抵抗地被撕裂了。

「做得好。我們移轉到最底層。」

那月面無表情地點頭說道。

在使用空間操控魔法的那月面前，無論牢固的金屬分隔牆或者迷宮般錯縱複雜的通道都不具意義。當通道的結界消失時，已經沒有任何東西能阻止她入侵。

周圍景物如漣漪般蕩漾。雪菜等人瞬間抵達海面下兩百二十公尺處的基石之門最底層。

那裡是深不見光的海底牢獄，強烈的氣壓差距讓雪菜的耳膜叫痛。

為了抵抗水壓而設計的圓錐形牢固外牆。

四條鋼索伸向牆的外側，分別將組成絃神島的東南西北四座人工島牢牢拴住。位於每條鋼索末端的是內藏巨型捲揚機（Machine Head）的金屬基座（Anchor）。

而在基座中心有一根石柱貫穿在內。

用於連結絃神島，支撐著數百萬噸負重的基石——直徑不滿一公尺的那根石柱是絃神島最關鍵的要地兼弱點。

「這就是基石新設的結界……」

雪菜仰望包圍著基座的螺旋狀結界，內心有些受到震懾。

以往基石的中心部位利用了西歐教會奉為聖遺物的「聖人」遺體。過去「魔族特區」絃神島一直有賴聖遺物帶來的奇蹟支持。

可是，由於洛坦陵奇亞的殲教師魯道夫・奧斯塔赫來襲，絃神島暗藏的祕密被揭發了。而且靠著近年來魔導科技的進步，即使不仰賴聖遺物帶來的奇蹟，依舊能提升基石強度。

於是，事發後過了半年，如今聖遺物已歸還西歐教會，絃神島基石更經過換新，那正是位在雪菜眼前的虹色石柱。

圍繞石柱的結界與雪菜至今見識過的相比，構造極優美簡約。它的真面目是經過結晶化的單核心結界。

與研磨過的寶石相似，具備高強度及耐久性的特殊結界，在全世界僅有少數成功案例的頂尖魔導科技產物。

「連末日教團也動不了絃神島上防禦性能最強的這個區塊。我的『守護者』也摧毀不了這玩意兒，理論上它的設計是連第四真祖的眷獸發動攻擊都承受得住。」

那月漠然說明。牢固的結界是用來提升基石強度，然而以結果來講，它成了一道絕對的屏障，發揮出抵禦外界攻擊的功效。

縱使有人能抵達這座基石之門的最底層，也無法從物理方面摧毀基石。

「可是，唯有妳的長槍另當別論，姬柊雪菜。七式突擊降魔機槍（Schneewalzer）的神格振動波可以斬斷萬般結界，憑它就能突破這道屏障。」

那月對雪菜攤開殘酷的事實。能摧毀基石的人，只有雪菜。這就表示絃神島沉沒與否，非得由雪菜自己做決定。

「……我……必須……」

雪菜握槍的手發抖了。

閉上眼睛，絃神島的景色便浮現在腦裡。海潮香；海鳥的啼聲；耀眼陽光與白色浪頭；魔族與人類共同生活的城市。雪菜記憶中的絃神島一向有那個少年的身影。

「姬柊雪菜，夠了，妳做得很好。」

有一陣細而和緩的說話聲從停下動作的雪菜背後傳來。

訝異地回頭的雪菜看見坐在輪椅上的年輕女性。

樸素的麻花辮與土氣眼鏡。目光一旦轉開，似乎就會讓人立刻忘記的平凡相貌。然而，她身披的靈氣強悍猛烈。

「閑……古詠大人……」

雪菜茫然道出獅子王機關「三聖」之首的名號。

「若妳無論如何都沒辦法痛下決心，就把長槍交給我。儘管程度不如妳，我對絃神島一樣有感情——所以，讓這座島沉沒的罪過由我來扛。」

坐輪椅的閑古詠朝雪菜靠近，並將右手伸向雪菜。她身懷非凡靈力，跟雪菜一樣能運用「雪霞狼」。過去古詠也有實際執起「雪霞狼」讓曉古城吞敗的經驗。

只要把「雪霞狼」交給她，雪菜確實可以落得輕鬆。或許那樣就能免於背負摧毀絃神島的重責與罪惡感。

然而雪菜默默地搖搖頭，重新緊握長槍。

「感謝您關心。不過，這是我的職責。」

雪菜又轉身背對古詠等人，再次面對基石。銀色長槍灌注靈力後，散發出神格振動波的蒼白光輝。接著只要斬斷眼前的結界，一切便能結束，無論是與「天部」的戰鬥，或是監視曉古城的任務。

「對不起，學長……還有大家……！」

雪菜拭淚似的使勁把頭一甩，調適呼吸。她舉起帶有靈光的銀槍，朝結界中心捅去。

隨後，理應不在場的少年的嗓音強而有力地迴盪開來。

「動手，亞絲塔露蒂！」

「——命令領受。」

「……！」

薔薇色光輝突然占滿視野，令雪菜驚呼。

刺出的銀色槍尖在觸及結界的前一刻就被巨大的翅膀擋下。

不對，那並非翅膀，而是巨大的手臂。跟「雪霞狼」一樣籠罩著神格振動波的人型眷獸右手臂。

「執行吧（Execute），『薔薇的指尖（Rododaktylos）』——」

從虛空出現的嬌小人工生命體少女裹著自己召喚出的眷獸，擋在雪菜面前。那模樣讓雪菜大受動搖。

過去在這塊地方一度目睹的光景。可是，立場與當時相反。

雪菜打算摧毀自己當時想要保護的基石，亞絲塔露蒂則打算阻止雪菜，以曉古城同伴的身分——

「不好意思，那月美眉，這次我要來妨礙你們。」

古城帶領背後以眷獸裹身的亞絲塔露蒂，露出凶猛的笑容。

雪菜依然僵著動不了。自己準備讓絃神島沉沒，最不希望撞見的對象卻毫無預警地出現了。腦海一片空白，不知該怎麼辦才好，心境像身處於惡夢。

「曉古城……你怎麼會在這裡？」

那月代替沉默的雪菜問道。古城愉快似的揚起嘴角。

「我怎麼會在這裡？我可是絃神島的領主耶。會想保護這座島是理所當然吧？就算要與全世界為敵。」

「是煌坂對你露了口風？」

閑古詠語氣和緩地確認。面對她那流露出一絲憤怒的聲音，古城卻莫名困擾似的板起了面孔。

「放她一馬。她受到了結瞳的心靈支配。」

「……『夜之魔女』江口結瞳嗎……」

閑古詠抑鬱地嘆息。江口結瞳是連「眾神兵器」利維坦都能支配的世界最強夢魔。縱使紗矢華身為獅子王機關的舞威媛，也違抗不了拿出真本事的結瞳，假如紗矢華心存愧疚就更不用說了。

「那孩子太過善良，我認為她不適合執行這項任務，才派她監視小弟，看來卻弄巧成拙了。」

緣堂緣借使役魔的嘴喃喃發起牢騷。雪菜聽見緣說的話，有種自己受到責備的錯覺。正因為紗矢華不適合執行這項任務，雪菜更應該連她的份一起履行職責——那段話讓雪菜覺得有這層含意。

「——不過，就算你來到這裡，結果也一樣。」

南宮那月生厭似的推開僵住不動的雪菜，並來到古城面前。她從全身上下釋出陰狠的魄力，使得古城奮發備戰。

「基石必毀。或者說，憑你的能耐擋得住我們？」

那月不等對方回答自己的質疑就發動了攻擊。她下手的目標並非古城，而是他背後——裹著人型眷獸的亞絲塔露蒂。

虛空吐出的銀色鏈條從四面八方纏向亞絲塔露蒂。那些鎖鏈被那月稱作「規戒之鎖（Læðingr）」，真面目是眾神鍛造出來的魔具。亞絲塔露蒂受制於連第四真祖眷獸都能捆住的強韌鎖鍊，變得無法動彈。

「劍巫！趁現在摧毀基石！」

那月朝雪菜吼道。只有亞絲塔露蒂那頭具備相同能力的人型眷獸才能防禦「雪霞狼」的神格振動波。趁著人型眷獸被封鎖的現在，就可以輕易摧毀基石。

「妳不能那麼做，姬柊！……唔喔！」

古城急忙衝到重新持槍的雪菜面前。有無數光箭朝著古城灑落。那是緣堂緣的靈弓術。

雪菜把視線從逃竄的古城身上轉開，重新面對基石。古城的黑眷獸過於強大，無法在這種狹窄的空間任意施展。雪菜曾負責監視古城，因此比誰都清楚這一點。緣借用了黑貓的身體，處於連原本能力的一半都沒辦法正常發揮的狀態，但是要對付現在的古城應該仍不會落於下風。

「實在是應付不了妳們所有人……！」

古城自己似乎也明白這一點，便帶著苦瓜臉嘀咕。回應這句嘀咕的是一陣含笑的輕快說話聲。

「對呀，只靠你和亞絲塔露蒂的話。」

「——！」

雪菜的視野如漣漪般蕩漾。那是空間操控魔法的前兆。在立刻退後的雪菜前面，有一尊身披銹蝕蒼藍鎧甲的無臉騎士像出現——守護仙都木優麻的惡魔眷屬。

「優麻同學！」

穿運動品牌連帽衣的高個子少女率著蒼藍騎士像，在基石前著地。

「我要先向妳道謝，姬柊同學。多虧妳破除了分隔牆的結界，我才能直接移轉到這裡。畢竟要沿著逃生梯下四十層樓，感覺難免會累呢。」

仙都木優麻朝雪菜親切地笑了笑。

雪菜隨之語塞。

基石之門的機密區塊被牢固結界隔絕，無法以空間移轉的方式入侵。身為襲擊者的雪菜等人破除了那道結界。

結果就是和那月同樣具備魔女之力的優麻亦能移轉至基石之門最底層，動手將古城和亞絲塔露蒂送來這塊空間的人同樣是優麻。

「『蒼(Le Bleu)』——！」

優麻下令要自己的「守護者」攻擊。蒼藍騎士像舉劍指向的目標並不是雪菜，而是捆住亞絲塔露蒂眷獸的鎖鏈。

空間產生的盪漾順著鎖鏈而去，使得眷獸受到的束縛鬆了些許。亞絲塔露蒂沒有放過這點破綻，硬是掙脫那月的鎖鏈。

「快點上，劍巫！」

那月射出新的鎖鏈，打算封鎖住亞絲塔露蒂的行動。然而那些全被優麻的「守護者」持劍劈落，鎖鏈碰不到亞絲塔露蒂。

那月的目的本來就不是捆住亞絲塔露蒂，只求將她絆住。視野受鎖鏈所阻，亞絲塔露蒂的移動遲了一瞬，雪菜就趁著她的破綻衝過眷獸腳邊。

「——『雪霞狼』！」

「我不會讓妳得逞！」

伴隨劇烈火花，雪菜朝基石刺出的長槍被彈開了。相互碰撞的金屬發出尖銳聲響，雪菜的手臂則隨著衝擊而發麻。躲在眷獸死角的白髮鬼族以深紅長劍擋下了雪菜這一槍。

「香菅谷雫梨．卡思緹艾拉……！」

「我不會讓妳得逞，姬柊雪菜。身為聖團的修女騎士……不，身為失落的『伊魯瓦斯魔族特區』生還者，我不會容許妳讓絃神島沉沒！」

「唔……！」

雫梨以肩頭朝著陣腳失穩的雪菜撞過來。鬼族的衝鋒勢如怒濤，硬生生接招的雪菜沒辦法招架而被撞飛。雪菜立刻連用單手後空翻跟對方保持間距，然而到最後就與基石拉開了一大段距離。

當雪菜再次擺好架勢備戰時，雫梨也重新持起長劍。將起伏如火焰的劍刃向前探出，具攻擊性的獨特架勢——那是修女騎士的基本戰技。

「更何況，我跟妳還有舊帳要算。雖然說當時受到洗腦，慘敗於妳的屈辱，我要在此連本帶利奉還。這是我對妳的復仇戰！」

雫梨挑釁地瞪向雪菜，並露出驍勇的笑容。雪菜彷彿懾於她毫不猶豫的視線，因而咬緊了牙關。

3

布設鋼索的密閉空間內，到處上演著激戰。

面對流星般灑下的光箭，曉古城東躲西逃；亞絲塔露蒂操控眷獸，伸出了巨大手臂掩護他；香菅谷雫梨與姬柊雪菜則是短兵相接，接連碰撞出名符其實的激烈火花。

至於仙都木優麻，她面對「空隙魔女」南宮那月，正展開平分秋色的魔法戰。

「——抱歉嘍，師父（老師）。雖然我受限於跟惡魔的契約而無法任意行動，可是唯獨有一件事例外。」

優麻藉空間操控發出目不可視的衝擊波，從四面八方同時朝那月進攻。

嘖——那月生厭地咂嘴，然後主動進行空間移轉，躲開了優麻的攻擊。但是優麻仍然沒有停下攻勢。她將魔女的魔法演算力運用到極限，以衝擊波重叩那月移轉的目的地。那月施展了令人眼花撩亂的移轉，並且予以反擊。兩名魔女一邊高速切換位置，一邊發散出非屬凡人的驚人魔力。

「我隨時都可以攻擊妳！妳幽禁了我的母親——仙都木阿夜，我就是可以對妳出手！」

優麻的守護者發出咆哮，真空之刃襲向那月。

魔女跟惡魔立約換取強大的魔力以後，便受到契約的束縛。只要魔女採取了背棄契約的行動，「守護者」就會立刻奪走魔女本身的性命。

優麻跟惡魔立下的契約是要解救被幽禁在監獄結界的親生母親——仙都木阿夜。為此優麻才會擔任那月的助手，並且協助查緝犯罪組織。因為攻魔局跟優麻做了約定，只要殲滅LCO就可以釋放阿夜。

然而，只是要讓阿夜出獄的話，根本不必借助攻魔局之手。

打倒管理監獄結界的那月，眾多囚犯自可獲釋。因此附於優麻身上的惡魔並不會把她跟那月的這一戰視為違約。優麻便是利用這點來協助古城，她想阻止絃神島毀滅。

「仙都木優麻，妳認為憑妳的力量贏得過我？」

那月讓四周的空間扭曲，像槍彈一樣射出無數銀鏈。優麻同樣操控空間，拚命錯開那月攻擊的軌道，卻無法化解所有攻擊，只好逃命。不知不覺中，空間支配力遠遜於那月的她一直靠防禦在應戰。

「以實力而言應該有困難。假如我能贏過妳，我媽媽根本就不會被捕了。」

呼吸略喘的優麻露出苦笑。

優麻當成「守護者」使喚的蒼藍騎士像是從母親仙都木阿夜那裡繼承而來。可是，阿夜身為「書記魔女(Notaria)」的能力是記憶與重現魔導書，其「守護者」本來就不適合用於戰鬥。若要

正面交手，當然會遠遜於那月。

「師父，也要妳發揮得出完整的能力，話才能那麼說。」

蒼藍騎士像用銹劍往自己腳邊的地板刻下符文。於是在下個瞬間，優麻的身影從那月的視野中消失了。

「自我加速……！那是『逢魔魔女』的時間操控術式嗎！」

那月反覆進行空間移轉，同時撒下無數熊玩偶。熊玩偶意外敏捷地接近優麻，靠到一定距離後即會自爆。

然而，優麻以超越人類極限的速度閃開了那一切。接著她朝那月射出壓縮得有如利刃的衝擊波。

「別號『魔族殺手』的『空隙魔女』！妳沒辦法用『守護者』之力摧毀基石！因為妳跟惡魔立下的契約……妳打從心裡許下的真正願望，就是要『人類與魔族共存』！」

「……！」

那月如人偶般的標緻臉孔首度浮現了有人性的動搖之色。優麻發出的衝擊波掠過她身邊，豪華禮服的荷葉邊遭到撕裂而飄零。

「年幼時的妳許下了純粹過頭的純真心願——超脫常軌的契約讓妳付出沉重代價，更給了妳龐大的魔力！」

「是仙都木阿夜告訴妳這些的嗎……」

降落在鋼索上的那月以不具感情的眼神睥睨著優麻。

優麻擊破最後一隻熊玩偶以後，擦去額頭的汗水並點了頭。

別號魔族殺手的「空隙魔女」廣受敬畏，只有極少數人知道她的心願為何——在那當中，也包含與那月曾為好友的仙都木阿夜之名。

「所以妳沒辦法摧毀紘神島。畢竟這裡是人類與魔族共同生活的『魔族特區』——讓妳願望成真的地方。」

「的確，如妳所說。」

那月靜靜嘀咕。

受制於跟惡魔立下的契約，那月不能摧毀紘神島。人工島管理公社肯無條件信任身為魔女的她，還讓她任意行動，理由也是在此。

「即使如此，要讓這座島沉沒，我可不是沒有手段。反正摧毀基石本來就是獅子王機關的劍巫該擔負的職責。」

那月以冷漠的口吻斷言。在她的周圍浮現了魔法符文構成的奇異魔法陣，那是優麻不曉得的術式。

「不愧是師父……要輕鬆打倒妳似乎是想得太便宜了……」

優麻因為焦躁而臉頰緊繃。

那月喚出了三具有著黑色長髮的人偶。仿照那月本身外貌造出的精緻人偶，除了禮服的緞帶顏色，都與那月本人沒有分別——倒不如說，現實世界的那月本身就是一種遙控的傀儡。這表示她喚出來的三具人偶都具備跟那月本人相同的能力。

「那是當然了，小丫頭。身為教育者，我得好好管教叛逆的小鬼。」

一分為四的那月朝四方散開，彷彿要將優麻包圍。

「……欸，師父，我覺得到了這年頭還用體罰並不好耶……！」

優麻掩飾內心的焦慮，自信地笑了笑。她從最初就知道自己的實力贏不過那月。優麻的職責是絆住那月，那只是在拖時間，直到古城等人制伏雪菜。不過面對此刻的那月，優麻似乎撐不了太久。

拜託你嘍，古城——優麻在口中如此嘀咕，然後瞥向視野一隅的古城。

「——呃，好險！」

古城顧不得面子，一邊由衷發出哀號一邊躲開灑落的光箭，並且縱身往旁邊打滾。然而歇不了多久，新的箭又緊追著古城飛射過來。

「喵咪老師這招叫靈弓術吧……！棘手的地方在於不曉得會從哪裡射來。」

逃到樑柱死角的古城氣喘吁吁地吐了氣。

以前跟緣交手時，古城一瞬間就被她的靈弓術制伏了。相較於那時候，至少他現在曉得對方的招式是什麼。何況透過貓的軀體出招，緣的能力應該也會大打折扣。儘管如此，緣的說話聲仍顯得從容不迫。

「『吸血王』的眷獸強歸強，但是太具攻擊性，用於防守並不合適。第四真祖小弟，你自己也曉得這一點吧。」

緣從設置的鋼索上俯視古城，淡然警告。

「就憑妳那副身軀，也使不出足以摧毀基石的力量啊！」

古城猛吞一口氣，近乎賭氣地回了嘴。黑貓冒出呵呵嘲笑的動靜。

「這可不好說。」

「……！」

隨後，古城受到一股難以言喻的異樣感侵襲。彷彿將一片空白的寂靜撕裂，理應不存在的聲音從耳邊響起。

有人在連續性的時光之流中強行穿插了不存在的時間。

穿插用於施展攻擊的那一瞬間——

「雷霆召來。」

「啥……！」

古城察覺有女性在自己面前手持西洋弓，因而茫然地倒抽一口氣。理應坐在輪椅上的閑古詠不知不覺出現在古城前方，還拉滿了銀色的西洋弓。

絕對的先制攻擊權，「寂靜破除者（Paper Noise）」——當古城察覺她的存在時，她已經朝著古城放出咒箭。

嚆矢散發轟鳴聲，發揮跟唱誦漫長咒語相同的效果，使得破壞力足可匹敵吸血鬼眷獸的咒術砲擊凝聚成形，反應慢一拍的古城無法避開。

可是，古城並未遭受預料中的衝擊。

因為薔薇色眷獸的巨大手臂當著古城眼前攔截了咒術砲擊。

「亞絲塔露蒂！」

「沒問題。咒術砲擊對我的眷獸無效——」

裹著人型眷獸的人工生命體少女用毫無感情的嗓音說道。然而古城另有焦急的理由。

「不對！看上面！」

閑古詠施放完咒術砲擊後，就縱身躍到古城等人的頭頂上。她左手握著銀色的長劍「改良型六式降魔劍（Rosenkavalier Plus）」——這把劍透過斬擊創造出來的空間斷層，就連亞絲塔露蒂的眷獸也防禦不住。

頭腦尚未思考，古城身為吸血鬼的生存本能就先驅策肉體行動了。他以肉身喚出眷獸的部分能力斬斷空間，藉此迎擊閑古詠的劍。

空間斷層在半空中相互衝突，宛如金屬彼此摩擦的尖銳巨響迴盪開來。閑古詠被衝突的反作用力彈飛出去，然後翩然降落在鋼索上。

其身法雖與雪菜類似，洗鍊度卻截然不同。可以曉得她就算不靠「寂靜破除」的能力，依然是水準頂尖的攻魔師。

「你用『始祖之虹炎(Primus Iris)』劈下擬造空間斷層的斬擊？有一手。」

閑古詠讚賞似的對古城微笑。古城微微撇嘴。

「妳說自己受了重傷……居然是裝的。完全被妳騙了……」

「不，我的傷勢滿嚴重的喔。不過，我拚一口氣讓自己康復了。獅子王機關的『三聖』總不能一直休養。」

「是嗎……！」

古城的背冒了汗。不管閑古詠說的是真是假，原本應該連獨力起身都辦不到的她正在跟古城交手，這是無法改變的事實。獅子王機關的「三聖」加入戰局，坦白講有驚無喜。

「結束了，領主小弟。你死心吧。」

繞到古城背後的黑貓令無數光箭浮現於自己周圍，並且向他宣告。古城認輸般把手湊到後腦杓說：

「真受不了……假如沒帶幫手過來，我就走投無路了。」

「幫手……？」

黑貓訝異地抖了抖鬍鬚。隨後，位於最底層入口的維修用閘門被炸開，深紅色有腳戰車衝進現場。

『——看來在下趕上了是也！抱歉讓您久候，男友大人！』

麗迪安．蒂諦葉一邊高聲放話一邊射出煙霧彈。近似防蟲劑的刺鼻氣味在古城等人周圍擴散開來。

緣堂緣立刻放出光箭——然而，那些箭有一絲失準，沒能射中古城等人。

「這股氣味……難道你們用了木天蓼！」

黑貓變得搖搖晃晃站不穩，還醉醺醺地當場躺平。縱使緣堂緣是卓越的魔法師，使役魔的肉體一醉，她便無法正常應戰。麗迪安早在戰車的煙霧彈發射器（Smoke Discharger）裝了木天蓼彈，要對付緣操控的這隻黑貓。

「緣！」

閑古詠從鋼索翩然落地，砍向麗迪安搭乘的戰車。

面對能將敵人連同空間一起斬斷的改良型六式降魔劍，有腳戰車的FRP裝甲根本招架不住。然而，古詠這一劍沒有觸及麗迪安的戰車，因為煙幕中有人影衝出，擋下了她的劍。

「什……煌坂紗矢華……！」

「——『煌華麟』！」

古詠受到意料外的阻擾而心生動搖，紗矢華便奮力將她逼退。紗矢華和古詠的武器性能勢均力敵，兩個人的劍被雙方的能力相互抵消，鋒芒畢露的劍刃擦出火花。

「把紗矢華姊姊帶過來是對的呢。」

『這就叫遠親不如勁敵是也！』

搭在戰車背上的結瞳和駕駛座上的麗迪安各自滿意地表露感想。

「——『夜之魔女』的心靈支配嗎？」

閑古詠一邊打發顯露敵意砍過來的紗矢華，一邊焦躁地低喃。

之前紗矢華受到結瞳操控時，也曾出手攻擊古城等人。結瞳只是故技重施。不過，這次她是站在古城這一方。

「我有拜託過煌坂，要她保護絃神島。照結瞳的說法，即使靠夢魔之力，好像也沒辦法讓當事者聽從違背心願的命令喔。」

古城捉住動不了的黑貓並且說明。

「反過來講，只要下達的命令與當事者心願一致，不僅能完全去除迷惘，還可能發揮出比平常更強的實力……你們玩的把戲可真棘手呢。」

閑古詠冷靜地回話。她的武器和紗矢華不相上下，戰鬥技術是她占優勢，然而她才剛離開病床，戰鬥拖久的話，紗矢華依然有勝算。

古詠明白這一點，便施展了「寂靜破除」。短瞬的寂靜，巨響隨後而至。完成攻擊準備的古詠出現在紗矢華的死角，毫不猶豫地以劍背重叩。可是——

「什……！」

這一劍理應不可能閃避，紗矢華卻迎頭擋下了。古詠的眼裡浮現驚愕之色。潛力發揮到極限的紗矢華反應卓絕，凌駕了古詠出劍的速度。

「這裡交給我，曉古城！」

紗矢華以劍技壓制動搖的古詠，並且毅然斷言。

「紘神島跟你，由我來保護！」

「好……好啊……」

或許是受了結瞳的心靈支配影響，紗矢華顯得格外來勁。有些被她嚇著的古城點點頭，並且回望背後。

在紘神島的基石前方，雪菜與雫梨仍在進行一場認真的死鬥。

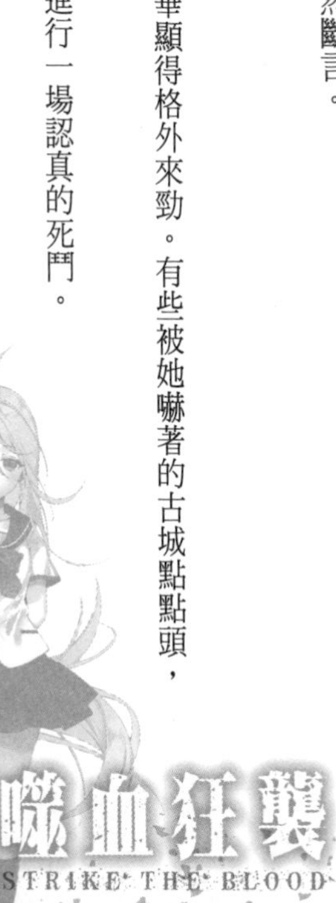

「紗矢華……妳怎麼會……」

雪菜察覺紗矢華在跟閑古詠交手，內心深感驚慌。

紗矢華是舞威媛，在獅子王機關足以獲命護衛國家要員的精英人物。這樣的她竟會違抗貴為「三聖」的古詠，這是不應該發生的事。

「與我交手還敢看旁邊，妳可真有餘裕呢，姬柊雪菜！」

雫梨並未放過雪菜的破綻，出劍便是一記狠劈。

她所用的深紅長劍是砍向對手便能吸取魔力提升其劍威的魔劍。

這把劍還能一舉釋放劍身累聚的魔力，進而像衝擊波那樣發射出去。那並不是人類靠著血肉之軀就可以接下的武器，唯獨雪菜例外。

「『雪霞狼』——！」

雪菜以長槍消滅深紅長劍覆有的魔力。

「雪霞狼」能讓魔力無效化，可說是雫梨那把「炎喰蛇」的天敵。「炎喰蛇」失去累聚的魔力以後，不過是一把形狀奇特的長劍。劍對上長槍，武器長度理應能為雪菜帶來相對的優勢。

儘管如此，雫梨卻凶狠地笑著揮下長劍。

「沒用！『炎喰蛇』！」

「怎……！」

雪菜驚險擋下雫梨再次從長劍釋出的魔力之刃。

「炎喰蛇」理應已遭消滅的魔力復活了。雪菜認得那股漆黑凶猛的魔力，因為那跟她們昨晚對付的眷獸有著相同氣息。

「這種魔力，該不會來自黑眷獸……！」

「……這是修女騎士的庇佑。」

雫梨從質疑的雪菜面前轉開視線，還用不帶感情的語氣答話。雪菜不禁扯開嗓門。

「騙人！妳根本就是在取用曉學長的魔力……！」

「身、身為曉古城的『血之伴侶』，這是我應有的權利！」

雫梨索性對雪菜放話，並將長劍的劍尖直指而來。

她屬於鬼族這種稀有的魔族。雖說是暫時性契約，雫梨成為古城的「血之伴侶」以後，獲得的恩惠比以前的雪菜更多。實際上，透過古城的供給，她就可以無止盡地以「炎喰蛇」釋出魔力。

「投降吧，姬柊雪菜。背叛古城以後，連靈力都不能充分發揮的妳沒有勝算！」

「……咦？」

雪菜無助地嘀咕，停下動作。雫梨隨口說的一句話，將雪菜拚命想忘記的事實擺到她的面前。

「背叛……我……背叛了，學長……」

「呃，不對……等一下……請妳等一下！」

目睹雪菜低下頭，肩膀還頻頻顫抖，心慌的人反而是雫梨，或許她以為雪菜在哭。雫梨手持深紅長劍，尷尬地帶著飄忽的目光改口：

「剛才我確實把話說得重了一點……！總之我想表達的是這場戰鬥並沒有益處，希望妳聽我們解釋……」

「……跟妳戰鬥並沒有意義，這點道理我也曉得！」

雪菜打斷雫梨說的話，放聲吼了出來。

對，這一戰沒有意義。雫梨和古城本來就不是雪菜的敵人。

雪菜真正要戰鬥的對手應該是有意藉著眷獸彈頭以恐懼來支配人類的「天部」——夏夫利亞爾・連和他的那些同盟者。

明明如此，雪菜卻因為自己的無力，打算犧牲紘神島上毫無關係的居民。

想阻止雪菜的古城與雫梨並沒有罪過。明知道這一點，雪菜卻什麼都辦不到。

寂靜突然朝雫梨來襲，雪菜從她的視野中消失。

「姬、姬柊雪菜？」

雫梨無意識地領悟到狀況有異，便立刻後退採取防禦架勢。然而，雪菜在那時候已準備攻擊了。絕對的先制攻擊權「寂靜破除」——

「可是，我要怎麼做才對呢！我根本就不知道自己該怎麼做才好！」

「呀啊！」

雪菜對準雫梨毫無防備的右肩，以渾身之力使出突刺。那是用槍尾施予重擊，然而雪菜並沒有手下留情。就算對方身為頑強的鬼族，威力應該還是足以擊碎鎖骨。

雫梨能立刻扭身避免直接中招可以說有她的高明之處。即使如此，受到的傷害仍無法全免。陣腳大亂的她胸前防守變得空虛。

「所以，我只能這麼做了！」

雪菜將長槍脫手，再次施展「寂靜破除」。她利用理應不存在的空白時間，移動到雫梨眼前，並以雙手貼向對方心臟，從零距離發出必殺的掌勁。

「——撼鳴吧！」

「就知道妳會用這一招！」

雫梨理應完全失去了平衡，卻用額頭朝出現在眼前的雪菜奮力一撞。雪菜眉心遭受到強

烈衝擊，不由得飛了出去。

「嘎啊……！」

「……要互毆的話，我比身為人類的妳占優勢！」

雫梨捂著胸口猛咳，並且自豪地揚起嘴角。雪菜這才發現自己是被引誘出手的。

剛才雫梨並沒有亂了陣腳，她知道自己無法防禦雪菜的攻擊，就馬上改採與對方互毆的戰術。雪菜出手時被她刻意引誘到容易反擊的方向了。

可是，雙方所受的傷害仍舊不相上下，而且雫梨的底牌已經曝光。下一次雪菜再施展「寂靜破除」，雫梨便無從閃躲。

雪菜瞬間打好盤算，並朝著一度放手的「雪霞狼」縱身而去。如今雫梨右肩負傷，已經不能用雙手揮舞「炎喰蛇」釋出魔力，在這個距離內不會被她攻擊——原本理應如此。

「『雷啼雀』——！」

雫梨用左手從制服背後拔出第二把武器。與深紅的「炎喰蛇」成對，鬼族王室傳下的第二柄魔劍，在末日教團擔任使徒的鬼族——伊色亞·尼歐斯所用的藍色彎刀。

「嘎……！」

雪菜挨中魔力釋出的衝擊波，便隨著慘叫聲飛了出去。雖然她以咒力籠罩全身來防禦，所受的衝擊依然可以跟汽車衝撞的力道比擬。視野扭曲，意識遠離，全身麻痺而無法站起。

另一方面，出手攻擊的雫梨也單膝跪地，縮起身子。

雪菜的攻擊似乎到現在才發揮效用。畢竟雫梨直到今天中午，傷勢都重得沒辦法獨力起身走動。

即使如此，雫梨還是盡到了攔住雪菜的職責。身為曉古城的「血之伴侶」，她盡到了保護紘神島的職責——

「我非得……非得摧毀基石才行，要不然……會有眾多的人……因而犧牲……」

雪菜拾起掉在地上的長槍，意識朦朧地站了起來。

那月正在與優麻交手。優麻處於苦戰，但是她堅持絆住那月，爭取時間。

緣當成使役魔的黑貓則是被麗迪安的戰車用機械手臂逮住，癱軟得動不了。看來牠醉到睡著了。

更令人難以置信的是，古詠被紗矢華壓制住了。縱使她貴為獅子王機關的「三聖」，在傷勢初癒的狀態下，要制伏得到亞絲塔露蒂支援的紗矢華應該亦非易事。這表示當下只有雪菜能摧毀基石。

「我……非得動手……」

雪菜拖著銀色槍柄，逐漸朝設置基石的底座接近。

自己為什麼非要這麼做才行？雪菜已經不明白了。因為這是獅子王機關的任務嗎？還是她真的相信這樣是為了人們好？

雪菜唯一曉得的就是摧毀眼前這道結界，所有事都會結束。為了拯救世界上連長相都不認識的人們，她將犧牲絃神島上眾多寶貴的朋友。即使雪菜心裡明白這一點，她也已經無路可退。

理應用慣的銀槍沉重無比。雪菜帶著機械般毫無感情的臉色，持起被蒼白光輝包裹的那把長槍。

隨後，雪菜倒抽一口氣。因為在她舉起的長槍前方，有個散發慵懶氣息的少年就站在那裡。

「姬柊，妳似乎很煎熬……看起來簡直像在哭耶。」

曉古城用同情般的眼神回望雪菜。

「學……長……對不起……」

雪菜茫然吐氣。古城望著發抖的雪菜，傻眼地露出苦笑。

「妳們是奉日本政府的命令來摧毀絃神島的正義使者吧？既然這樣，要更理直氣壯才對啊。我們可是斗膽違抗聖域條約機構的反派耶。」

「對不起……學長……對不起……對不起……對不起對不起對不起對不起對不起對不起對不起對不起對不起對不起對不起對不起對不起對不起對不起！」

雪菜掩蓋不住從心底滿溢湧上的情緒，因而尖聲喊道。

「反正這項任務結束以後，我就不能跟學長在一起了……所以……！」

超越極限的靈力從雪菜全身上下迸發出來，之前古城助她抵銷靈力影響的魔力已經斷了供給。雪菜在背後張開輝亮的純白羽翼，這是覺悟自己將再也無法回歸人類身分，甚至會就此消滅的天使化。

「啊啊啊啊啊啊啊啊啊啊啊啊啊啊啊啊啊啊啊——！」

雪菜伴隨著慟哭的聲音拔腿疾奔。她以超越人類極限的速度衝刺，打算將古城的肉體連同他背後的基石結界一同摧毀。雪菜在衝動下起了念頭，她希望無論是絃神島、古城或自己，最好都一起消失。

而且，古城無意閃躲雪菜的攻擊。

雪菜毫不留情地用銀色長槍捅向全無防備又佇立不動的古城的心臟。

能令魔力無效化，更可斬斷萬般結界的破魔長槍。即使是古城的眷獸也無法擋下這樣的攻擊，就連不死之軀的吸血鬼也只能化為塵埃消滅。但是——

「什麼！」

從長槍傳來的異樣手感讓雪菜臉色僵凝。古城伸出的右掌散發著深紅光輝，那道光輝造出了一層光膜，擋下「雪霞狼」的攻擊。

「這道光是……！學長，你怎麼會用『聖殲』……！」

雪菜在握槍的手上拚命使勁，長槍卻動不了。可改寫人世物理法則的禁咒「聖殲」發出光輝，完全抑制住「雪霞狼」的神格振動波。

然而，那是不可能的事情。發動「聖殲」得有龐大魔力以及繁瑣複雜的魔法運算——更需要關於「聖殲」的深度知識。

即使古城本身有辦法供應魔力，知識與魔法運算就不是他能獨力克服的。沒錯，憑他一個人辦不到——

「抱歉，姬柊學妹。可是……」

藍羽淺蔥從爆破後的維修用閘口死角出現，一手拿著愛用的手機，語氣清醒地如此說道。她的左手無名指上有一枚散發著光彩的樸素銀戒。

雪菜目睹這一幕，瞬間理解了。古城把淺蔥納為「伴侶」，吞噬了她對「聖殲」具備的相關知識，就這麼回事。

「我不會把古城讓給現在的妳。」

淺蔥斷然告知雪菜，雪菜挫折似的停下動作。

古城緩緩舉起左手。他的手臂噴出了漆黑血霧，化為巨獸的形貌。濃密得足以具現化的魔力聚合體，那是來自異界的召喚獸形貌——

「迅即到來，『始祖之瞳晶（Primus Krystalos）』！」

「……！」

在環境密閉的基石之門最底層出現了一條如黑曜石優美發亮的魚龍。

古城從「吸血王」那裡繼承的漆黑眷獸。寶石般的巨眼將雪菜與古城納入視野。

霎時間，雪菜全身失去了力氣，意識彷彿被白色霧靄包圍而逐漸遠去。銀槍離開雪菜的手，掉在地上，雪菜也跟著當場跪倒。

「學長……對不起……」

雪菜無意識地這麼嘀咕後就力竭般閉上眼。

從她的臉頰緩緩滴落了一顆淚珠。

4

隔天早上——

絃神島市區中心的路上占滿了聚集而來的群眾。

這一幕讓人聯想到大規模的抗議遊行，人群卻不顯混亂。

他們來到這裡，目的是觀看街頭大型螢幕上播映的人工島管理公社幹部記者會。這是官方首次發表領主選鬥的始末與日後方針，以及有關出現在絃神島上空的異境之「門」和死都的相關資訊。

「伯父他們的演講好像結束了。」

運河對岸的市區響起歡呼聲，甚至傳到了基石之門當中。矢瀨基樹聽著那地鳴般的聲音，並且朝淺蔥喚道。

「是啊。」

躺在理事室沙發上玩手機的淺蔥滿不在乎地應聲。

淺蔥之父藍羽仙齋是絃神市前市長，更是絃神市評議會的評議委員。真祖大戰終結後，任期已滿卸下市長之職的他跟日本政府談判依舊手腕俐落，聚集了市民絕大的信賴。

在今天早晨的記者會上，藍羽仙齋預定要向市民演講。

演講內容則是要大眾將ＭＡＲ收購絃神島一事全權委由人工島管理公社進行談判，某方面而言，是有其傲慢之處。

市民對此的回應可以透過線上投票立刻得知。

換句話說，這是賭上絃神島命運的演講。雖然並非毫無勝算，投票的成敗就連矢瀨他們也無法預測，也因此矢瀨懸著一顆心。

真拿你沒辦法——淺蔥毫不掩飾露骨的傻眼臉色，從沙發上爬起來。就在這時候，理事室門外傳來匆匆的腳步聲。

最先進房間的是帶著藍髮女祕書的矢瀨幾磨——人工島管理公社的上級理事兼這次演講與線上投票的負責人。

「老哥，情況怎麼樣？」

矢瀨心急地問幾磨。

「市民的反應還不錯，託藍羽評議委員之福。」

幾磨稍稍放鬆嘴角，轉向自己的背後。藍羽仙齋本人正好就在這個時候進了理事室。相貌威嚴的中年男性，個頭並不算高大，卻有種獨特的存在感，氣質讓人一看就覺得像政界人物的政治家——是如此的一名男子。

「這是人工島管理公社操控輿論的成效。MAR連聖域條約機構軍都能擊退，全世界又僅有紘神市國能與之談判，看起來這樣的處境應該讓市民心情不錯。」

仙齋用低沉穩重的嗓音說道。他瞥向坐在沙發上的女兒，感到有趣似的笑了笑。

「然而，主因還是那個叫曉古城的少年。MAR甚至對三名真祖都無所畏懼，卻願意找紘神島以對等立場談判。人們都相信功勞在贏得領主選鬥的新領主身上，畢竟曉同學是世界最強吸血鬼——第四真祖的傳言也已經散播出去了。」

「那才是你所謂輿論操作造成的影響吧？」

淺蔥用粗魯的語氣反問回去。古城被誇獎倒不是沒有討到她的歡心，但是她正值無法對父親坦率的麻煩年紀。

矢瀨一邊苦笑一邊誇張地聳肩說：

「那倒不至於啦。以往那傢伙出手也都夠招搖的吧……當然就有人目擊了啊，過去同樣造成了不小的話題。」

「你們似乎順利控管了網路流通的情報，但人們口耳相傳的風聲就實在管不住了。」

幾磨也冷靜地指正。

淺蔥哼了一聲，用手機搜尋。

「——等等，散播出去的幾乎都是目擊姬柊學妹的情報，不是古城嘛……！」

「哎，因為她外表醒目啊……」

矢瀨為難似的搔搔太陽穴。

淺蔥彷彿不是滋味地將腮幫子鼓成一大片。

「……跟拉德麗・連的會談講好是在今天日落的同一時刻開始。我們能提供的助力就到這裡為止。」

仙齋以嚴肅臉色面對面望著淺蔥說道。

絃神市民大多同意人工島管理公社與ＭＡＲ進行談判。可是，他們並沒有認同將絃神島賣出，更遑論屈服於「天部」的武力。

要拒絕ＭＡＲ的要求，又不讓絃神島受到戰火波及，還必須讓「天部」保有的眷獸彈頭失去功用，進而阻止人在異境的夏夫利亞爾・連主導的計畫——絃神島正被迫面臨這場想必難以實現的談判。

而且拉德麗・連指名的談判對象只有身為領主的曉古城，仙齋和幾磨都無法介入他們的談判。

「只靠你們，真能將事情談成嗎？」

仙齋直接點破每個人都感到的不安。

淺蔥仰望一臉擔憂的父親，微微笑了笑。那是充滿過人自信的好勝笑容。

接著她短短地斷言：

「當然。」

5

雪菜沐浴透過窗戶照進來的光，緩緩地醒了過來。

「唔……」

最先映入視野的並不是自己的房間——明明如此，天花板卻讓雪菜莫名懷念。難道在奇妙而舒適的氣味圍繞下，夢境仍有延續？雪菜感到混亂。因為她醒來的地方是曉家公寓的其中一個房間——高中男生用來讀書的雜亂房間。換句話說，雪菜躺在古城的床上。

「啊，雪菜，妳醒來了？早安！妳還好吧？受傷的地方會不會痛？」

或許雪菜醒過來的動靜有傳到外面，房門無預警地被打開，曉凪沙進到房裡。她似乎在準備做飯，制服外面圍上圍裙的打扮很有生活感。

「凪沙……我……怎麼會？」

雪菜扶額反問。她在基石之門最底層跟古城等人交手，還受到黑眷獸的心靈攻擊。她記得的部分只到這裡。

策畫讓絃神島沉沒，還打算殺了古城——這樣的自己怎麼會睡在古城的床上？雪菜怎麼也想不出理由。

然而，凪沙有點像被逗樂似的回望疑惑的雪菜說：

「怎麼問這個呢，昨天晚上優麻跟古城哥一起帶妳回來的啊。有個不知道是妳的學妹還是上司的人也跟他們一起喔，那個綁麻花辮的大姊姊。」

「咦……？」

「哎呀～～……我嚇了一跳耶。聽說妳跟雫梨吵架吵到昏倒，衣服也破破爛爛的，身上還腫了好大的包。深森媽媽姑且幫妳看過，說是傷勢不重，只要乖乖靜養就好。啊，深森媽媽帶妳的學妹去醫院了喔。她好像傷勢很嚴重，還逞強活動，被深森媽媽罵了一頓呢。」

「這、這樣啊……」

雪菜比不過凪沙講話像連珠炮的快嘴，態度含糊地點了頭。

凪沙說雪菜有個學妹被帶去醫院，指的應該是閑古詠。帶傷上陣的她果然對肉體造成相當大的負擔。

所幸曉深森是個高明的醫生，願意為古詠看診——倒不如說，或許古城就是為了讓深森替古詠看診才會回到家裡。

「啊，雪菜，這是妳的制服。我洗好幫妳用熨斗燙過了。」

凪沙把抱在胸前的替換衣物放在雪菜的床鋪腳邊。這時候，雪菜發現自己被人換上了凪沙的睡衣。仔細一看，雪菜身上都是全新的膏藥與ＯＫ繃，恐怕也是深森幫她貼的。

「所以妳跟雫梨吵架的原因是什麼呢？果然是古城哥害的嗎？」

「呃……這個嘛，我……」

雪菜被純真的語氣一問，變得支支吾吾回不了話。在這種情況下，她說不出自己想讓紘神島沉沒而遭到阻止。

凪沙大概是在體貼困窘的雪菜，就愉悅似的嘻嘻笑著說：

「算啦。我在的話，或許有些事情妳們不方便講，剩下的就讓當事者自己討論，要盡快和好喔。我要去基石之門那裡，待會見。」

「基石之門？」

「嗯，淺蔥叫我去的。」

掰嘍——凪沙揮了揮手，從房間離去。不久就有匆忙的腳步聲傳來，可以聽出是凪沙從玄關出門的動靜。雪菜仍舊坐在床緣，茫然地聽著那聲音。

她就這樣恍惚了兩三分鐘才總算恢復神智。

「雪霞狼」並沒有擺在房裡。對古城等人來說，雪菜明顯是奉日本政府的命令要來摧毀紘神島的敵人，解除武裝應該是當然的。

問題是倘若如此，雪菜為什麼會被帶來古城家裡？而且她何止沒有被束縛，甚至也沒人看守。雖然已經知道古詠被帶到醫院，緣和那月受到的處置仍然不明瞭。雪菜對現況根本一頭霧水。

「…………」

雪菜淺淺地嘆了氣，然後把手伸向睡衣鈕釦。再這樣一個人待在房裡，事態也不會變，她認為應該先出門收集情報。

雪菜脫掉跟凪沙借來的睡衣，拿起剛洗過的制服。雪菜對於連內衣褲都洗過這一點多少有些困惑，還是拿了自己的胸罩，隨後——

呼啊——伴隨著迷糊的呵欠聲，沙發傳來嘎吱聲響。

依然半裸的雪菜抬起臉，這才發現房門是開著的。

正面可見曉家的客廳，古城就待在客廳中央的沙發上，還伸了懶腰。他看起來一副剛睡醒的臉，而且注意到雪菜杵在原地以後，便不解似的眨了眨眼。雪菜則是跟古城對望了一陣子才開口：

「咦……？」

「啊？」

經過既長又短的沉默，雪菜和古城幾乎同時發出聲音。

古城把自己的床借給了受傷的雪菜，因此睡在客廳的沙發上，現在似乎正好醒來。雪菜想起剛才凪沙說過「讓當事者自己討論」這句話，原來這包含古城就待在旁邊的意思。

「姬、姬柊？」

「什、什麼事……等等！學長你為什麼一直盯著看！」

雪菜用手裡抓著的內褲遮住胸口，還用尖叫般的聲音抗議。

古城連忙別開目光說：

「欸，慢著，我醒來以後，是妳自己脫光杵在那裡的吧！」

「我換衣服換到一半！因為我沒想到學長也在，所以才——」

「知道了啦！是我不好！我會轉過去，妳趕快穿上衣服……欸，混帳，面紙呢！我要拿面紙……！」

古城用雙手捂著自己的鼻子，發出模糊的哀號。看來他似乎是興奮得噴了鼻血，實在不像世界最強吸血鬼會有的舉動。

雪菜對古城缺乏緊張感的背影莫名懷念，同時卻也感到疑惑。因為他對自己的態度太過自然，簡直跟平時一樣。

「……終於止住了……受不了，怎麼大白天就弄成這樣……」

揪著山根的古城疲倦地吐氣。

雪菜盯著他那副模樣，擠出小小的聲音問：

「學長……這是為什麼呢？」

「呃，還問為什麼，妳嚇到我了啦。誰教妳突然就……呃，把胸部露給我看……」

古城害臊地回答得粗裡粗氣，雪菜頓時紅了臉，躲到門後說：

「我不是問那個……！學長，我背叛了你，還打算讓絃神島沉沒耶。為什麼你對這件事沒說任何話呢！明明你恨我是當然的……！」

「妳說的背叛……是什麼意思？」

古城納悶地看向雪菜，雪菜對他的反應感到混亂。

「咦？」

「妳是日本政府派來監視第四真祖的吧？哪有什麼背不背叛，妳不是從一開始就說過要來殺我嗎？」

「是、是那樣沒錯……」

雪菜點頭的動作就像機械缺了油一樣生硬。確實如古城所說，雪菜本來的任務是要監視他。認清曉古城這名少年的本性以後，若是判斷他會成為危險的存在，雪菜即可予以誅殺。

「雪霞狼」本來就是為此才交付給雪菜的武神具。

「奉日本政府命令來殺我的攻魔師，又接到了日本政府的命令要讓絃神島沉沒，對吧？合情合理嘛。我不覺得自己遭到背叛，也沒有理由生妳的氣啊……」

「可、可是……可是……我……！」

雪菜忍不住衝出房間逼近古城。

她明白古城沒有改變態度的理由了，卻無法坦然感到開心。結果那表示對古城來說，自己無論到哪裡都只是一名監視者。

就算這樣，為此怪罪古城應該也不合道理。畢竟比起他們之間的情誼，將獅子王機關的任務擺在優先，還打算摧毀絃神島的並不是別人，正是雪菜自己。

「所以，假如妳對自己感到生氣，那是妳本身的問題吧。」

古城淡然斷言，既沒有責備，也沒有規勸，彷彿對待妹妹的柔和語氣。

「我本身……？」

雪菜用無助的語氣嘀咕。是啊——古城難得帶著認真的表情點頭。

「妳們的任務失敗了。喵咪老師還有『三聖』大姊都被捕了，所以妳已經接不到獅子王機關的新指令。接下來的行動，妳要自己思考做決定。看妳是要再去摧毀這座島，或者為了拯救這座島提供援手。」

「拯救……這座島？」

雪菜訝異地看向古城。包含三名真祖在內的聖域條約機構加盟國都因為眷獸彈頭，被迫保持沉默，如今要拯救絃神島只有一個辦法。那就是將絃神島賣給MAR，進入「天部」的保護傘之下。

「學長，你真的打算把絃神島賣給ＭＡＲ嗎？」

「……或許吧。」

古城滿不在乎地回答雪菜認真提出的疑問。

雪菜立刻就否定了他所說的話。

「你騙人。」

「咦？」

「那是謊話。你絕對不會做出那種事……學長，擅自決定他人的命運不是最讓你感到排斥的嗎！」

雪菜毫不迷惘地斷言。一直監視著古城的雪菜很了解，古城身懷世界最強吸血鬼之力，卻斷然不會為了自己動用那份力量。

他追求「力量」是用來保護妹妹凪沙和第十二號奧蘿菈——用來保護那些命運受暴力擺弄的弱者。以擁有力量為由，就想踐踏弱者的意志及尊嚴——這種人對曉古城來說是敵人。

所以，他絕對不會接納「天部」的支配。夏夫利亞爾．連想用眷獸彈頭帶來的恐懼支配人類，古城不可能認同他這套思想。

「可是，萬一學長拒絕拉德麗小姐的提議，ＭＡＲ肯定會動用眷獸彈頭，好幾百萬人會因此犧牲。事情變成那樣的話，學長就要獨自背負讓那些人死去的責任……所以……！」

雪菜的目光因淚水而蕩漾。語塞的她發不出聲音。

古城困惑地望著雪菜問：

「妳想讓絃神島沉沒，該不會就是出於這個理由？因為妳不希望我對大量的殺戮感到自責……？」

「我根本不曉得自己還能怎麼做啊！」

雪菜像小孩一樣猛搖頭。

人類的安全還有對古城的感情——雪菜沒辦法將兩者拿來做比較，所以她才認為自己起碼可以替古城扛起摧毀絃神島的罪過。

「……不要緊的，姬柊。眷獸彈頭會有辦法對付。」

古城站了起來，溫柔地把手輕輕擺到一臉想不開的雪菜頭上。

雪菜用手背拭去眼淚，然後問：

「學長……你會設法嗎？」

「不，是『我們』會設法對付。我們不會讓夏夫利亞爾·連為所欲為。」

古城以莫名毅然的口吻斷言。接著，他心血來潮似的親手將倚在沙發靠背上的樂器盒遞給雪菜。那是裝貝斯用的黑色硬盒。

「所以嘍，姬柊，照妳的意思去做吧。這東西先還給妳了。」

「『雪霞狼』……」

雪菜訝異地睜大眼睛，並且收下那只硬盒。只要有「雪霞狼」，雪菜就可以再次去摧毀基石。這點簡單的道理，古城應該也明白。即使如此，古城仍然這麼說，意思就是他無所謂，他相信雪菜的決斷。

「……欸，等等，已經這麼晚啦。糟糕，我睡過頭了，差不多該去做準備嘍。」

古城發現時間已過下午三點，便急忙開始整裝。

「準備？」

仍捧著硬盒的雪菜問道。對啊——古城隨便點了頭。

「今天日落後的晚上七點，我要跟拉德麗‧連開會。姬柊，妳有什麼打算？要跟我一起來嗎？」

「……我根本……已經沒有資格，參加跟MAR的會談了……」

雪菜無助地搖了搖頭。她就是想阻止古城跟MAR會談，才打算讓紘神島沉沒。如今，她又有什麼臉出席這場會談呢？雪菜如此心想。

「資格？我想淺蔥和卡思子都沒有妳說的那種資格喔。當然，我也沒有。」

古城一臉不可思議地望著雪菜。接著，他聳聳肩表示「也罷」。

「……話是這麼說，妳一下子也想不出答案吧。來或不來都隨妳喜歡就好。掰啦。」

古城隨手抓了幾顆桌上的糖果，大概是打算拿來代替午餐，然後就趕著出門了。雖然連玄關門都不鎖實在粗心，這樣的舉動卻十分合乎他的作風——雪菜心想。

把長槍還給雪菜也是同理，稱作信任固然好聽，簡單來講就是破綻百出又好人做過頭，沒有隨時緊盯就會讓旁人擔憂不已。性格如此溫厚，還身懷吸血鬼強大力量的他，難道真以為這樣能勝任絃神島的領主嗎？

所以，自己非得好好監視他。

「受不了……真是個不好照顧的吸血鬼人……」

雪菜粗魯地揉了眼睛擦去淚水，然後堅毅地抬起臉龐。

在她眼裡已經蘊藏著一股好似拋開心結的毅然光彩。

6

基石之門的北口地下。特區警備隊總部的拘留所響起年輕女子的啜泣聲，悽慘哭聲讓人聽了感到鬱結。

「嗚嗚……讓我死吧……雖然是受了心靈支配，我竟然對『三聖』中的古詠大人持劍相向，這樣我只能切腹謝罪了嘛……雪菜，對不起……請原諒先走的不才……」

哭聲來自在牢裡抱著雙腿的高個子少女。她用的字句誇張得煞有介事，卻因為雙手都被反綁在背後，實際上何止無法切腹，連要自己上廁所都困難重重。原本警方並無預定將她拘留，可是她又哭又鬧的給人多添困擾，特區警備隊嫌煩就把她丟進拘留所了。

「囉嗦。獅子王機關的馬尾女，妳吵死了。想切腹就到別的地方去切！喂，那隻廢貓！別用我的禮服磨爪子！給我聽話，不准咬！」

同關在牢裡的南宮那月語氣露骨地表示不悅。

襲擊基石失敗後，那月等人在絃神島受到了與魔導罪犯同等的待遇。負傷的姬柊雪菜和閑古詠另當別論，毫髮無傷的那月被羈押可說是理所當然。

問題是同一間拘留所內還有消沉得煩人的紗矢華，以及緣當成使役魔的黑貓。

由於緣的使役魔跟她斷了魔法上的連結，已經變成一隻單純欠管教的黑貓。拘留所還設有「聖殲」的結界，任何魔法都用不了，就連那月也不可能逃脫，唯有精神壓力無止盡地逐步累積。

此時，鐵柵欄另一邊傳來好似在揶揄那月的聲音。

「喲，小老師，妳這模樣看起來真不賴。要說的話，簡直像遭到囚禁的公主。哎，雖然欠缺一點香豔的魅力。」

那月默默往上瞪向親暱地對他笑的男子的臉。

對方曬得挺黑，是個相貌有傲氣的中年男性，參差不齊的髮型像是拿刀削出來的，下巴有顯眼的鬍渣。衣服是褪色的皮製長大衣，氣質像趕不上時代的黑手黨或者生意慘淡的私家偵探——那是考古學家曉牙城。

「盜墓的，你有什麼事？我可沒錢借你喔。」

那月用打從心裡鄙視的語氣說道。牙城有些不知所措地板起臉說：

「沒有人要跟妳借錢啦。我家的笨兒子呢，託我幫忙辦點事。」

「曉古城……會有事情要拜託你？」

那月訝異地瞪圓了眼睛，表情簡直像目睹豬能飛上天一樣錯愕。

「不不不，沒那麼值得訝異吧。我是個父親，那傢伙的親爸。」

牙城心寒似的提出主張。那月哼了一聲，不理會牙城的抗議之詞，然而……

「慢著，『冥府歸人』……！那傢伙問了你什麼？」

「哈……妳真靈光，不愧是小老師。」

牙城賊賊地揚起嘴角。

那月咬牙作響。曉牙城是「冥府歸人」——曾入侵「天部」的遺跡，還從那裡回來的少

數生還者。古城會在這個時間點向父親請教的事，只可能是跟死都有關的情報。

「唉，我算身教重於言教的類型就是了。那個小鬼無論如何都要求教，我就講了點往事給他聽。」

「……你的兒子想對ＭＡＲ做什麼？」

牙城滑頭滑腦地不停誇口，彷彿在搪塞那月的追問。兒子肯求助似乎讓他挺開心。

那月硬是打斷牙城冗長的說明。

「妳自己確認如何？」

牙城愉悅地引吭發聲，然後摸了拘留所的鎖頭。清脆的金屬聲喀嚓響起，牢固的鎖頭被他一碰就開了。

曉牙城從死都回來以後，肉體至今仍停留在人世與異界的分界線上。

把手伸進金屬內側並將機械式的鎖芯撬開，所費的工夫對他來說好比將黏在一起的超市購物袋扒開。

「哎，身為監護人，我也覺得有小老師照料他就安心了。還有我在兒媳婦的人選面前，至少得稍微展露好的一面嘛。」

牙城把那月她們帶出牢房，還裝模作樣地閉起一隻眼睛。被叫成兒媳婦的紗矢華紅著臉，羞答答地推託：「哪有哪有，我才不是。」那月則不耐煩地嘆氣。

「溺愛兒子的傻爸爸。」

牙城聽了那月直言不諱的臭罵，有些被逗樂似的挑眉表示：

「我是不否認啦。」

話說完，他手法老練地抱起玩那月那件禮服玩得正歡的黑貓。

7

傍晚時分的彩海學園悄悄地變得無比寂靜。

由於領主選鬥結束，到校內避難的鄰近居民已經回家，學校又尚未恢復上課，因此也看不見學生練習社團活動的身影。夕陽染紅沒有人的校舍，唯有教室桌椅在地板上留下複雜的黑影。

而在校舍樓頂，有幾名學生偷偷溜進學園。那是矢瀨、淺蔥、香菅谷雫梨・卡思緹艾拉，還有披著陌生黑衣的古城。

受藍羽仙齋演講的影響，基石之門周圍一片譁然，始終處於無法隨意接近的狀態。對於人工島管理公社決意和日本政府切割，表示要獨自跟ＭＡＲ進行談判的處事方針，有贊成派與反對派的市民激烈衝突，小規模的鬥毆持續不斷。

現況實在不容古城等人跟恐怖分子談判，但是在群眾像這樣爭執的期間，跟拉德麗．連會談的時刻仍逐漸逼近。

因此，古城等人倉促地改了會談的地點。

場地寬敞到一定程度，周圍人影稀疏，跟基石之門又有專用網路相連接的地點，而且古城等人都十分熟悉的場所——那便是彩海學園。

「抱歉，叶瀨，把最危險的差事推給妳。」

古城靠著樓頂的鐵絲網，朝借來的手機喚道。

手機螢幕上顯示的是叶瀨夏音。

那是即時的視訊通話，但收訊狀況似乎不太好，影像昏暗，雜訊也多。即使如此，夏音柔美的外貌還是能充分傳達到。

目前夏音穿著服貼的潛水服，嬌貴卻又意外有女人味的體型被強調出來，古城總覺得視線沒地方擺。

不知道夏音對古城這種歪念頭是否知情，她彷彿在強調身材曲線，特地舉起雙臂望著頭頂說：

『不要緊。因為它非常可愛。』

「可……可愛……是嗎？」

手機的小小螢幕容納不下，然而古城想起畫面外的那東西是什麼模樣，就露出了複雜的臉色。

『不用擔心，夏音姊姊有我陪著。』

江口結瞳從畫面底下探出臉，打斷了古城和夏音的通話。她跟平時一樣，穿的是名門女校的制服。

「嗯，結瞳妳也要小心。」

古城用認真的語氣告訴對方。結瞳和夏音因為某種理由，要跟古城等人分開行動。跟MAR談判之際，她們倆是古城等人的王牌。

事情當然並無保證會進行順利，萬一計畫出錯，她們將蒙受極大的危險。即使明白這一點，結瞳她們還是接下任務了，雖然多少有要求回報——

『好的。可是，請古城哥哥不要忘記約定喔。要跟我單獨約會，就我們兩個。』

結瞳把臉擠到鏡頭前強調。古城點頭，語帶苦笑地說：

「行啊……沒問題，我沒有忘記。在公園的沙坑玩可以嗎？」

『我是幼稚園的小朋友嗎！麻煩你安排成熟一點的約會行程！』

「呃……妳何必要求成熟呢……」

結瞳由衷憤慨地提出抗議，讓古城打從心底感到為難。即使結瞳多少有老成的地方，她仍是個小學生，古城帶她亂跑的話就會被當成罪犯。

『大哥……我也希望可以那樣。』

夏音聽到結瞳跟古城的互動，就怯生生且客氣地舉起手。

「叶瀨也要？」

『是的。一場成熟的約會。』

夏音難得有堅定的自我主張，讓古城覺得更走投無路了。

先不談年齡問題，跟妹妹的密友來一場成熟的約會感覺同樣不太妙。既然夏音已成為古城的「血之伴侶」，就更不用說了。

『請古城哥哥別忘記約定喔。』

『麻煩大哥了。』

最後只聽見她們倆留下的叮嚀，視訊通話就斷了。因為真的收不到訊號了。

古城得救般鬆了口氣。這時候，背後突然有人向他搭話。

「哦～～……成熟的約會是嗎……這樣啊……」

那種缺乏抑揚頓挫的冷漠語氣，讓古城生硬地回過頭。站在他眼前的人是個揹著眼熟的黑色硬盒的彩海學園女學生。

即使目睹她突然出現，矢瀨與淺蔥的表情也沒有變，被嚇到的只有古城。

「……姬柊？」

「趁我不注意，學長不只答應了夏音，甚至也跟結瞳講好要來一場成熟的約會……你真的是個讓人鬆懈不得的吸血鬼耶。」

雪菜露出明顯不悅的臉色，深深嘆息。

「不對……妳等一下，剛才的對話聽了就曉得吧。是那兩個人要我帶她們出去玩，當成就是說啊——雫梨跟著附和。淺蔥與矢瀨不知怎地也沒有否定。

「哎，那倒是沒有關係，反正我會從頭到尾全程監視，以免學長對結瞳她們做出不檢點的行為。」

這次協助計畫的回報啊——」

雪菜凶巴巴地抬起臉，對古城投以強悍的視線。她那種態度讓古城困惑。不知道雪菜的心境有什麼樣的變化，但是跟今天早上交談時簡直判若兩人。

「說要監視我……可是姬柊，妳的任務已經結束了吧？」

「因為我是獅子王機關的劍巫。基於攻魔師法第六十五條，為阻止大規模魔導犯罪，即使在任務外的狀況，我依然有行使攻魔師職權之義務。」

「……啥？」

雪菜說的話像一連串暗語，讓古城傻愣愣地眨起眼睛。他無法理解對方講了些什麼。

矢瀨代替不知所措的古城，從喉嚨發出「咯咯」的笑聲。原本蹲踞在樓頂的他起身，莫名感佩似的看了雪菜。

「……原來如此。妳把攻魔師的犯罪抑止義務搬出來啦。雖然有點牽強，姑且還說得通啦。」

「是的。」

雪菜用力點頭。古城還是不懂他們說的意思。

「矢瀨，那是怎麼一回事？」

「持有攻魔師執照者，若是得知大規模魔導犯罪發生，除非有正當理由，否則就算是在非執勤期間或管轄之外，依舊要防範犯罪相關情事於未然。換句話說，假如姬柊學妹要監視凶惡的魔導罪犯，就可以照自己的意志行動，無關乎獅子王機關。」

「凶惡的魔導罪犯……該不會是指我吧？」

古城一臉不服地撇嘴。矢瀨卻用冷靜的語氣說：

「以往日本政府並沒有認同第四真祖存在，所以姬柊學妹只能透過獅子王機關，以奉命監視的形式跟著你。可是，你現在成了繼承『吸血王』眷獸的無名吸血鬼，足以認定你是需監視對象了。」

「考慮到以往絃神島受到的損害，執法機關對你的印象早就傾向於凶惡罪犯嘍。」

淺蔥賊笑著說。

那是出於不可抗力吧——古城喃喃吐露內心的不滿。基本上，絃神島發生的事件大多也跟淺蔥有關係，她起碼要分擔一半的罪過才對。

「姬柊雪菜，那就是妳想出的答案？」

雫梨之前都默默瞪著雪菜，到這時候才露出嚴肅表情問了一句。

古城有不好的預感，因而來回看著她們倆的臉。

昨晚在基石之門最底層，雫梨和雪菜有過一場相當認真的廝殺。當時幾乎是以兩敗俱傷的形式中斷，因此並未分出勝負。從兩人都滿不服輸的性格來想，古城擔心她們會不會提議在當下繼續那場戰鬥。

「對……我是曉學長的監視者，以往是，以後也是。」

雪菜回望雫梨說道。她們倆就這樣互瞪了片刻。雫梨呵呵笑著聳了聳肩。

「表示妳不是因為被獅子王機關命令，而是自己做了這樣的決定？既然如此，這次我們可以算立場對等了……」

「沒錯。」

雪菜也露出微笑。

雫梨身為聖團最後的修女騎士，是以自己的意志決定向古城提供助力。現在雪菜的行動與獅子王機關的命令無關，也就和她一樣。或許是因為這樣，兩人之間原本一觸即發的氣氛不可思議地消失了。古城察覺這一點，就放鬆了力氣。

雫梨則打量起古城全身上下，然後傻眼似的嘆息。

「不提那些了，古城……你穿的這件披風，會不會太誇張了點？」

「我可不想被妳這麼說……不過，活動起來確實有點不方便啦。」

古城回望仍戴著長頭巾（Wimple）的雫梨，一邊轉了轉肩膀。

現在古城穿著漆黑的披風大衣。淺蔥說這是為了便於唬人，才逼他穿上去的。頭髮也用髮雕做了造型，因此給人的印象與平時差很多。雖然不確定是否合適，古城對穿不慣的服裝其實感到不自在。

「因為你排斥穿西裝啊。忍一忍這副裝扮吧，總不能讓你穿著彩海學園的制服就出去跟人談判。」

淺蔥安撫一臉不滿的古城。不得不承認她的意見確實有理。然而——

「我們跟拉德麗的會談沒對外公開吧。既然如此，穿什麼衣服還不都一樣。」

「就算這樣，你還是要顧到威嚴啊。」

淺蔥蠻橫地告訴古城，口氣像在管教不聽話的小孩。

雪菜帶著認真的表情打斷古城他們這段無關緊要的爭吵。

「重要的是，學長……你要怎麼跟拉德麗小姐談判？總不會真的跟ＭＡＲ聯手，然後與全世界為敵吧？」

「呃，我覺得那樣也不壞啦。」

古城回望不安的雪菜，若有深意地笑了笑。淺蔥也愉悅地瞇起眼說：

「那樣的話，我們會成為稀世大罪人而名留歷史呢。」

「你們說這些是認真的嗎……？」

雪菜的眼神變得嚴肅。接下來要迎接的談判攸關世界命運，古城他們表現出來的態度卻缺乏緊張感，她似乎對此感到焦慮。

然而古城凝望殺氣騰騰的雪菜，愉快地笑了出來。

「可是姬柊，到時候妳會阻止我吧？」

「啊……」

雪菜動搖似的停下動作，然後帶著一如往常的正經態度，彷彿下定決心而用力點頭。

「是的。因為我是為此而存在的監視者。」

不久之後，有股強烈的魔力氣息籠罩了絃神島。

在染上深紅餘暉的天空，浮現一道由龐大魔力撐起的複雜魔法陣。那是與異境相通的巨大之「門」。

原本仍留有一絲殘光的太陽完全落到地平線之下。

「日落是嗎？」

古城無意識地露出粗獷的笑容說道。常夏人工島的白天告終，魔族特區的夜晚來臨。

傳出雷轟般的巨響，灰色球體在古城等人的頭頂現形了。

飄浮於天，宛如第二顆月亮的巨大城寨，徘徊異界的「天部」居城。

「那就是……死都……！」

雪菜仰望天空，靜靜地低喃。

魔族特區與死都二度邂逅。

攸關世界命運的談判就此開始。

第四章 死都

Fortified Necropolis

1

「吾影似霧亦非霧、似刃亦非刃——」

妃崎霧葉手舉長槍肅穆起舞。其身影猶如沒入虛空，逐漸消失。

藉體能強化咒提升體能，搭配令觀者迷惑的步法，讓她得以用肉眼無法認知的速度施展攻擊。

「斬斫如泡影，啼號現災禍！」

霧葉出現在重武裝的士兵們中央，一邊演奏出音叉般優美的響聲一邊揮舞長槍。鮮血飛濺，士兵接連發出慘叫。

飄浮在雲海中的小小海岬。MAR特種部隊的八名士兵從運輸機降落以後，便遭到霧葉一人蹂躪而束手無策。

「那就是……太史局的六刃神官……」

唯里躲在起伏的地形後頭，還露出嚴肅的臉色說道。

致命的要害都避開了，除此之外，霧葉幾乎沒有留手。浴血而笑的身影更讓外表頗具姿色的她顯得鬼氣逼人。那些特種部隊的頑強士兵都嚇得面孔緊繃，紛紛開始撤退。

「真虧煌坂打得過那種對手……她還說那次有修理到對方哭著道歉才停……」

志緒放下原本為了掩護霧葉而舉起的弓，無奈地嘆息。

「獅子王機關的人，我聽見了喔。怎麼可能會有那種事。」

霧葉目睹敵方撤退後，就一邊擦拭濺到臉頰上的血一邊瞪向志緒。接著，霧葉把視線轉向志緒等人背後——被奧蘿菈抱著的醜布偶。

「也罷。你叫摩怪對吧。剛才談到的事情，能不能讓我聽聽後續？」

『……這個嘛，我們剛才談了什麼來著？』

摩怪仍被奧蘿菈抱在手裡，還刻意別開目光。霧葉以染血的雙叉槍指向摩怪的鼻尖。

「少跟我裝蒜，小心我宰了你。你把我們帶來這裡，總不可能是為了對付剛才那些雜碎吧？」

『別叫他們雜碎嘛。那些傢伙好歹也是繼承了「天部」血統的ＭＡＲ精銳。』

摩怪目送直升機逃離，並且嘲諷似的咯咯笑了出來。霧葉默默蹙起眉頭。

「你說的『天部』……是指夏夫利亞爾．連的同夥？」

「所謂古代的超人類，難道就那種程度而已？」

唯里和志緒稍感疑惑而反問。

在夏夫利亞爾．連自揭身分之前，「天部」被認為是在遙遠的過去就已經滅亡的傳奇性種族。保有高度的魔導科技，曾經使役獸人、巨人族及眾多魔族的太古超人類。他們可以操控名為人力的超凡力量，據說唯里等人所懷的靈力也是人類祖先藉著與「天部」交配才得到的力量。

「天部」身為超人類的實力假如就只有剛才那些士兵的程度，老實講，未免讓人覺得期待落空。

然而，摩怪作勢縮起短短的脖子說：

『實際上，他們只是在好幾代前有系出「天部」的祖先，戰鬥能力似乎跟尋常人差不了多少。』

「表示他們果然就是雜碎嘛。」

霧葉冷冷地撂下一句。摩怪則咯咯發笑說：

『哎，妳會覺得那些傢伙弱，倒也另有理由啦。』

「我沒興趣，你還不如把眷獸彈頭的事交代清楚，害獸。剛才你談到眷獸彈頭被封印在這座設施，是怎麼一回事？」

『正是我字面上說的意思啊。妳們可以看見人工島暹羅就位在那裡，它原本是建造用來儲藏眷獸彈頭的設施，絕無爆炸風險的安全地點。』

被稱作害獸的摩怪苦笑著仰望頭上的海面。

「你說的沒有爆炸風險是為什麼？」

霧葉面不改色地問。摩怪愉悅地賊賊笑著說：

『妳沒聽第四真祖小哥提過嗎？在異境是無法使用魔力的啦。』

「無法使用魔力？」

志緒訝異地睜大眼睛。唯里靈光一現，回頭看向背後問：

「那麼，剛才的特種部隊之所以不堪一擊，該不會就是因為這層緣故？」

『那群人帶的裝備理應大多數都是靠魔法運作。以魔力為動力源的機械與魔法師，在這裡都無用武之地。』

摩怪比手畫腳加上誇張的動作說明。

『換成魔族，面臨的問題還更嚴重。生命活動要仰賴魔力的一部分魔族在異境根本就活不下去，即使沒那麼嚴重，絕大多數的魔族也會變弱。獸人不能獸人化，吸血鬼也用不了眷獸，只有一小撮的例外存在，懂嗎？』

摩怪說著就仰頭瞥了把自己抱在手裡的奧蘿菈。奧蘿菈似乎不太有實際的感覺，目光因而無助地亂飄。

不過志緒等人都知道，第四真祖是特殊的吸血鬼。

為了殺害理應無法消滅的咎神該隱，才由「天部」創造出的殺神兵器。

雖然不明白當中有何玄機，在理應毫無魔力的異境內，假如只有第四真祖能召喚眷獸，會得到特殊評價也就可以理解。

『——MAR運到地表的眷獸彈頭有七枚，除了那以外的眷獸彈頭都還留在儲藏設施。因為我用這個金髮小妞的魔力把設施封鎖起來了。』

「這樣啊。所以MAR才會來這座尖塔找你們嘍。」

原來如此——志緒對摩怪說的話點點頭。

奧蘿菈身為第四真祖，擁有的魔力足以獨自開啟銜接異境與絃神島兩地之「門」。摩怪似乎就利用她的魔力，阻止儲藏設施裡的眷獸彈頭被人運走。

「所以我們幾個才會被帶來這裡？來當你們的護衛？」

霧葉瞪向在唯里她們旁邊顯得很無聊的葛蓮妲。

妲——葛蓮妲微微點頭。志緒和唯里不由得上前袒護她。

「與其說帶我們幾個到這裡，妃崎霧葉比較像被我和唯里連累就是了。」

「志、志緒，這一點不能講出來啦！」

「……這套說詞沒辦法讓我信服。」

眼皮抽搐的霧葉又轉向奧蘿菈他們。

「奧蘿菈・弗洛雷斯緹納已經從曉古城那裡繼承了第四真祖的眷獸吧？既然如此，應該不用借助我們的力量，也能輕鬆驅逐那些雜碎啊。」

『咯咯……確實如妳所說。前提是，假如金髮小妞真能駕馭第四真祖的眷獸。』

摩怪代替默默低頭的奧蘿菈答話。這樣啊——志緒喃喃嘀咕：

「原來那些眷獸還沒有認奧蘿菈當宿主嗎？」

「失、失策。」

奧蘿菈抱著摩怪，嬌弱的肩膀越縮越窄。

透過姬柊雪菜的報告，志緒等人也耳聞了第四真祖眷獸的棘手特質。

曉古城變得能任意喚出自己的眷獸是在真祖大戰終結前夕。那是他繼承第四真祖之力經過近九個月以後的事。

奧蘿菈恐怕也一樣，她還沒掌握住自己的眷獸。相較於原本身為人類的曉古城，她跟眷獸之間的契合度應該會好一些，然而強迫眷獸服從的話，還是很可能讓它們失控。

『還有，太史局的小妞，妳們忘了另一件重要的事。』

摩怪用了有失本色的正經語氣。霧葉挑了挑單邊眉毛問：

「什麼事？」

『就算用得了第四真祖的眷獸，要守住這裡仍不是簡單的事。畢竟這裡可是異境。』

「你從剛才講話就一直拐彎抹角，到底想表達什麼？」

霧葉不耐煩地瞇起眼。志緒頓時會意過來而一臉凝重。

「不……我懂了，異境有那傢伙在吧……！」

『答對了，短髮小妞。』

摩怪揚起一邊嘴角。霧葉納悶地反問：

「那傢伙？」

『對喔，這位小妞還沒有遇過。就是那傢伙啊，在魔族當中，匹敵吸血鬼真祖的另一個頂點。』

摩怪用挑釁的語氣說道。霧葉微微倒抽一口氣。她察覺摩怪暗指的是什麼了。

「唯里，志緒。」

葛蓮妲忽然叫了唯里她們。那並不是她平常笨拙的發音方式，咬字清晰可辨。

唯里和志緒不假思索地看向她那邊，內心感到困惑。在那裡的人並不是她們倆熟知的鐵灰色頭髮的少女。

彷彿跟葛蓮妲年幼的身影重疊，有另一個淡而透明的葛蓮妲像幽靈一樣站在那裡。

她們倆有如姊妹般相像，卻明顯是不同的人。

具實體的葛蓮妲頂多十歲左右，相對地，另一個幻影最起碼也跟唯里她們同年齡層吧。

而且她跟奧蘿菈一樣，穿著與彩海學園款式相仿的制服。

「葛蓮妲……？」

「妳……也是葛蓮妲嗎？」

「是的，沒有錯。正確來講，我算是過去曾為葛蓮妲的存在。」

葛蓮妲的幻影溫柔地望著疑惑的唯里和志緒，並且惡作劇似的告訴她們。

霎時間，唯里她們憑直覺理解了。留下這道幻影的葛蓮妲本人已經不存在於這世界，她恐怕在幾千年前就消滅了。

唯里她們認識的葛蓮妲身上有基因經人為操作的痕跡。從前恐怕存在著名叫葛蓮妲的龍族，還創造了她當後繼者。

「希望超越時空結識的幾位朋友能幫我一點忙，為了實現吾主咎神該隱的心願——」

葛蓮妲的幻影瞥向摩怪並這麼說。摩怪則是漠不關心地轉開視線。

「該隱的……心願？」

幻影少女望向帶著戒心發問的志緒，和氣地點了頭。這使得志緒等人無法再多問什麼。少女眼裡有著對志緒她們單方面的深厚信賴，不知怎地，那跟年幼的葛蓮妲完全一樣。

『……傷腦筋。言及立見蹤影啊。』

摩怪忽然仰望頭頂，事不關己般嘀咕。抱著它的奧蘿菈畏懼得肩膀發抖。

漂浮於海面的鐵灰色人工島暹羅之上，再次有ＭＡＲ製的航空機接近而來。

那跟方才撤退的機體一樣，屬於傾轉旋翼式運輸機，但這次是裝載對地火箭彈與機關槍的武裝機種。

而且在它後方還可看見張開巨大翅膀的赤銅色魔獸身影。

攻擊性更勝運輸機的龐然身軀；長尾巴與強韌四肢；從細胞散發的大量熱能猶若蜃景，從全身洶湧而上。那是君臨魔獸頂點的傳奇性怪物。

『來啦，是龍族。』

摩怪態度有些隨便地告訴眾人。

從頭頂飛來的炎龍克雷多認出了摩怪他們的身影，就發出凶猛的咆哮。

2

彩海學園的校舍樓頂。空間操控術式帶來蜃景般的獨特搖曳現象，服裝華麗的女子從中現身。

「日安，領主大人。在場的面孔可真是俊秀雲集。」

拉德麗・連轉起讓人聯想到魔術師的短短手杖，並且依序看了聚集在樓頂的古城等人。古城、矢瀨還有淺蔥，接著她看見雫梨就納悶似的歪過頭。

「人工島管理公社的代表矢瀨基樹先生，『該隱巫女』兼領主大人『血之伴侶』的藍羽淺蔥女士……那麼，請問這一位是？看起來像鬼族的王室成員耶。」

「我是香菅谷雫梨・卡思緹艾拉。」

即使面對MAR的執行總監，雫梨也絲毫不改態度，大方直言。拉德麗・連則露出訝異的表情應了一聲：「哦？」古城便忍俊不禁地低聲笑著說：

「她也是我的『血之伴侶』。我要她列席擔任護衛，不成問題吧？」

「『血之伴侶』──換句話說，就是妻子嘍。可以啊，當然不成問題。你有這麼多太太姨太太太令人佩服了呢。」

拉德麗來回看向淺蔥與雫梨，並且莫名得意地露出滿面笑容答話。看來她自認剛才那句話說得很妙。

「……我可以砍了那個女的嗎？」

「冷靜點，卡思子。」

雫梨忍不住將手擱在長劍的劍柄上，古城便一臉生厭地制止。你叫誰卡思子──雫梨齜牙咧嘴地彷彿想這麼抗議，還怒目瞪了古城。

而雪菜帶著複雜的表情望著他們倆，並且微微嘆息。這時候，矢瀨尋開心似的用拇指草草指了雪菜。

「還有一名人工島管理公社抓到的俘虜。」

「……！」

雪菜險些冒出聲音。她似乎並不是以古城的監視者身分在場，而是莫名其妙被當成了日本政府落在紘神島手上的俘虜。

拉德麗納悶地瞥了疑惑的雪菜並說：

「……俘虜？」

「其實呢，昨晚有一群人奉日本政府的命令，要來摧毀紘神島的基石。」

淺蔥回答拉德麗的疑問。雪菜默默咬住嘴唇。

「哎呀……政府征服這裡真是不擇手段。光摧毀基石又不濟事。」

拉德麗側眼看著雪菜的反應，一邊愉悅地嘀咕。雫梨握著劍柄忍著這口氣，淺蔥卻嘻嘻笑出聲。

「哎，妳說得對。」

「原來如此，那就是理由。幾位起意與我方談判的理由。」

嗯嗯——拉德麗信服似的點點頭。

日本政府派雪菜等人攻擊基石是事實。就算摧毀通往異境之「門」有其大義名分，他們背叛了絃神島這一點依舊不變。

絃神島為與之對抗，某方面而言，找ＭＡＲ聯手可以說是理所當然的判斷。因為可以在軍事、經濟雙方面跟聖域條約機構軍抗衡的勢力只有坐擁大量眷獸彈頭的ＭＡＲ。

「很好。那可以請你告訴我嗎？絃神島是否答應讓ＭＡＲ收購？」

拉德麗單刀直入地問古城。

雪菜屏息望向古城的臉龐。古城嘴邊浮現笑意。或許是因為那件披風大衣並不眼熟，此刻的古城跟雪菜認識的他不太像同一個人。

「在答覆之前，能不能讓我見識你們的力量，拉德麗．連？」

古城對拉德麗投以威迫的視線。

「你是指……我們ＭＡＲ的力量？」

拉德麗略顯鬧脾氣地鼓起一邊的腮幫子。古城笑著點了頭。

「驅離聖域條約機構軍這點小事，我們之前也辦到啦，妳說是吧？拿著這種程度的戰果誇耀，只會讓我方困惑。」

「你想測試我們『天部』啊，曉古城？雖然令人有些牙癢癢，但你的說詞合乎於理。」

拉德麗努力以冷靜的語氣答話。在先前的真祖大戰，絃神島曾與聖域條約機構軍交戰，

並且單方面將其逼退。她應該是想起了這一點。

絃神島擁有「聖殲」，更有古城的黑眷獸。ＭＡＲ究竟有無與其媲美的力量？古城正在向她質疑這一點。

對拉德麗來說，那應該也是意料外的提議。然而，她爽快地接納了。

「可以喔，請說說看要怎麼做才能讓幾位滿意。」

這一次換成拉德麗試探般問古城。

古城滿意地點頭，淡然告訴對方：

「麻煩妳，讓我再一次確認眷獸彈頭的威力。別找艦隊那種小家子氣的目標，我想想，比如朝大都市發射的效果就讓我感到有興趣。」

「學長！」

雪菜睜大眼睛看向古城，可是抗議之詞還沒繼續說下去，冷冷的劍刃就抵向雪菜的喉嚨。雫梨拔出深紅長劍對著雪菜。

「冷靜下來，姬柊雪菜，這是談判的場合。」

雫梨用毫無感情的嗓音告知。雪菜難以置信地把話聽進耳裡。雫梨以聖團的修女騎士自許，雪菜不認為她會容忍好幾百萬的無辜人命犧牲。

可是這對古城來說也一樣。而且，日本政府本來就打算犧牲與此無關的絃神市民。如果古城等人真的對有意讓紘神島沉沒的日本政府感到惱火，會提出這種條件也絕非無法理解。

「看來你並不是故弄玄虛，曉古城……不過，真的可以嗎？眷獸彈頭發射以後，事情就沒有轉圜餘地嘍。」

拉德麗提醒古城。她應該也對古城等人的提議大感意外，古城卻冷漠地笑著同意。

「是日本政府先對我的領地出手。即使整個東京被夷平，他們總不會抱怨吧。」

「學……長……」

雪菜沙啞地嘀咕。她不明白古城的用意，因而感到混亂。如拉德麗所說，發射後的眷獸彈頭是停不住的。就算目的是為了減少眷獸彈頭的殘量，為此將東京夷平的話，犧牲未免太大了。雪菜不認為挑釁MAR發射眷獸彈頭的做法有其意義。

然而，淺蔥與矢瀨並沒有阻止古城，雫梨也還是用劍刃抵著雪菜，一動也不動。

「好吧，領主大人。依你所願，請明鑑我等『天部』的力量。」

拉德麗傻眼似的聳肩說道。

接著她環視古城等人，並指向浮在頭頂的球形城寨。

「那麼，就請各位到我等的死都迦雷納連城作客吧——接下來在迦雷納連城將上演一齣價值連城的好戲……我說笑的。」

3

轟鳴聲猶如哀號，震撼了異境的天空。

那陣轟鳴聲化為人類不可能唱誦的超高密度咒語，在空中交織出巨大的魔法陣。

魔法陣催生並增幅了一道伴隨著衝擊而來的破壞性閃光。那是改良型六式降魔弓（Freikugel Plus）的咒術砲擊。

閃光席捲海岬生苔的地面，一同掃過ＭＡＲ的那些士兵。傾轉旋翼式運輸機遭受攻擊牽連而失去平衡，朝著眼底的雲海墜落。

然而，志緒手持銀色西洋弓，臉卻畏懼似的隨之緊繃。

咒術砲擊的閃光消失，被鑿穿的地面顯露出來。在那裡蠢動的是外表奇異的眾多怪物，覆有白色外骨骼的成群士兵。

「那些傢伙是什麼？難道它們撐過了剛才那一波咒術砲擊……！」

志緒急得聲音發抖。改良型六式降魔弓的咒術砲擊能在瞬間發揮出與第四真祖眷獸相近的威力。那些形似白骨的士兵遭受直擊，卻幾乎毫髮無傷地繼續活動。

『啊～～那是龍牙兵。』

被奧蘿菈抱著的摩怪吃驚似的吹了個口哨。志緒疑惑地瞇起眼問：

「龍牙兵？那是什麼……？」

『那似乎是用龍族的細胞組織創造出來的人工魔族。雖然不具智慧，卻擁有與龍族同等的魔法抗性，很不好對付喔。夏夫利亞爾·連那傢伙算到靠普通士兵會沒完沒了，居然把那種玩意兒投入戰局了。』

「你還有空講得像是事不關己！」

志緒咬住嘴脣，將新的咒箭搭上弦。可是龍牙兵的動作迅速，在志緒瞄準前就拉近距離，以昆蟲般的動作襲擊而來。

「改良型六式降魔劍，啟動（Boot up）——！」

唯里揮舞銀色長劍衝了出來。她無所畏懼地殺進成群龍牙兵之中，將它們厚實的外骨骼連同鎧甲一起劈開。改良型六式降魔劍的斬擊附有相當於直接斬斷空間的效果，對肉體硬度等同龍族的龍牙兵也能生效。

「唯里！」

「志緒，妳退後！奧蘿菈和葛蓮妲就拜託妳了！」

唯里在轉眼間砍倒六具龍牙兵，應該從中得到了尚可一戰的手感。她對志緒等人投以毅

然笑容。

可是，志緒看著她的臉上浮現出驚訝、焦急與絕望之色。

「不對，唯里！還沒結束！那些傢伙還能動！」

「咦……？」

理應已擊斃的那些龍牙兵在唯里背後再次站起。與其稱為再生，更像是強行把被斬斷的身體接回原樣而已。不過對沒有內臟，「身軀中空」的龍牙兵來說，那樣應該就夠了。改良型六式降魔劍的切口太過銳利，反而有助它們復活。

「你們這些怪物……！」

志緒朝著再生到一半的龍牙兵射出咒箭。小規模的龍捲風圍繞在唯里身邊捲起風勢，吹散龍牙兵的殘骸。雖然這並非根本上的解決方式，但是缺了組成肉體的零件，龍牙兵也就無法立刻復活，暫且足以剝奪它們的戰鬥能力。

『哦～～……小妞們有一手耶。』

摩怪佩服似的說。奧蘿菈也略顯興奮地睜大碧眼，為她們鼓掌。

「這點程度，我們當然能應付。」

志緒用強悍的語氣回話，一邊喘得肩膀上下起伏。透過與龍牙兵的戰鬥，她總算理解異境不存在魔力的特殊性。

魔法與咒術十分類似，根本上的原理卻有所差異。

所謂魔法是利用地脈及星辰等現實世界的魔法法則，將超常現象引發出來的技術。相對地，咒術則是使用施術者本身肉體或自然界活體能量的技法。

志緒等人於不存在魔力的異境也能用咒術，應該是出自咒力以施術者本身生命作為燃料即可催生出來的特質。龍牙兵在異境能活動，恐怕也是因為它們屬於以龍族肉體作為基底才製造出的存在。

問題是既然得靠施術者的肉體，就表示志緒等人的咒力有其限度。

無法借用地脈或自然界之力，咒力的消耗反而比地表更加劇烈。何況志緒的改良型六式降魔弓絕非咒力效率佳的武器，唯里的改良型六式降魔劍亦然。戰鬥拖久了會有危險，可以的話，最好集中戰力一舉決勝負。

「妃崎霧葉呢……？」

志緒問了身旁的奧蘿菈。奧蘿菈警覺地抬起臉說：

「該人……在汝身後。」

「咦？」

奧蘿菈的答覆出乎意料，志緒不禁回頭，衝擊就從志緒背後來襲了。有人突然抬腿將她踹開。

「妳退下，斐川志緒！」

志緒耳裡聽著霧葉臭罵，還連累奧蘿莅一起滾到地上。強烈熱風吹過她們的背後，龍族灑落的灼熱閃光從志緒等人頭上疾馳而過。

「妳這是什麼意思！太危險了吧，妃崎霧葉！」

志緒一邊忍受背部的疼痛一邊回頭抗議。

哼——霧葉鄙視般瞥了志緒一眼，然後立刻將視線轉回頭頂。她正瞪著飛舞於上空的赤銅色炎龍。

「莫非獅子王機關養出的山猴就連得救都不懂得說一聲謝謝？我光對付龍族就費盡心力了，可沒有餘裕顧著你們這些累贅。」

「沒有餘裕？太史局的六刃神官不是對付魔獸的專家嗎？」

「要不然，我們現在就交換角色如何？連像樣的裝備和人手都沒有，我仍牽制住古龍了喔。妳該感謝我才對——！」

霧葉話還沒說完，炎龍便再次噴火。志緒和霧葉從兩旁抱起還倒在地上的奧蘿莅，急忙逃出龍焰的有效範圍。

「牽制住古龍？應該是被古龍追著跑才對吧？」

「閉嘴。小心我宰了妳……！」

志緒忍不住開口挖苦，霧葉就用殺氣騰騰的眼神瞪了過來。束手無策地到處逃跑似乎讓她累積了相當可觀的精神壓力。

「那女孩叫葛蓮妲對不對？她沒辦法作戰嗎？」

霧葉環顧四周問道。鐵灰色頭髮的龍族少女目前應該在海岬前端的塔中，她並不是獨自躲了起來，似乎是有自己該處理的事。

「妳想讓葛蓮妲……跟那種玩意兒硬碰硬嗎！」

志緒仰望頭頂的巨大炎龍，向霧葉抗議。縱使同屬龍族，年歲尚幼的葛蓮妲跟古龍克雷多體型差了不只一倍，感覺根本不能比。

霧葉卻不滿地嘓嘴反問：

「怎樣嘛，她好歹也是龍族吧？」

『咯咯……很抱歉辜負妳的期待，那可辦不到。她現在沒空管那些。』

摩怪貼在志緒的腰際，還用擺架子的語氣插嘴。它好像在奧蘿菈跌倒的時候被拋了出去，就急忙抓住志緒的裙襬。

「什麼意思？跟你們窩在這座設施有關係嗎？」

而志緒粗魯地揪起摩怪。無論觸感、重量還有質地，果然都跟普通布偶一樣。

『不好意思，看來沒時間說明那些，要來嘍。』

「什麼？」

摩怪轉移話題後，志緒仰望頭頂上的龍族。

炎龍克雷多大概是怕波及奧蘿菈，就沒有吐出火焰。相對地，它朝著龍牙兵大軍的中心降落，以利爪深探地面並著地。其巨軀籠罩著灼熱的光輝，急遽縮小了。於是它化為全身被鱗片所覆的高大龍人樣貌。

「它解除龍化，是為了帶走奧蘿菈嗎……！」

「那頭古龍……有什麼打算？」

霧葉和志緒上前袒護奧蘿菈。

唯里也跟龍牙兵軍團拉開距離，警戒似的壓低姿勢。

事實上，對不習慣跟魔獸作戰的志緒及唯里來說，這樣會比對付龍族的巨軀好施展。但就算化為龍人模樣，炎龍克雷多發出的威迫感仍舊不變。如今敵人能與龍牙兵相互配合，反而可以說變得更加棘手。

「奧蘿菈……弗洛雷斯緹納～～……！」

克雷多脣邊冒出白色蒸氣，低聲咆哮。

奧蘿菈躲在志緒她們後面，嚇得微微倒抽一口氣。

那些龍牙兵好似受了龍族的意念操控，開始同時向前進軍。驚人速度與它們看似遲鈍的外表呈現出對比。

「嘖！獅子王機關的人，掩護我！」

霧葉單方面向志緒交代以後，就朝著克雷多衝了出去。她無視那些摧毀後仍會再生的龍牙兵，應該是想先制伏克雷多。

被霧葉命令固然氣人，但她的判斷很準確。志緒將新的咒箭搭上西洋弓，瞄準克雷多。她是打算掩護霧葉，連帶將克雷多的注意力吸引到自己這邊。

然而，克雷多的攻擊比志緒放出咒箭更快。龍人大幅張開巨顎，放出灼熱的閃光。

「那傢伙……！原來在人型的狀態也能噴火嗎！」

志緒對意料外的攻擊感到驚慌，並將咒術砲擊打住。她抱起奧蘿菈往旁縱身一躍，躲過了火焰。超越極限的體能強化咒讓全身飽受折騰，但是她沒有餘裕介意那些。

「黑雷——！」

霧葉以超乎常人的速度逼近克雷多，並用雙叉槍重叩。她賦予在長槍上的術式屬於跟改良型六式降魔劍相同的擬造空間斷層。無論龍族的肉體有多頑強，也絕對承受不住這樣的攻擊。不過，前提是霧葉的攻擊要能命中。

「什……！」

霧葉因為驚愕而皺起臉。克雷多龍人化之後的反應速度遙遙凌駕於靠咒力加速到極限的

霧葉。她的攻擊枉然地揮空，還反遭衝擊。

龍人化的克雷多揮下拳頭，骨頭碎裂的聲音沉沉響起，乙型咒裝雙叉槍從霧葉手裡飛了出去。左腕朝不自然方向扭曲的她被龍拳朝地面重轟，連聲音都發不出就滾倒在地。

「妃崎霧葉！」

「妃崎同學！」

志緒和唯里發出尖叫。她們倆立刻衝向準備追擊霧葉的克雷多，同時各自發動攻擊。

「——響鳴吧！」

「改良型六式降魔劍！」

志緒用了所有帶在身上的咒符召喚出猛禽型式神；唯里藉式神帶來的障眼效果使出必殺一劍。彷彿事先講好而默契十足的聯手攻擊，即使靠龍族的反應速度，應該也防範不了。

可是，志緒她們的盤算被耀眼閃光輕易打破。克雷多吐出的灼熱龍息（Breath）將志緒那些式神瞬間燒光，進而阻止唯里近身。

爆壓朝著志緒全身上下撲來。她喪失平衡感，意識隨之遠去。雖然志緒勉強避開了火焰的直擊，卻無法連衝擊都完全防禦住。

而且在志緒模糊的視野一隅看得到唯里緩緩倒地。近距離對敵的唯里直接被克雷多以火焰洗禮，半邊身體遭到火蝕，模樣甚慘，癱在熔化的地面，銀色長劍落地發出聲響。

4

宛若深井的昏暗房間一角，曉凪沙杵在那裡。

那是隱藏於基石之門地下的封鎖區塊內部。

頭頂上有螺旋狀的開闊空間，刻在壁面的是有如咒語的成串奇妙文字，銘刻著陌生文字的石板排滿了整片牆壁。

人類歷史上不曾存在過的文字。

非人者所留下的紀錄，某個生物的記憶。

凪沙仰望著那些，眼裡並無懼色。她只感覺到像是偷看某人私密日記的內疚與好奇心。

『妳好，曉凪沙，歡迎來到「咎神之棺（Cain's coffin）」。』

房裡響起機械性的合成語音，聽似年幼少女的說話聲。

「你好。呃，你就是淺蔥提到的ＡＩ嗎？」

凪沙仰望浮在半空的奇妙立體影像，狐疑似的微微偏了頭。

要用一句話來形容，那只模樣奇特的布偶就像長了嘴喙的狗。雖然還沒到詭異的地步，至少不會讓人覺得可愛，感覺設計造型的淺蔥美感有些許問題。

ＡＩ化身並不在乎凪沙的感想，只顧微笑說道：

『是的，我是邪精(Spriggan)系列的第Ⅶ版——請叫我奇奇摩拉。』

「我知道了。多多指教嘍，奇奇摩拉。接著我該做什麼呢？倒不如說，我為什麼會換上泳裝？」

凪沙低頭看著自己被換上競泳泳裝風格連身衣的模樣，顯得有點害臊地提出了問題。那套服裝全身上下都貼有電極片與感應器，服貼得讓身材曲線浮現出來。雖然說沒有任何人看見，還是會難為情。

然而，奇奇摩拉不以為意地迴避凪沙的問題。

『創造主(Master)指示過我，與其用言語說明，讓妳實際體驗會比較快。』

「呃～～……那是什麼意……」

凪沙蹙眉瞪向奇奇摩拉。此時，有種冰涼觸感隔著長筒襪從凪沙的腳踝傳來。她所在的密閉空間裡，不知不覺流進了大量的水。

「欸，等一下……這是水？為什麼要……欸，好冰喔！慢著慢著，這是什麼情況！其實我不太會游泳耶……！」

驚慌的凪沙貼近浮在半空中的奇奇摩拉。聽說這個被稱為「咎神之棺」的房間其實是巨大潛水艇的一部分，不用多想也可以感覺到空間內滲水是相當不妙的狀況。

『與「門」已連線完畢。確認實效傳輸率（Throughput）穩定。將「沼龍（葛蓮妲）」切換成同步模式。開始投映記憶——』

奇奇摩拉則與驚慌的凪沙呈對比，用不具感情的機械性語氣逐項執行謎樣的步驟。

在這段期間，室內的水量仍漸漸增加，水位來到身材嬌小的凪沙胸前。灌進來的水流絆住了凪沙的腳步，使她跌倒。凪沙就這麼沉入水裡。

原本束起的長髮鬆開，在水中翩然擴散。

從重力獲得解脫後，分辨上下的知覺隨之喪失。

奇妙的是，即使凪沙漂浮在水中，依然不會感到窒息，也感受不到水的冰冷。而且並不昏暗，牆面隱約發光，映出陌生而遙遠的景象。凪沙認得這種感覺，以前體驗過的模糊記憶在腦海裡復甦。

「這是……我在神繩湖的時候……」

有某個人的記憶流入凪沙的意識。

空虛的記憶充滿接縫，像是拼湊出來的破爛東西。然而，她們只擁有那些。她們誕生後就保持一片空白，始終沉睡不醒。

直到有人教她們真正的喜悅與悲傷是什麼——

『——妳喜歡這座島嗎，曉凪沙？』

「這座島？你是指絃神島？」

AI唐突提出的問題讓凪沙有些困惑。

凪沙並沒有自願移居至這座島。遭受魔族襲擊的她身受重傷，據說要治療得靠魔族特區的科技。她長年在病床上生活，直到這陣子才可以任意出門走動。如今凪沙每次在街上跟魔族錯身而過，還是會隱隱感到恐懼。

陽光強烈過頭；缺乏情調的人工街景；海風會讓頭髮黏答答；毛毛雨也下得太多。即使如此，被問到喜不喜歡這裡，凪沙應該會毫不猶豫地回答。

「嗯。我好喜歡這座島……雖然發生過許多事，還吃了好多苦頭，即使如此，我依然喜歡這裡喔。畢竟我在這裡認識了大家，淺蔥、矢瀨、雪菜、夏音與班上的同學們……還有……對了……還有狄珊珀跟奧蘿菈——」

凪沙的視野被柔和的光芒籠罩，漂在水裡的頭髮成了純白靈絲，擴散得無邊無際。溫暖情緒滿盈於自己的心坎，如漣漪般散開。可以感覺到她的意念傳給了待在陌生世界，連長相都不曉得的那些少女。

『他（該隱）一直在等著妳，等著能與「焰光夜伯（Kaleido Blood）」心靈相通的巫女，等著有人能將虛偽的回憶與希望帶給身為咎神遺產的可悲「編號品（Numbered）」——』

奇奇摩拉原本無生氣的說話聲逐漸與數百、數千名女性的嗓音交疊變化。

花費令人聽了就昏頭的漫長歲月，將咎神意志繼承下來的人們——歷代「該隱巫女」的聲音。

「咎神的……希望……這樣啊……我明白了，我所能做的就是……」

原本模糊的視野在光芒中逐漸變得鮮明。

陌生的景象浮現，占滿眼底的白茫雲海，還有開展於頭頂的無際海面。粲然漂浮於海浪間的是一座酷似絃神島的人工島。

「傳達給她們就行了，對不對？」

凪沙嘀咕以後便緩緩邁步走去，那頭鐵灰色長秀髮搖曳著。

5

「唯里……！」

志緒的悲痛尖叫響遍異境的天空。

身受重傷的唯里癱倒動不了；打算起身的霧葉咳得厲害，還吐出鮮血，她的傷勢也相當嚴重。

克雷多眼裡毫無感情地睥睨倒下的志緒等人。覆有鱗片的龍人全身帶著高熱而發光，他準備再次吐火。

奧蘿菈察覺這一點，踏著不靈光的腳步上前。她想袒護志緒等人。嚇得全身發抖的她瞪向進入戰鬥態勢的克雷多。

「……退、退下……炎龍！」

奧蘿菈的右臂對著龍人。彷彿要召喚眷獸的舉動，這是她此刻傾全力所能的威嚇。

「別這樣……奧蘿菈……！」

「妳……快逃……！」

受傷的志緒和唯里虛弱地喊道。龍族是與吸血鬼真祖並稱最強的魔族，奧蘿菈無法正常使喚眷獸，想必不會有勝算。

「無用……奧蘿菈．弗洛雷斯緹納……隨我過來……」

克雷多中斷了攻擊，並且用難以聽清楚的沙啞聲音告訴她。

奧蘿菈微微搖頭。她的眼裡散發碧藍光彩，明確顯露出拒絕的意志。克雷多引吭低吼。

「……妳若不從……逼妳就範……便是。」

克雷多緩緩張開雙臂。目睹其動作的奧蘿菈臉色發青。龍人化的克雷多指尖上頭露出了讓人聯想到短刀利刃的巨大鉤爪，蜃景從帶有高熱的鉤爪周圍搖搖晃晃地冒出。

「既然……妳是不死之軀的吸血鬼……就算拔斷四肢、燒去臉孔也不至於喪命……！」

龍人藉蹬地令速度迸發。他朝著奧蘿菈疾奔而來。

「當……當即現身，『冥姬之虹炎』！」

奧蘿菈受到恐懼驅策而高喊。巨大的虹色女武神在她背後短瞬具現成形後，揮下閃耀的魔力之刃。

第四真祖的第六號眷獸「冥姬之虹炎」以往被封印在第六號（Hektos）——亦即奧蘿菈目前的肉體之內。當下奧蘿菈能夠召喚的眷獸非其莫屬。

克雷多迎面接下奧蘿菈的那道攻擊。從他全身高漲的龍氣與奧蘿菈的魔力相互衝突，造成大氣劇烈震盪。

雙方一瞬間顯得勢均力敵。奧蘿菈釋出的眷獸之刃忽然碎散消滅，只留下幾乎沒有受傷的克雷多。

「就這點能耐……嗎……第四真祖……」

克雷多低頭看著刻在自己右臂的淺淺裂傷，反倒失望似的吐氣。

「噫……嗚……！」

奧蘿菈軟弱地目光動搖。

志緒等人絕望得咬緊嘴脣。奧蘿菈召喚出的眷獸並非完整型態。果然，她還沒掌握住第四真祖的那些眷獸。

或許奧蘿菈根本沒有支配眷獸的器量，被創造出來的她本非第四真祖，不過是一具用於封印眷獸的人工吸血鬼罷了。要讓凶猛具破壞性的眷獸們聽命，她的性情實在溫吞過頭。

「唔……唔唔……」

奧蘿菈想再次召喚眷獸而伸出手。可是，並沒有眷獸願意回應她的呼喚。嬌小吸血鬼只是用細細的手臂在半空無謂地比劃。

克雷多看似鄙夷地緩緩靠近無力的奧蘿菈。

如此的龍人卻疑惑地停下動作。因為有個嬌小的身影穿過志緒旁邊，走向前靠近奧蘿菈，悄悄地依偎到她身旁。

「葛蓮妲……！」

志緒茫然地眨了眨眼。理應待在塔中的龍族少女伸手搭肩，攙扶害怕的奧蘿菈。

當著露出困惑之色的克雷多面前，葛蓮妲的外表慢慢出現變化。她變成完全不同的另一個人，而非年幼的龍族少女。

「汝是……！」

奧蘿菈聲音顫抖。

短短幾秒前曾是葛蓮妲的少女則對奧蘿菈投以溫柔的微笑。

鐵灰色長髮變成了有光澤的黑髮。葛蓮妲的嬌小個子長高了一點，變得跟奧蘿菈相近。或許是因為如此，她們倆現在看起來也像一塊長大的姊妹。原本是葛蓮妲的少女嘴邊露出親切的微笑。

「曉……凪沙……」

志緒低聲喚出少女的名字。在她感到混亂的同時，心裡也莫名釋懷。

之前，據說葛蓮妲曾當著古城的面化為姬柊雪菜的模樣。

與那相同的狀況出現了。唯一跟那時候不同的地方，在於葛蓮妲目前是以曉凪沙的意志活動，而非她自己的意志。理應在地表的曉凪沙將精神獨自轉移至此，依附於葛蓮妲體內。

『看來勉強趕上啦……』

有聲音從志緒的腳邊傳來。掉在地上的摩怪看見葛蓮妲變身後的模樣，就露出了自信的笑容。

志緒訝異地望向摩怪。

運用曉凪沙的強大靈媒能力，讓她附於葛蓮妲體內。如此設局的恐怕正是這只醜布偶，還有它的搭檔藍羽淺蔥。

換句話說，那正是出自「該隱巫女」，不——出自咎神該隱的意志。

然而，當志緒困惑其中有何目的時，克雷多採取行動了。

身為同族的葛蓮妲出現，讓克雷多感到一絲遲疑，但是按照他的判斷，被曉凪沙附身的攪局者應該不會構成太大威脅。

他再度以隱含凶光的鉤爪襲擊奧蘿菈等人。

凪沙＝葛蓮妲毫不畏懼，還若無其事地朝龍人瞪回去。而且，她毅然呼喚了奧蘿菈。

『不要緊，妳行的。只要我們兩個一起召喚——』

凪沙用自己的左手與奧蘿菈的右手交握。奧蘿菈有所領會地睜大眼睛，將嘴唇緊緊抿成一線。

於是兩名少女直直地將手舉向克雷多。從她們全身上下迸發的巨量魔力足以完全遮蓋志緒她們的視野，純白寒氣冷冽凍人。

『當即現身，「妖姬之蒼冰（Alrescha Glacies）」——！』

兩名少女的聲音同時響起。魔力從奧蘿菈的全身噴發，幻化成巨大眷獸。第四真祖的第十二號眷獸，身形優美的冰之妖鳥——

「什……麼！」

極低溫寒氣撲面而來，讓克雷多大感心慌。他吐出灼熱閃光，想跟眷獸的魔力對抗。

可是，第四真祖眷獸釋出的寒氣輕易凌駕於炎龍的龍息。灼熱火焰被純白寒霧蓋過，龍

人全身遭到冰塊包裹。

眷獸的攻勢也波及克雷多背後的龍牙兵。它們的外骨骼強度可匹敵龍族，受到極低溫侵襲後就像沙子一樣脆化碎散了，積在地面的碎片並沒有再生跡象。眷獸灑落強烈魔力，將作為觸媒的龍族身體組織，還有用來創造龍牙兵的術式都摧毀殆盡。

『噢噢噢噢噢噢噢噢噢噢噢……！』

赤銅色巨大龍族擊碎冰塊現出身影。克雷多已變回龍身，他藉著噴出的火焰替自己解凍，隨即飛升至上空。

然而，克雷多失去了臂膀根部以下的整條右手臂。奧蘿菈令眷獸發動攻擊，使他的手臂結凍碎散。

『ＧＵＲＯＯＯＯＯＯＯＯＯＯＯＨＨ！』

炎龍克雷多以震耳欲聾的巨嗓咆哮，他的聲音已非人類所能聽清。然而，可以理解那是詛咒與憎惡之語。他對傷到自己肉體的奧蘿菈感到狂怒。

可是，克雷多帶來的龍牙兵已經全滅，他應該認為要隻身與現在的奧蘿菈交手有危險吧。炎龍恨恨地瞪向奧蘿菈，然後直接飛離。他往浮在頭頂的人工島撤退了。

奧蘿菈並無餘力趁勝追擊。強行喚出眷獸的她力竭似的當場跪倒。

『……謝謝，奧蘿菈。多虧有妳才來得及……接著就輪到我了。』

凪沙＝葛蓮妲一邊溫柔地觸摸奧蘿菈的背一邊微笑。

「來得及……？」

志緒趕到受傷的唯里身邊，臉色顯得吃驚，因為她直視了從凪沙＝葛蓮妲全身散發出的驚人閃光。

「曉凪沙……妳……！」

志緒茫然嘀咕。凪沙＝葛蓮妲釋出閃光，那其實是燦爛奪目的靈氣之絲。她就像老練的傀儡師，隨心所欲地操控幾千條目不可視的靈氣之絲。

志緒認得那一招的真面目，「天祐女王(Theokratia)」——獅子王機關「三聖」之一闇白奈所使用的心靈支配術式。

同時操控幾千幾萬人心靈的闇宗絕技。過去凪沙曾親身體驗那道術式。她恐怕是以當時的記憶為基底，重現出白奈的招式了。

凪沙＝葛蓮妲編織的靈絲經由鐵灰色尖塔，逐步擴展至異境天上。

志緒在追尋那道光芒的過程中察覺到周圍發生的異象。

原本籠罩著異境天空的雲散去了。大氣中的水分藉著第四真祖眷獸的寒氣凝結以後，就無法維持雲的形狀。

「是嗎……這……」

雲朵散去，志緒環顧變得鮮明的天空，恍惚似的吐氣。

為什麼天地看起來是倒反的？為什麼這塊土地不存在魔力？她覺得自己終於明白這個名為異境的世界有何祕密了。

「這就是異境真正的面貌嗎……」

劇烈的目眩感來襲，志緒當場跪到地上。開展於志緒她們頭頂上的是海，而開展於遙遠眼底下的同樣是一片海面。

原以為浮在雲海中的這座海岬屬於橫越半空的迴轉軸（Shaft）一部分。

這個世界位於直徑達十幾公里的金屬圓筒內。

被稱作異境的世界本身就是一座巨大人工物。

6

空間移轉結束後，古城等人降落在被黑暗包圍的廣闊空間。

高度與直徑各異的眾多圓柱無分上下左右到處聳立，占滿古城等人的視野。密如血管的階梯及迴廊硬是將那些圓柱相連在一起。

每道圓柱都是構成城寨的塔，應該也是支撐巨大外牆的構造物。這裡是「天部」的死都——迦雷納連城的內部。

古城等人站在直徑約十公尺的圓柱上面。

那塊地方被熊熊燃燒的篝火點亮，看起來也像一座圓形的舞台。

不遠處有一根高度相異的圓柱，有張氣派的座椅擺在那裡。古城等人要稍微抬頭才能仰望那張無人的座椅。

「——歡迎來到迦雷納城。如何？景觀優美吧？」

與古城他們站在同一座舞台的拉德麗・連回過頭來。她得意地動了動鼻頭，可見那並非挖苦人的話。

「浮於現世與異界縫隙間的『天部』居城嗎……」

「用鬼屋形容還真是貼切呢……」

矢瀨和淺蔥由衷板起臉說道。對美感正常的人來說，會覺得這個有如幾何學圖案且顛簸的空間十分不自在。

「幾位不中意嗎？令人遺憾。」

淺蔥他們的反應並不理想，拉德麗因而嘔氣似的噘起嘴。

隨後，男性嗓音響遍昏暗詭異的空間。

「歡迎，紘神島的領主大人。」

在古城他們的面前，原本空蕩的座椅上坐著一名難以分辨年齡的男子——眼裡帶有幾分溫和笑意，皮膚白皙的東洋人。

「夏夫利亞爾．連……」

古城叫出那男人的名字。理應在異境的夏夫利亞爾．連正安坐於讓人聯想到寶位的氣派座椅，俯視著古城他們。

他的服裝像是古代王族的寬鬆長袍，那身打扮應該是用來誇耀自己即為「天部」之王。

「我沒有想到自己居然會再次與你對話，曉古城。」

連以冷冷的語氣告知。古城等人已經發現其身影並非實體。待在這裡的夏夫利亞爾．連只是幻影，純屬立體影像，連魔法都算不上。

拉德麗則朝著哥哥恭敬地單膝跪下，宛如侍奉君王的騎士，舉止帶有時代感。連看似滿意地對她安分的態度點頭表示：

「不過我得先聲明，你做出了明智的判斷。假如你想跟第十二號……不，想跟奧蘿菈．弗洛雷斯緹納再會，那更是如此。」

「少廢話。重要的是，你明白我們到這裡的目的吧？」

為了打斷對方，古城粗魯地搭話。

古城無禮的態度超乎預料，連的眼皮因而抽了幾下。即使如此，他仍設法壓抑住情緒，然後望向眼底的妹妹。

「……拉德麗。」

「好好好，那我們透過轉播來觀看吧。茲城的古路．茲閣下～？」

拉德麗改回平時胡鬧的口吻呼喚對方。

她看著古城等人的右手邊。從黑暗中橫向長出的小小圓柱，有著矮個子的老人站在那根圓柱的頂端。

「……拉德麗大人，希望妳嬉鬧有所節制。」

被稱作古路．茲的老人從旁仰望拉德麗並說道。

拉德麗叫他茲城的城主，表示這個人應該也擁有一座死都。對方是實際發射眷獸彈頭，讓聖域條約機構軍艦隊沉沒的實行犯。

「是我失禮。您已經得知情況了吧，閣下？」

拉德麗毫不愧疚地向對方確認。將眷獸彈頭射向東京讓眾人瞧瞧——古城的這項要求，茲城領主似乎已經收到了。

然而，古路．茲對拉德麗投以責怪般的視線。

「未予補充就要我動用最後一枚眷獸彈頭？」

「麻煩您通融。我方會立刻安排預備的彈頭。」

拉德麗笑吟吟地合掌拜託。

她使壞似的笑了笑，目光卻不知怎地對著頭上的哥哥，表情彷彿在暗示眷獸彈頭的補充會延宕都是夏夫利亞爾・連的錯。

「等兩刻鐘。我會讓死都移動，出現位置是東京灣上空。」

古路・茲沒好氣地斷言。

「感謝您，閣下。」

拉德麗殷勤地行了禮。照亮圓柱的篝火熄滅，老人身影消失於黑暗。跟茲城的通訊切斷了。

「三十分鐘內抵達東京灣……即使我們沒有提議，你從一開始就打算攻擊東京吧？」

淺蔥用責難般的視線看了夏夫利亞爾・連。她固然不明白死都移動的原理，但直徑超過一公里的龐然大物想必難以迅速移動。三十分鐘即可抵達東京灣，表示茲城恐怕在幾小時前就已經往東京去了。對方是從最初便打算攻擊東京。

「談判這回事呢，要先掌握對方的所有底牌再來面對，『該隱巫女』。」

連耀武揚威地俯視著淺蔥並且告訴她。日本政府有意讓絃神島沉沒，還有古城等人對此會有的反應全都在預測之內——這似乎是他想表達的意思。

「讓我上了一課呢。謝謝。」

淺蔥聳肩答道。接著她嘲諷似的瞇起眼睛說：

「我也分享一項好消息當成答謝吧。這是段老故事，紘神島最深處——『咎神之棺』內刻有的古老記憶。」

「妳說……『咎神之棺』的記憶？」

連抖了抖眉毛。該隱是「天部」的仇敵，淺蔥談到他的記憶，連似乎就無法漠不關心。

淺蔥彷彿在享受連這樣的態度，還用作戲般的態度開口。

「基本上，眷獸是藉著儀式魔法從異界叫來的召喚獸，強大得足以具備自我意志的魔力聚合體，任誰都無法駕馭——因此，『天部』才決定把它們當成大規模的毀滅性武器對待。眷獸彈頭便是如此，對吧？」

「沒錯。」

連的眉心出現皺紋，臉色好似在埋怨淺蔥現在還提這些再明白不過的事。

淺蔥不予理會，又繼續說：

「召喚眷獸必須有供其附身的活祭品。可是，人類或普通魔族的肉體沒辦法承受讓眷獸寄宿的負擔。就算這樣，總不能讓人數稀少的『天部』當祭品，所以『天部』就造出了名為吸血鬼的眷獸容器。不具記憶，連姓名都沒有，只被人用編號稱呼的一群少女——」

心驚的古城繃緊了臉。編號品。連那些供第四真祖寄宿的「焰光夜伯」都被人單純用編號來稱呼，眷獸彈頭是消耗品，就更不可能各自為其取名。

她們在工廠被製造出來，還被塞了眷獸到體內，然後封藏於寶石之中。後來有好幾千年的期間，她們連夢都沒有作過，始終沉睡不醒，只被當成可怕又令人深惡痛絕的大規模殺戮兵器。

「而且，眷獸彈頭過於強大的威力讓『天部』生畏了。因為它們要是毫無限制地被解放出來，顯然會導致『天部』自我滅亡。」

淺蔥把話斷在這裡。連覺得乏味似的換邊蹺腳並說：

「沒錯。所以『天部』事先把所有眷獸彈頭運到異境，納入王室的管理之下。換句話說，位於異境的眷獸彈頭本來就歸全體的『天部』所有，我們只是想取回『天部』應繼承的正當遺產而已。」

「你們的說詞八成是那樣。」

淺蔥愉快地呵呵笑了笑。

「不過，該隱並沒有那麼想。在『大聖殲』——人類以及魔族向『天部』挑起戰爭時，該隱封閉了異境之『門』，拒絕攜出眷獸彈頭，縱使那樣會讓他負起弒神的罵名——身為『天部』卻為害『天部』的叛徒。」

「……妳想表達什麼？」

連的眼神變得醜陋而扭曲。或許他重新想起了幾千年來對該隱累積的憤怒與恨意。

淺蔥若無其事地迎面承受連充滿攻擊性的視線。然而，她並沒有回答連的問題。

篝火在古城他們的背後搖曳，因為有新的人影出現了。

「拉德麗大人。」

全身罩著布狀物體的男子跪在圓柱上，向拉德麗喚道。對話被打岔讓連不悅地蹙起眉頭，拉德麗則回首看了自己的部下。

「怎麼了嗎？這可是在客人面前喔。」

「山金車四角大廈發來緊急通訊。」

男部下向拉德麗報告，生硬嗓音流露出焦急。

拉德麗伸出右手招來部下，然後接下他遞出的紙片。她過目上頭記載的通訊內容，吃驚地睜大眼睛。

「聖域條約機構軍似乎再次進攻我們MAR的總公司了。」

拉德麗以困惑的語氣說道。聖域條約機構理應相當了解眷獸彈頭的威力，如今卻又向MAR總公司展開攻勢，她應該是對此感到意外。

接著她對古城投以若有深意的視線。

「主力為阿爾迪基亞王國的聖環騎士團航空艦隊——旗艦是拉・芙莉亞・立赫班公主的『蓓茲薇德』。記得阿爾迪基亞是紘神市國的同盟國，對吧？」

「……拉・芙莉亞公主率軍？」

雪菜以沒有人會聽見的低微音量驚呼。

阿爾迪基亞王國確實屬於聖域條約機構的一分子。即使該國向敵對的ＭＡＲ發動攻擊，也沒有什麼不可思議。

然而那樣的行為實在太魯莽。之前聖域條約機構軍的艦隊想進攻ＭＡＲ總公司，才一度因為眷獸彈頭而受到毀滅性的打擊。載著拉・芙莉亞的阿爾迪基亞王國航空艦隊並無法保證自己不會走上相同的命運。

「……那又怎樣？」

古城卻用不帶感情的嗓音反問。

哎呀——拉德麗警戒似的瞇細眼睛，接著仍一臉和氣地說道：

「事情變得有些為難了。我方為了自衛就非得迎戰聖域條約機構軍，但是照這樣下去，拉・芙莉亞公主將會受到波及。」

「是嗎？哎，沒辦法嘍。」

拉德麗的警告亦可解讀為恫嚇，古城卻若無其事地打發掉。

「學長……！」

古城的反應過於冷漠，讓雪菜忍不住發出聲音。當下狀況跟眾人在絃神島對付古城的黑眷獸時不同。面對能無止盡釋出魔力的眷獸彈頭，就算是拉．芙莉亞也不會有勝算。古城剛才的發言形同對她見死不救。

「這樣好嗎？真的？公主應該是你的『伴侶』人選耶。」

拉德麗困惑地如此確認，然而古城還是不改態度。

「身為絃神島的領主，我把跟你們之間的這場談判視為優先，合情合理吧？」

「……你這麼快就放棄跟公主共築未來啦。」

拉德麗隨口嘆氣。接著，她將目光轉向眼底的部下。

「聯絡雅爾德．巴侯，請他殲滅聖域條約機構軍。」

遵命——拉德麗的部下默默點頭，然後消失蹤影。原本照亮他的篝火也跟著熄滅，只聽見些許腳步聲逐漸遠去。

「殲滅？你們辦得到嗎？」

古城自言自語似的嘀咕。拉德麗並沒有為此發火，還感興趣似的望著古城。

隨後，死都的內部多了一絲嘈雜。

古城他們周圍冒出了多到不曉得之前都躲在哪裡的人員。那是拉德麗麾下的通訊員。

有好幾塊螢幕浮現於半空，投映出鮮明的立體影像。

螢幕上播映的是都市夜景，從東京灣上空俯瞰都內各地的即時影像。

「茲城已抵達東京灣上空，即將實體化。」

「解除眷獸彈頭的保險裝置，執行發射步驟。」

通訊員們各自報告狀況。

夏夫利亞爾・連深深靠在座椅上，愉悅地聽著報告。

古城絲毫不改表情，淺蔥、矢瀨還有雫梨也一樣。

「學長，這樣真的好嗎？學長！」

雪菜被雫梨扣住手臂，仍拚命朝古城喊話。此刻能在這裡阻止眷獸彈頭發射的人就只有古城。由古城將絃神島的領有權出售給夏夫利亞爾・連，除此之外，別無手段能救東京都內的民眾。

「巴城已發射眷獸彈頭！茲城也跟著進入倒數計時。三，二，一……發射。」

好似在嘲笑心急的雪菜，通訊員無情地宣告。

古城直到最後都沒有動作。

「這是日本首都灰飛煙滅的歷史性瞬間呢。被斬首的首都……我說笑的。」

拉德麗淡然嘀咕，嗓音顯得有些落寞。

7

「確認砲擊！是眷獸彈頭！二十五秒內將抵達該空域！」

在裝甲飛行船「蓓茲薇德」的艦橋，電偵人員的嗓音迴盪開來。

西大西洋西里伯斯海的上空。「蓓茲薇德」率領十四艘裝甲飛行船，朝著名為「山金車四角大廈」的ＭＡＲ根據地逼近。其目的在於透過來自上空的奇襲壓制「山金車四角大廈」，藉此削減ＭＡＲ戰力。

然而，彷彿要阻礙這項作戰，「天部」的死都從異界出現。眷獸彈頭未經警告就發射出去。聖域條約本就對魔導兵器的使用有所限制，此等暴行甚至連戰時國際法都無視了。

「蓓茲薇德」的眾乘員卻不慌張。「天部」會採取強橫手段在事前就被預料到了，因為兵力不如人的「天部」唯有仰賴眷獸彈頭一途。

「『蓓茲薇德』兩舷前進！第九戰速！」

外貌讓人聯想到海盜的船長粗聲發出指示。淡藍色的優美船體隨著耀眼的魔力光輝展開加速。

同行的其他飛行船則是散開保持距離。

身為旗艦的「蓓茲薇德」形同單獨闖進眷獸彈頭的有效範圍。

「接下來，戰局會怎麼演變？照本船的現狀，要對付真祖級眷獸可就吃力了。」

船長粗魯地一邊撫弄下巴的鬍鬚一邊帶著苦瓜臉嘀咕。

「畢竟之前跟古城的眷獸硬拚過啊。」

坐在船長旁邊的公主——拉・芙莉亞・立赫班嫣然微笑。

她這句彷彿事不關己的話讓船長有些震驚。單靠一艘船艦擋下真祖級眷獸，代價就是讓「蓓茲薇德」的船體留下深刻損傷。

後來不到三天，又接著要對付眷獸彈頭，這位公主的魯莽程度可以說已超脫常軌。即使如此，跟隨的人卻沒有任何一個發出怨言，應該要歸功於她具備的突出領袖魅力。

「捕捉到眷獸彈頭了！播放影像！」

艦橋的主螢幕切換畫面，播映出眷獸彈頭高速飛至的形影。

讓人聯想到寶石的美麗結晶，內側隱約浮現人影——抱腿沉睡的少女。

「離接觸剩下五秒！眷獸彈頭的外殼即將分解！」

眷獸彈頭被淡淡光輝包圍，寶石狀的外殼碎散，其碎片正在反射光芒。隨著結晶逐漸變小，內部的少女身形變得鮮明可見。體內寄宿著凶猛眷獸的少女——

「外殼消滅！無眷獸反應！」

通訊員的聲音夾雜著一絲詫異。

眷獸彈頭的結晶完全碎散，供眷獸附體的少女被拋到空中。

金色長髮在夜空散開。少女赤裸的身體任由強風吹拂，飛舞在半空，眷獸卻沒有出現。

持續沉眠的少女緩緩落向海面。

「公主，請問這是……？」

船長驚訝地望向拉．芙莉亞。拉．芙莉亞則瞇起碧眼笑了。

「全都按照古城他們的計畫在走啊。真不愧是『該隱巫女』……錯了，藍羽淺蔥。」

持續加速的「蓓茲薇德」與供眷獸附體的少女交錯，眷獸仍然沒有出現。死都發射的眷獸彈頭並未生效，他們的攻擊失敗了。

「船長，接收供眷獸附體的少女。」

拉．芙莉亞沉穩地下達指示。船長頓時回過神說：

「了解。投下空降騎士！」

「空降騎士，第一小隊、第二小隊，投下！」

裝備飛行器的騎士們陸續從「蓓茲薇德」跳下。拉．芙莉亞事先要他們在機庫待命。

換句話說，拉．芙莉亞一開始就知道眷獸會召喚失敗。眷獸彈頭失效並非偶然，事情從一開始就布局好了。

「此刻，我猜『天部』那些人慌得很吧。」

船長瞪著浮在面前的死都，笑逐顏開。

「趁死都潛入異界前收拾對方。」

拉・芙莉亞以冷靜的語氣告知。「天部」的死都擁有潛行至異界的能力，如果就這樣讓他們逃掉，要再次預測死都出現地點是不可能的。

「——眾神的女兒宿於我身。軍勢的護法，劍之時代。死亡的推手終要帶來勝利！」

靈氣光輝包圍住唱誦咒語的拉・芙莉亞。以自己的身軀為寄體，從高次元空間召喚出精靈。其龐大靈力流入「蓓茲薇德」，使精靈爐發揮超乎常識的驚人功率。

「船首撞角，展開！最高戰速！啟動擬造聖劍(匠英系統)！」

船長接二連三發出指示。死都是直徑長達一公里的浮游城寨，還具備空間操控魔法帶來的強效屏障，幾發砲擊恐怕傷都傷不到它。

可是，「蓓茲薇德」有張王牌能突破其屏障。

「目標，死都中央，眷獸彈頭發射口！全體人員準備迎接衝擊！撞角突擊——！」

船長發出雄壯的吶喊。將船體本身充作一柄巨大聖劍，以擬造聖劍發動撞角攻擊(Ram Attack)。

受到靈氣保護的船體衝撞了死都的中心。撞角貫穿為發射眷獸彈頭而暴露在外的砲門，直接攻破外牆。

衝撞的反作用力朝「蓓茲薇德」來襲，衝擊卻比預料中小，因為擬造聖劍的功率完全凌駕於死都的屏障了。

「確認船體的損傷！精靈爐維持功率！死都的狀況怎樣！」

「氣囊(Envelope)四號、六號破損！浮力下降至百分之八十四。無礙航行。」

「雷達網的電子系統受損。切換至預備迴路！離恢復運作尚需六十秒！」

「確認死都外牆的魔力反應消失，質量正急遽增大！」

乘員們陸續回答船長的問題。雖然無法樂觀，狀況倒是不壞，死都的質量增大這一點尤屬好消息。死都在現世(這一邊)的質量增加，表示它已喪失潛行至異界(那一邊)的能力。

「看來『冥府歸人』的情報正確無誤呢。眷獸彈頭發射的瞬間，死都會完全浮現於現實世界，而且只要用更高次元的攻擊，就能貫穿死都的異界屏障。」

拉．芙莉亞解除了對精靈的召喚，並且望著死都毀壞的外牆微笑。

將死都的能力與弱點告訴阿爾迪基亞王國的人是一名被稱作「冥府歸人」的考古學家。

結果那使得拉．芙莉亞他們以最低的犧牲取得了最豐碩的戰果，更對「天部」的死都造成致命傷害。

「聖域條約機構軍艦隊發來電報。發訊者為混沌境域的第三真祖——電報所載的訊息是

『感謝女武神王國的奮戰』。」

通訊士回頭對拉・芙莉亞報告。在「蓓茲薇德」後方的洋上，聖域條約機構軍派遣的多國籍艦隊出現了，主力為混沌境域的潛水空母。之前以大規模魔法迷彩覆蓋住整支艦隊的施術者，應該就是「第三真祖」嘉妲・庫寇坎本人。

阿爾迪基亞空中艦隊搭載的地上戰力原本就不足以壓制死都或「山金車四角大廈」，麻煩的後續處置交給他們才是上策。

「看來這邊收拾得了。接著就是東京灣……」

大鬍子船長露出安心的臉色說道。

「蓓茲薇德」接獲的情報指出有新的死都出現在東京灣上空，並且使用了眷獸彈頭。目前日本政府應該沒有足夠的戰力能阻止。

「我想那用不著擔心。」

拉・芙莉亞卻毫不猶豫地斷言。公主望著自己左手上的戒指，露出帶有深意的微笑。

「因為阿爾迪基亞王室出身的『伴侶』，並非只有我一人——」

被黑暗包圍著的陰森空間裡，有個穿神官服的白髮老人正在大叫。死都「茲城」的城主房間。

「為什麼！眷獸彈頭為什麼沒有啟動！怎麼搞的！」

老人頭上的螢幕顯示著東京的夜景。

往來不絕的電車車窗；高速公路車流的頭燈；被點亮的商業設施；高樓大廈窗口映出的光芒。一切皆屬都市平穩的日常景象。

理應將那些全部燒燬的眷獸，至今卻仍然沒有顯露現身的徵兆。從茲城發射的眷獸彈頭並未生效，就直接墜落在東京灣了。

「觀測到超高濃度的神氣！距離……四百！城的結界消失了！」

部下慘叫般的報告聲傳到了狼狽至極的古路‧茲耳裡。

新浮現的螢幕上顯示著張開靈氣之翼的少女身影。稚氣尚存的美麗女孩。她的左手持有黃金盾牌，而右手握著耀眼的光劍。

「阿爾迪基亞王國的模造天使嗎！那究竟是從哪裡出現的！」

古路‧茲眼冒血絲吼道。

名為模造天使的術式，在「天部」之間也是眾所皆知。以人工形式添增靈能中樞，進而無止盡地增幅靈力，便能以凡人之軀昇華為高次元存在的阿爾迪基亞王室密咒。

然而「天部」會將模造天使視為危險，並不是因為她們的存在能促使人類的靈性進化。

單純是模造天使身為兵器的性能更讓「天部」畏懼。因為她們操控的龐大神氣能對「天部」死都的機能造成致命性損傷。

「海上有巨大的魔力反應！是……是利維坦！活體雷射要來了！」

在部下報告完畢前，雄偉的茲城就劇烈搖晃了。全長可以匹敵死都的巨大怪物從東京灣海面上浮。「眾神兵器」利維坦——世界最強的魔獸。

古路・茲目睹傳說中的怪物，因而茫然地杵著不動。

利維坦是在「天部」出現之前就存在於地表的神話級活體兵器，古路・茲不認為有人能馴養那樣的玩意兒。然而，事實是那頭怪物正在對茲城張牙舞爪。

全長超過一千公尺的利維坦背脊，有道小小的人影搭乘在上頭。

張開漆黑翅膀的年幼少女。說來令人難以置信，但是那名少女正操控利維坦對茲城發動攻擊。

「潛行！急速潛行至異界！動作快！」

古路・茲朝部下胡亂大吼。

就算死都以絕對的防禦力為豪，面對模造天使與利維坦——仍承受不住兩者同時攻擊。模造天使的神氣能令死都的異界屏障無效化，利維坦即可傾注它的超高火力。這是所能想見的最糟狀況。

「無、無法潛行！城牆被斬斷了……！」

部下用氣若游絲的聲音報告。古路．茲這次說不出話了。

銀髮碧眼的模造天使造出巨大光劍，劈開了茲城的外牆。異界屏障已不可能再次展開，茲城形同赤身裸體。

「擬造聖劍……怎麼可能……阿爾迪基亞的艦隊不是前往西里伯斯海了嗎？」

古路．茲無力地搖頭。阿爾迪基亞王室的擬造聖劍屬於少數能突破死都異界屏障的術式之一。然而能發動那道術式的人，據說只有阿爾迪基亞王室的姬巫女。可是，眼前少女所用的正是擬造聖劍，藉著模造天使的過人靈力——

「有、有眷獸！正上方出現吸血鬼眷獸！總數一百……不，四百……超過一千……！」

眷獸占滿了天空，理應在遙遠昔時就已滅亡的成群巨大翼手龍。

那巨大的群體本身就是一頭眷獸。世界雖廣，卻只有一名吸血鬼會操控如此有違常理的眷獸。

「第二真祖的『亡景離宮(Immemorial Garden)』……！哈……哈哈……哈哈哈哈哈哈……！原來曉之帝國連三真祖都納為自己手上的棋子了嗎！」

「閣、閣下？」

部下們仰望突然笑了起來的古路．茲，臉上都露出困惑的表情。

「正如其他氏族所說……別對第四真祖出手……那與我們所認識的真祖截然不同……看來老頭子我作了一場愚蠢的夢。」

失意的古路．茲垂下肩膀，就這麼無力地笑個不停。「天部」十七氏族當中，只有兩家支持夏夫利亞爾．連的野心，古路．茲總算明白當中理由了。為了浮在太平洋上的小小人工島，能讓他國公主賭上自身性命，能讓操控傳奇魔獸之人動身，甚至連其他真祖都出力相助。就古路．茲所知，自從「大聖殲」以來，這種事情一次都沒有發生過。

直到絃神島上出現了那位第四真祖——

「……本城投降。」

古路．茲用了取回威嚴的寧靜口吻告訴眾人。

安心之色在死都內的部下之間擴散開來。

現於東京灣上空的球形城寨開啟城門後，打出了閃爍的燈號——示意投降的發光信號。

「哎呀？已經結束了……嗎？雖然遺憾……不過，這樣也……好。」

乘坐在巨大神鳥(Simurgh)背上的麗人撥了撥紫色秀髮。艾索德古爾．亞吉茲一邊對數目過千的眷獸解除召喚，一邊略顯失望地嘆了氣。

有情報指出，在西太平洋西里伯斯海，死都巴城受到第三真祖嘉妲．庫寇坎的總攻擊，其勢力正逐漸瓦解。相較之下，這裡的收場方式就樸素許多。

話雖如此，要稱讚茲城城主回避了無謂爭鬥的這種做法才對。

戰鬥若是拖久，日本的自衛隊應該也會出動。對於侵犯他國領空的艾索德來說，或許也差不多是時候抽身了。

「妳也表現得很出色……呢，假冒天使的女孩。」

艾索德切換心情回過頭。神鳥背上除了艾索德以外，還有兩名少女的身影。身上服裝跟潛水服類似的叶瀨夏音，還有被她抱在臂彎裡的嬌小吸血鬼。

「幸好這孩子可以免於受傷。」

夏音低頭看著一絲不掛的吸血鬼少女，露出笑容。

封印在眷獸彈頭當中的人工吸血鬼。一頭虹色短髮的她精疲力竭地閉上眼睛，儘管臉色蒼白有如死人，薄薄的胸脯仍在規律起伏。體內寄宿著無名眷獸的她至今仍沉睡不醒。

「沒想到……神鳥居然會允許我以外的人坐上它的背。還有，操控利維坦的那名夜之魔女……」

艾索德俯視悠然漂於海面的巨大魔獸，還有站在它背上的江口結瞳，然後瞇細了紅眼。

接著，美麗的第二真祖沒讓任何人察覺她在微笑間露出的白色獠牙。

「呵呵……你們真的不會讓人厭倦……呢。將來，我們再好好玩一場……吧。」

8

死都中樞——

雪菜立於圓柱上的大廳，茫然仰望螢幕投映出的景象。

西里伯斯海，以及東京灣的上空，都有城牆被破的死都正冒出黑煙。阿爾迪基亞王室的擬造聖劍斬開了被異界屏障保護的死都外牆，各自對死都造成了致命損傷。

另一方面，從死都發射的眷獸彈頭都沒有如預期釀出慘劇。眷獸並未被召喚，仍保持著少女的模樣就被收回了。兩枚眷獸彈頭皆是失效的。

原本扣住雪菜手臂的雫梨鬆了口氣，捂捂胸。她察覺雪菜瞪來的視線，就尷尬地轉開目光。

仔細一看，古城和矢瀨也浮現同樣的臉色。雪菜的呼吸停了片刻，隨後湧上的強烈怒火使她肩膀陣陣發抖。

兩枚眷獸彈頭失靈，感覺不會是偶然的產物。眷獸彈頭派不上用場這件事，古城等人從一開始就曉得。所以他們才挑釁拉德麗，要「天部」動用眷獸彈頭。

為了將死都引誘出來——

「這是妳搞的鬼嗎，『該隱巫女』……？」

拉德麗低聲質疑淺蔥。淺蔥有些隨便地聳聳肩。

「很遺憾，並非妳想的那樣。從一開始就安排了這套機制。從該隱為了消滅自己而接納『殺神兵器』第四真祖的那時候開始——」

「啥？等一下，妳胡扯什麼——！」

「妳露出本性了喔，拉德麗．連。」

激動的拉德麗粗聲粗氣，使得淺蔥嘲諷似的對她投以微笑。

拉德麗不甘地低喃：「唔……」

淺蔥無視這樣的拉德麗，還將挑戰性的視線轉向夏夫利亞爾．連。

「咎神該隱早就料到異境之『門』遲早會再次開啟，封印的眷獸彈頭將被運到地表。他早就知道會有夏夫利亞爾．連——像你這種人出現。」

「…………」

連默默地俯視淺蔥。然而故作平靜的他緊咬嘴唇，甚至失去了血色。淺蔥掃興似的嘆氣說道：

「為了防止那種事發生，只好讓眷獸彈頭完全失靈。所以他擬出了計畫，廢除眷獸彈頭的計畫。」

「……讓眷獸彈頭失靈？那種事情……不可能辦得到。」

連硬是擠出聲音說道。淺蔥立刻否定他說的話。

「不，有辦法讓眷獸彈頭失靈。我們曉得實際存在的案例。」

「……吸血鬼的……真祖嗎？」

連咬牙切齒。

「吸血鬼真祖是最初的吸血鬼，原本召喚出來當眷獸彈頭的眷獸被他們納入體內。他們在自己的血液裡豢養眷獸，讓眷獸彈頭失靈，雖然代價是必須接納永恆的不死詛咒。」

為了對真祖們表示敬意，淺蔥將右手湊在胸口。

滅絕之瞳、混沌皇女，還有遺忘戰王——

他們藉著吞噬以往在「大聖殲」使用的無數眷獸彈頭，成了吸血鬼真祖。吸血鬼真祖就是代替人類背負眷獸彈頭這種災厄的活祭品。

「想讓眷獸彈頭失靈，只需要故技重施，讓體內埋藏眷獸的那些人工吸血鬼少女都成為眷獸的宿主。那樣一來，即使她們身上的封印被摧毀，眷獸也不會失控，就這樣。」

淺蔥愉快地繼續說明。連按捺不住似的踹地板。

「我說過，那不可能！那些人偶並不具備讓眷獸聽命所需的『血之記憶』……！」

「那麼，假如她們有記憶呢？就算那是偽造出來的人工記憶。」

「什……麼……？」

淺蔥靜靜提出的反駁，使得連像是被戳中盲點而沉默了。

眷獸是不具實體的資訊生命體。對它們來說，資訊是維持自身存在所需的糧食。因此，眷獸會認同餵養情報（飼料）的人當宿主，還有著聽命於宿主的習性。喜悅、悲傷、憤怒、惆悵——宿主的強烈情緒，以及與其相繫的記憶，對它們來說正是無上的美食，宿主要是供應不了，就會被吞盡壽命而消滅。正因如此，真祖們才討厭過得無聊，為了跟眷獸們共享歡愉。

然而，並沒有法條規定眷獸們當成糧食的資訊不能是人工物。

「居住於絃神島的五十六萬人——不對，全世界網路用戶在過去的記憶。從中取樣後，再造出六千四百五十二人份的新人格，讓她們重溫其經歷，在虛擬空間建構出來的虛幻校舍當中。」

淺蔥說得彷彿那是沒什麼大不了的事。雪菜望著她的臉龐，忽然回想起來。

這幾天，淺蔥都沒有使用跟她搭檔的輔助人工智慧（AI）「摩怪」。雪菜還聽說絃神島主電腦的運算能力（資源）有吃緊的跡象。

那是因為淺蔥暗中在進行眷獸彈頭的解體工作。賦予六千四百五十二名少女新的記憶與人格。為此淺蔥建構出虛幻的學校，讓那些少女體驗學生生活。為了讓她們豢養眷獸，進而擁有支配眷獸的意志力——

「妳自認用那種虛假的記憶……拯救了眷獸彈頭？」

連恨恨地告訴淺蔥。

「一開始靠假的記憶就夠啦。只要她們活著，之後想要多少回憶都能得到。畢竟她們有無限的未來嘛。」

揚起嘴角的淺蔥好勝地笑了。更何況，她們的記憶並不是全然虛假，因為人工吸血鬼的虛擬人格都是以曉凪沙的體驗為基底。

凪沙透過「天佑女王」的術式，將自己在紘神島度過的生活記憶移植到了供眷獸彈頭當寄體的少女們身上。

以往凪沙與奧蘿菈的靈魂曾融合在一起，其記憶對寄體少女們來說應該也很容易接受。而且寄體少女理解凪沙的感情以後就獲得了未來，豢養眷獸並一同活下去的未來——

「那就是咎神的計畫？他料到我等『天部』的後裔會建造人工島，以打開通往異境之『門』？還利用人工島讓眷獸彈頭失靈？那種內容含糊的計畫怎麼可能順利進行嘛。」

拉德麗像是難以置信地搖頭。

就算理論上可行，咎神的計畫仍有過多不確定要素。要在幾千年前就預測紘神島會被建造出來，讓眷獸彈頭解體計畫成真，未免太不實際。

淺蔥卻得意地挺胸告訴她：

「為此才有我們在啊，歷代的『該隱巫女』。」

「……連我們MAR的行動都全在妳們的手掌心……？」

拉德麗無力地苦笑。她的聲音聽來有幾分傻眼。

現實問題在於，淺蔥的計畫也不像她本人所說的那麼有餘裕，驚險得有如走鋼索的局面應該比較多。

即使如此，結果眷獸彈頭仍然失靈了，兩座死都遭攻陷。「該隱巫女」們達成了目的。

「哎……總之，談判決裂嘍。你們已經用不了眷獸彈頭，聖域條約機構以及日本政府都沒有理由聽命於你們。」

古城露出了顯得海闊天空的臉色，並且脫掉沉重的披風。他換回平時的連帽衣裝扮，還轉了轉變輕鬆的肩膀。

「你會答應與我方談判，求的就是這個？故意讓眷獸彈頭發射出去，讓全世界一起知道武器已經失靈……！」

拉德麗警戒似的跟古城拉開距離備戰。從她手中出現的球體附有長棒，讓人聯想到棒棒糖。那是用來召喚龍牙兵的魔具。

「有一座死都會保護ＭＡＲ總公司在預料之中。只要知道另一座死都將出現於東京，要展開伏擊就很容易。既然知道死都出現的位置，三名真祖也就沒有必要固守在自國領地了——妳說對吧？」

古城露出帶有深意的笑容說道。

拉德麗的表情頓時為之僵凝。西里伯斯海有第三真祖；東京灣則有第二真祖出現，並且各自將死都成功壓制。剩下的死都，只有紘神島上空的迦雷納連城。

「——快讓迦雷納連城潛行！」

拉德麗警覺第一真祖將會來襲，就吼了部下發出命令。令人如目眩般不適的震盪撲向了古城等人。死都正準備潛行至非屬現世的空間。

「妳以為逃得掉？」

古城瞪著拉德麗問。拉德麗帶著生硬笑容回望他說：

「沒有用的，曉古城。死都內部浮在異界與現世的縫隙之間，沒辦法召喚眷獸，縱使是你的黑眷獸也一樣。要不然，我才不會招待你入城呢。」

「只封鎖我的眷獸就行了嗎？」

「咦……？」

拉德麗愣得眨了眨眼。她無法立刻理解古城話裡指的是什麼，表情忽然僵掉了。

古城背後有令人匪夷所思的強大魔力噴湧而上。魔力源自香菅谷雫梨・卡思緹艾拉——她手裡所持的深紅長劍。

「拜託妳了，卡思子！」

「交給我！『炎喰蛇』——！」

雫梨奮力揮下長劍。起伏如火焰的劍刃環繞著耀眼的漆黑魔力，將爆發性的衝擊波釋出灑落。由古城供給的魔力無窮無盡，還直接化為純粹的破壞力發射出去。

「什……」

拉德麗杵在原地，連要阻止雫梨都忘了。占滿死都中樞的圓柱陸續碎散，並隨著地鳴聲逐漸崩落。

古城在死都內部恐怕沒辦法召喚眷獸。從拉德麗不消幾句就答應招待古城等人到死都，便可以料到這一點。

所以，古城他們才帶了雫梨到談判地點。如今她成了古城的「血之伴侶」，就可能透過「炎喰蛇」無限放出古城的魔力。

「可惜了耶，小香香。偏右邊一點。在一點鐘方向，距離四百公尺。麻煩妳抓個手感往斜上方出劍。」

「你叫誰小香香啊——！」

雫梨順著矢瀨的引導再次揮劍。化為漆黑之刃的衝擊波劃穿黑暗，整座死都都劇烈搖盪。雫梨這一劍對死都的驅動部造成致命損傷。

「發動機停止！精靈爐緊急關閉！」

「無法潛行至冥界！迦雷納連城即將顯形！」

「推進力……照這樣下去……整座城就……！」

拉德麗的部下們陸續哀號。迦雷納連城朝異界潛行失敗，如今已毫無防備地完全暴露在現實世界。何止如此，連浮力都跟著消失，開始往地表墜落了。

「難道說，你從回聲掌握了迦雷納連城的構造……矢瀨基樹……？」

拉德麗對部下們的哀號置之不理，並且瞪向矢瀨。

「妳把我當成仿冒的『天部』而小看了嗎？」

矢瀨一臉不在乎地露出微笑。

死都構造複雜，內部空間無視重力且扭曲，主要區塊更像迷宮一樣被防護牆重重遮蓋隱藏。即使靠任何探測魔法，應該也不能掌握死都的弱點，矢瀨卻輕易就揭穿了。單純靠著回聲——不，正因為他只利用回聲，才能向拉德麗將這一軍。

「古城！我們回到現實世界了喔！」

淺蔥緊抓劇烈搖盪的圓柱地板喊道。

我明白——古城默默點頭，並且將右臂舉向面前。

「迅即到來，『始祖之水銀(Primus Mercury)』！」

漆黑眷獸隨著爆發性的魔力洪流出現了。相互交纏的巨大雙頭龍。它將夏夫利亞爾・連的幻影連同死都正中心一起開了孔，更直接穿破死都的外牆。

月光照亮死都內部，強勁的海風吹了進來。從摧毀的外牆裂縫可以望見夜晚海面以及紘神島的街景。

「……看來，這座城就到此為止了呢。請所有人趕緊逃命嘍。」

拉德麗用草率的口氣向部下們發出命令。然而死都內部已經陷入大混亂，連她說的話是否能確實傳達都令人懷疑。死都內部也不保證設有正常的逃生裝置。

「跟你之間的這筆帳可難算了，曉古城——」

拉德麗恨恨地瞪著古城，並從胸口取出小小的魔具——形似遙控器又能放在掌心的魔具。當魔具啟動的瞬間，她的身影便蕩漾如漣漪而遭到吞沒。拉德麗藉著空間移轉從死都逃脫了。

「——學長！死都照這樣墜落的話，紘神島就不好了……！」

雪菜承受著激烈震盪，還一臉急迫地催促古城。

死都受古城等人攻擊喪失了浮力，正在重力牽引下一邊加速一邊朝紘神島市區墜落。如果照這股來勢衝擊地表，絃神島應該撐不住片刻。南宮那月憂懼的慘烈事態即將到臨。

「也對。到頭來搞成了這樣。」

「學長還說什麼到頭來……！」

雪菜對古城不負責任的口氣橫眉豎目。然而，古城有些尷尬地對這樣的雪菜笑著說：

「抱歉，姬柊。所以，能不能請妳陪我到最後？」

「學長……？你到底在說什麼……？」

「講話會咬到舌頭喔，姬柊！」

「……啥！」

古城靜靜地當著困惑反問的雪菜面前閉上眼。

下個瞬間，從他全身釋出強橫得前所未見的魔力波動。古城把手掌按在自己腳底下的地板，然後召喚眷獸。雪菜身為第四真祖的監視者，至今已經見識過夠多強大的眷獸，然而連她都是第一次感受到此等驚人的魔力。

「迅即到來，『始祖之黑劍（Primus Ater）』！」

古城喚出新的眷獸。

死都內部發出哀號般的巨響並逐漸分裂。刃長超過百公尺而脫離常軌的大劍出現以後，從正下方朝著頭頂將死都捅穿。

先前無可比擬的巨大衝擊撲向死都，城內部到處掀起爆炸。原本倖存的圓柱陸續折斷，外殼嘎吱作響。

可是另一方面，死都的動態出現變化了。重力帶來的加速有所放緩，奇妙的飄浮感撲向雪菜等人，墜落的速度明顯變慢。

不久死都就完全靜止，進而開始上浮。宛如從重力獲得解放，高度節節上升。

「以眷獸……操控重力……！」

雪菜目瞪口呆地說。古城從「吸血王」繼承而來的漆黑大劍是能操控重力的眷獸。古城利用其能力，強行將死都搬運至上空。位於前方的是描繪在空中的巨大魔法陣，通往異境之「門」。

『——女帝大人！妳平安無事乎！』

用喇叭擴音的呼喊聲在不停嘎吱作響的死都內迴盪。

古城以眷獸鑿出大洞以後，裝備飛行組件的深紅有腳戰車隨巨響入侵了死都。戰車背上還有仙都木優麻的身影。為了保住淺蔥等人的退路，她們一直在上空待命。

「看來有人來迎接嘍。我們的差事就到這裡為止了。」

一手拿著手機的淺蔥嘆息。

死都內部已經千瘡百孔，周圍的圓柱幾乎都不留原形。古城等人的周圍勉強平安無事，是因為淺蔥發動「聖殲」布下屏障的關係。

然而，淺蔥的能力在異境無法使用。假如沒有絃神島這項魔具輔助，她就沒有辦法發動「聖殲」。淺蔥會露出複雜的臉色，理由正是在此。她應該覺得自己在緊要之處幫不上古城的忙。

「哎，無可奈何。畢竟我們的能力在異境（那邊）似乎用不了。」

雫梨帶著有幾分羨慕的表情看了雪菜。在沒有魔力的異境，雫梨同樣會喪失身為鬼族的能力。在異境用得了能力的人只有獲得與第四真祖相同能力的古城，與操控靈力的雪菜。

『——讓各位久等了是也！來來來，趕緊與在下一同逃離！』

麗迪安駕著戰車硬是撞開灑落的死都殘骸，並且抵達了現場。

「或許我們要快點才行。在絃神新島待命的ＭＡＲ殘餘部隊似乎開始行動了。看來他們是想用武力壓制絃神本島。」

從戰車背上下來的優麻難得用正經語氣說道。

古城的表情頓時變得凝重。ＭＡＲ在絃神新島擁有停駐大部隊的前線基地，就算成功讓死都無力化，並不代表他們的威脅就此完全消失。

「快去吧，古城。你要帶奧蘿菈回來，對不對？」

古城一瞬間曾猶豫該不該放棄攻入異境，並且改為防衛絃神島，矢瀨就毅然向他斷言。

古城訝異地回望矢瀨，然後默默跟他以拳相碰。

這恐怕是將奧蘿菈帶回來的最後機會。靠著淺蔥、矢瀨及眾多夥伴合力才爭取到的這個機會，古城總不能令其白費。絕對不行。

更重要的是，矢瀨話裡聽起來有「交給我們吧」的含意。既然這樣，古城所能做的就是信任他們直到最後。

噴射引擎的轟鳴聲再次響起，有腳戰車浮起。優麻施展了空間移轉。深紅戰車被蕩漾的空間漣漪包裹。

「古城就拜託妳了喔——」

淺蔥由戰車背上低頭看著雪菜說道。矢瀨和雫梨也巴著戰車不放。可讓兩人乘坐的戰車搭了五個人，相當胡來的狀況。

「好的。」

雪菜的聲音尚未傳到，淺蔥等人的身影便完全消失。

隨後，強烈的震盪撲向雪菜他們。死都與「門」接觸了。

死都承受不住空間的扭曲，開始瓦解潰散。視野轉暗，瓦礫傾注而下。

雪菜為了扶穩倒下的古城，立刻貼向他身邊。身影相互糾結的兩人就這麼衝進異境中。

第五章 曉的凱旋

Returning With Glory

1

以一般方式空間移轉絕不會有的巨大衝擊來襲了，急遽變化的氣壓令人眼花。死都——迦雷納連城越過了異境之「門」。

伴隨著玻璃碎散般的動靜，古城召喚的漆黑大劍在耗盡力量後消滅。那彷彿成了信號，原本半毀的城牆這時才完全倒塌。

散落的大質量瓦礫卻沒有掉到古城他們頭上。時間好似靜止了，死都的殘骸停在空中。

「這裡……沒有重力……？這究竟是……？」

雪菜揪著古城的左臂，朝周圍看了一圈。從重力獲得解放的她頭髮像待在水裡輕飄飄地散開。

「看來我們平安抵達異境啦……」

古城乏力地吐氣。第一次實際來到異境，環境的差異卻是如此顯著。至少現在已經沒有懷疑的餘地，這裡並不是地表。

「異境？學長……這裡就是異境？」

雪菜用至今仍心有餘悸的口氣問道。

「是啊，大概啦。先不說那個……姬柊，妳走光嘍。」

古城尷尬地從困惑的雪菜面前轉開目光。從重力獲得解放以後，雪菜的裙襬輕飄飄地掀起，讓她的內褲露出來了。

「咦？哇……哇啊啊！」

嬌聲尖叫的雪菜放開古城的手臂，急忙按住裙子。然而，這次她因為反作用力讓身體翻了一圈，姿勢變成用屁股朝古城猛頂。

「為、為什麼會這樣……啊，等等……不、不要看！請學長不要看我！」

雪菜慌亂地挪動腿，姿勢卻沒有多大改變。或許是因為雙手用來按住裙子，她好像無法任意控制自己的姿勢。

她的大腿白得幾乎可以深烙在眼底，古城對此感到困惑，一面抓住雪菜的手臂讓她停止不規則的打轉。儘管雪菜設法穩住姿勢，對於無重力的混亂還有羞恥幾乎讓她淚汪汪。

「啊～～……妳沒事吧，姬柊？」

古城望著默默低著頭的雪菜，並且戰戰兢兢地發問。

雪菜氣得肩膀顫抖，還幽怨地瞪了古城。彷彿有某種情緒決堤，淚水從她大大的眼睛奪眶而出。

「學……長……！」

「喂，慢著。沒什麼好哭的吧！我是出於親切才提醒妳……倒不如說，剛才我只瞄到了一眼，又不是死盯著妳猛看……！」

古城急得拚命辯解。剛才純屬不熟悉無重力環境才發生的事故，要向他究責就令人寒心了。話雖這麼說，古城目睹雪菜的內褲是事實，因此並非毫無罪惡感。然而……

「我才不是因為內褲被看見而生氣！」

情緒鮮少爆發的雪菜對古城發飆了。她像個耍賴的小孩，握起軟拳亂捶古城的胸膛說：

「什麼跟什麼嘛！既然學長知道眷獸彈頭沒有用，為什麼不在一開始就跟我說……我還以為，你真的打算毀滅東京……學長都不知道……我有多擔心……！」

雪菜說到一半，字句就被抽噎蓋過而潰不成聲。跟拉德麗．連談判的期間，只有她對古城等人的計畫毫不知情。古城要求將眷獸彈頭射向東京的挑釁之詞，似乎真的讓雪菜由衷相信，還深深為此鑽牛角尖。

古城難免覺得尷尬，就擦了沿著額頭滴下的汗水說：

「呃，當時又沒有空跟妳說明，何況也是因為妳焦急，『天部』的人才會乖乖相信……而且根本來說，還不是因為妳想瞞著我們讓絃神島沉沒……」

「嗚……嗚嗚……嗚嗚嗚～～……！」

「好痛……抱歉啦，是我不好！我不會再那樣對妳！」

古城摸了摸激動的雪菜的頭，並且開口反省。雪菜流的眼淚化為水滴，飄浮在古城他們周圍，像寶石一樣閃閃發光。

抽噎的雪菜看起來比平時稚氣些許，讓古城湧上想要抱緊她的衝動，遺憾的是他們現在沒有那種空閒。

古城他們的腳邊傳來了好似有物體相撞造成的震動，聽得見駭人的咆哮——獸類於絕命之際的慘叫。

雪菜用手背擦了擦眼淚，然後從背後的硬盒拔出銀色長槍。她似乎在短時間之內就已經適應無重力環境，動作流暢毫不遲滯。

在雪菜所瞪的方向，有一頭彷彿由熊與狼配種而成的灰色魔獸，體長四到五公尺，體重應該超過三噸，張大的口中長滿整排銳利獠牙。那大概是經魔法操作才孕育出來的凶猛軍用魔獸。

然而，死命掙扎想逃離捕食者的卻是那頭軍用魔獸。

逮住魔獸的巨木形似紅樹林。直徑超過一公尺的樹枝蠕動如蛇，將魔獸的胴體勒住。樹幹上有讓人聯想到鯊魚下顎的巨大裂縫，強酸性溶解液正像口水一樣滴落。

「食人樹（Yateveo）……！怎麼會長在這種地方？」

雪菜的聲音彷彿因畏懼而發抖。

所謂食人樹，是棲息地據說主要在中南美混沌境域的植物系魔獸。靠膨壓運動來活動的樹枝壓力高過大多數魔獸，含有麻痺及神經毒素的分泌液能讓靠近的獵物確實斃命。它還擁有強大的魔法抗性，是連不熟悉魔獸生態的古城都會認得的知名肉食魔獸之一。

「我猜是拉德麗．連的寵物吧。聽說『天部』那些人的嗜好是把死都改造成迷宮，然後在裡面放養魔獸。」

古城用生厭的語氣說道。聽修特拉．D提到這件事時，他還覺得有些誇大，看來對方跟淺蔥透露的情報未必有假。

當著表情緊繃的古城他們面前，食人樹吃起捉到的魔獸。軍用魔獸活生生地被連著骨頭一起咬碎，發出了絕命的慘叫。悽慘景象令人想轉開目光。

「魔獸互食……！」

「養寵物起碼要餵飼料嘛，那個冷笑話女！」

雪菜微微倒抽一口氣，古城則臭罵不在場的拉德麗．連。

然而，能這樣悠哉觀察的時間到此為止了。因為食人樹捕食完軍用魔獸，就開始把枝頭伸向古城他們。

「這不是保留實力的時候！姬柊，抓緊我！」

古城抱起了雪菜的纖瘦身軀。反正受散落的城牆阻礙，他們再這樣下去是沒辦法到死都外頭的。與其尋找活路，轟開瓦礫會比較快。

「……保留實力？」

雪菜嚴肅地仰望古城，好似在責怪他無心間的那句嘀咕。然而，古城無視她的視線召喚了眷獸。漆黑血霧灑落以後，就幻化為巨獸的姿態。

「迅即到來，『始祖之黑霧(Primus Cinereus)』──！」

古城召喚的甲殼獸吐出漆黑霧氣。

死都的殘骸觸及那片霧，便喪失實體逐漸消融在霧裡。

古城從「吸血王」繼承的第四號黑眷獸，象徵了吸血鬼的霧化能力。只是，一度化為霧的物體並不保證能恢復原樣。

化為黑霧的死都殘骸被風吹散，消失得不留蹤影。具備高魔法抗性的食人樹直到最後都在抗拒霧化，但是紮根的地面消滅後就無能為力了。瓦礫和魔獸都一律跟著消失，宛如西瓜剖成兩半的死都只剩下半截。古城的黑眷獸在短瞬間就將直徑近一公里的死都抹去了幾乎一半質量。

霧消散以後，最先映入眼裡的是海。放眼望去，廣闊海面開展於古城他們的頭頂。而在他們腳底下，可以看見被雲朵掩蓋的無星夜空。死都半毀的殘骸飄浮在天空與海的夾縫間，顯得搖搖欲墜。

「為什麼……大海會在我們的上方……？」

雪菜茫然嘀咕。生波起浪的海面懸於天際，沒有掉落的跡象。看來海面那一帶有向上的重力發揮作用。

雪菜直接環顧四周，於是她睜大了眼睛。

因為她發現有一道巨牆占滿了死都後頭的空間。

鐵灰色的斷崖絕壁呈垂直方向無盡延伸，從頭頂的海面直達下方的天空底部。

牆壁表面有些微的凹凸起伏，表示那明顯是人工物。宛若將世界分隔開來的一道牆。

古城等人所在的死都殘骸就像壓扁的乒乓球，有一半形同陷入牆面黏在上頭。

「這道牆到底是……？」

雪菜軟弱地搖頭。超乎想像的景物接連出現，似乎就連她都無法保持平靜。

「嗯。那是異境的盡頭，從那裡就可以到外面吧。」

古城與驚愕的雪菜正好相反，還能若無其事地解說。那像是觀光客參訪比較稀奇的風景名勝會有的態度。

「外面？學長說的是什麼意思？異境的外面究竟是指……」

「對喔，姬柊妳並不曉得。」

古城看到雪菜追問，便嫌麻煩似的搔搔頭。

「所謂異境，好像就是飄浮在宇宙空間的一座大得離譜的人工島內的世界。」

「啥……？」

突然冒出來宇宙這個詞，表情全失的雪菜僵掉了。

「飄浮在宇宙空間的人工島……學長講的該不會是宇宙殖民衛星吧？」

「對對對……印象中有聽過那種說法。」

古城望著鐵灰色的「世界之牆」，並且爽快地點了點頭。

雪菜結凍似的定住片刻，然後聲音就微微顫抖。

「那麼，這裡之所以沒有重力，天空與海會倒反過來……還有在異境無法使用魔力……全因為這是在殖民衛星的內部？」

「與其說天空與海倒反過來，宇宙島（殖民衛星）的牆壁內側好像設計成整片都是海，宇宙放射線對生物造成的負面影響就可以藉此壓抑到最小。還有，因為這是靠離心力來製造人工重力，我們目前所處的中心一帶重力會比較弱。」

古城用指頭彈了飄在空中的瓦礫，並且繼續說明。

飄浮在距離地球遙遠的虛空，全長超過兩百公里的超大型宇宙島——這就是名為異境的異邦真面目。

異境的全貌是直徑超過三十公里的巨大圓筒。太陽光則是靠飄浮在宇宙空間的鏡面聚集而來，然後從圓筒底部——換句話說，就是從古城他們所在的「世界之牆」接收其光源。

那導致異境的太陽總是掛在接近地平線之處。沒辦法迎來正午的永久黃昏，還有看不見星光的漫長夜晚。異境的一天便是如此。

「通往異境之『門』只有在晚上才會開啟，原因是……」

雪菜帶著一副仍難以置信的表情問。古城好似在追尋模糊的記憶，瞇起眼回答：

「那是因為地球自轉吧。這個時期的異境位於從地球看去的太陽另一端，所以『門』都開在日落之後的天空。那好像也會因為季節不同而反過來。」

「具……具體來說，這裡離地球有多遠呢？」

「淺蔥猜測是在火星與木星的中間地帶，但實際上就不清楚了。畢竟也沒有證據顯示是在太陽系當中。」

古城隨口嘆了氣。換成專精空間操控魔法的那月或許就能求出正確位置，憾就憾在古城是外行人。只不過，唯一可以確定的就是這裡離地球遠到極點。空間移轉用的「門」必須靠第四真祖級的魔力來維持即為證據。

「究竟是誰建造了這樣的宇宙島……為了什麼目的……？」

雪菜混亂似的搖頭。

「這裡算中繼點啦。據說是用來移動到系外行星的迴廊。妳知道嗎？『天部』這個詞，原本好像就是指來自天外的訪客。」

古城語帶苦笑地繼續說。

並沒有證據顯示「天部」真是來自異星的移居者。然而，事實是他們在繁榮至極的時期建造了名為異境的宇宙島以供利用。

他們把異境當成中繼基地，原本打算朝其他天體系統的行星尋求發展。

「不過『天部』那些人從『大聖殲』之前就開始衰退了，實際上開發宇宙的熱情與技術好像什麼都沒有剩下。」

古城用讓人感到有些落寞的語氣嘀咕。結果，異境作為中繼點並沒有興盛起來就遭到擱置，成了單純用來保管眷獸彈頭的地方。在異境的大海上，更是只剩被捨棄而始終無人的鐵灰色人工島。

「……學長，你還真是了解。」

雪菜瞪著古城沉浸在感傷的臉龐，講出了並無感慨的心聲。她那責怪似的視線讓古城有些心慌。

「咦？」

「為什麼學長會知道那些事呢？歷史科並不是你擅長的項目吧？」

「呃……沒有啦，因為……」

「那些都是藍羽學姊的知識，對不對？你吸了藍羽學姊的血，因而分到『該隱巫女』的記憶了吧？」

雪菜沒好氣地瞅著古城問。沒吭聲的古城悄悄別開目光了。因為古城趁雪菜不在時吸了淺蔥的血，把她納為「伴侶」，這是事實。

雪菜瞪著尷尬地沉默下來的古城，深深嘆息說：

「學長，真的只要我一不注意，你就會對其他女生做那些下流的事……」

「我並沒有做什麼下流的事啊。」

「……我的血你就不吸。」

雪菜無視古城的反駁，還鬧脾氣似的嘛起嘴脣。日前早上在飯店的那件事，她似乎還記恨於心。雪菜有她意外執著的一面。

古城似乎是放棄辯駁，就無奈地搖搖頭說：

「唉，怎樣都好啦。重要的是，我們得去找奧蘿菈才行……」

「對呢……不過即使說要找，又該怎麼找呢……？」

雪菜拍了拍自己的臉頰並且正色。千辛萬苦才抵達的異境比想像中更廣闊，漫無頭緒地找，感覺也無法找到奧蘿菈。就在這時候——

『……古城哥。』

忽然有人叫住了束手無策的古城他們。耳熟的嗓音。

回頭的古城和雪菜眼前有個不知道從哪裡冒出來的黑長髮少女。

「凪沙？」

「凪沙妳怎麼會在這裡呢！」

古城和雪菜訝異地叫出她的名字。被朦朧光芒包圍浮現的人影，是解開頭髮的曉凪沙。

她穿著學校的制服，酷似彩海學園制服的黑白水手服。

「凪沙……妳是怎麼到異境的……？」

「請等一下，學長。我們認錯人了，她並不是真正的凪沙……」

雪菜迅速制止了急忙想到凪沙身邊的古城。

少女當著他們面前逐漸改換模樣。黑色長髮變得帶有金屬光澤，親切臉孔上浮現了一絲成熟的神情。

古城認識外貌會這樣變來變去的少女。之前古城受困於異境侵蝕時，就是少女現身救了他。

「妳是……葛蓮妲嗎？」

『……呵呵，終於跟你見面了，曉古城……』

長成十六七歲外表的葛蓮妲一邊微笑一邊望向古城。古城目睹她的表情，便直覺地體認到她並不是古城認識的葛蓮妲。眼前的是另一個人——不對，另一個葛蓮妲。

『往這邊……「零」最後的女兒在等著你。』

鐵灰色頭髮的少女邁步前進，彷彿在招著手要古城他們跟去。

古城和雪菜互相點了頭，然後追向第二名葛蓮妲。

2

虛空如漣漪般蕩漾，身穿華麗服裝的女子隨之出現。拉德麗・連用空間移轉魔具前往的地方，是停靠在絃神新島的醫療船船橋內。

「拉德麗大人，原來您平安無事。」

MAR警備部門的局長——被稱作上校的男子一臉放心地喚道。

拉德麗不悅似的回望對方說：

「這哪叫平安無事。死都被毀，我們可是損傷慘重。」

「是、是嗎？」

「既然談判決裂，只能用盡武力壓制對方了。對駐留於絃神新島的全體部隊發出指示，改採C作戰。還有，請你解放加米諾巨人。」

「您說……加米諾巨人嗎？可是，那玩意兒……」

上校難得露出了躊躇的表情，他臉上浮現的是對加米諾巨人的不信任與厭惡感。對出身軍職的他來說，要使用無差別殺傷民眾的兵器，內心應該大有抗拒。

拉德麗反而愉悅地對他笑了。

「無所謂啦，反正只要能保住基石之門就好。即使絃神島身為都市的機能毀滅，就到時候再說嘍。」

上校默默點頭，並且對麾下通訊士簡短發出指示。

MAR的殘留部隊同時向絃神島展開攻擊則是十五分鐘以後的事。

裝備飛行組件的深紅戰車隨著轟鳴聲從夜空下降。

著陸預定地是基石之門樓頂。優麻與淺蔥跨坐在戰車背上，左右腳各有雫梨和矢瀨緊抓不放。儘管明顯超載了，麗迪安仍勉強成功降落。表情疲倦的矢瀨等人一個接一個站到大樓樓頂。

彷彿就等他們幾個回來，樓頂上有新的人影出現。

身穿豪華禮服的嬌小魔女，以及打扮成女僕的藍髮人工生命體，還有栗色頭髮的高個子攻魔師。

「——你們可真有一手。」

那月瞪著從戰車下來的淺蔥說道。

臉色略顯驚訝的淺蔥回望嬌小的級任導師說：

「那月美眉？妳怎麼離開拘留所的？不是有結界……好痛！」

「稱呼老師別用美眉這種詞。」

那月用明顯不悅的嗓音告訴額頭中了衝擊波而向後仰的淺蔥。

「欸……妳居然是抱怨那個喔……」

矢瀨一臉傻眼地嘆氣。淺蔥雙手捂著額頭，淚汪汪地縮成一團。

那月被關在拘留所這段期間，她的學生們前往跟MAR談判，還讓對方射出眷獸彈頭，到最後更把絃神島上空的死都擊墜了，難怪她會覺得惱火。

原本那月大概有更多話要講，但是因為時間缺乏餘裕，也就忍下來了吧。剛才彈在淺蔥額頭的衝擊波是她百感交集下的產物。

「雪菜呢！雪菜不是跟曉古城在一起嗎！」

紗矢華望著從戰車下來的那幾張面孔，用認真的口氣問。

雫梨平靜地指著浮在夜空的魔法陣說：

「找那兩個人的話，他們搭乘死都到異境了喔。」

「啥？異境？那、那是怎麼回事！為什麼只有雪菜他們……！」

「等等……好、好難受！妳這樣讓我很難受耶！」

雫梨被紗矢華猛力揪起胸口，忍不住叫出聲音。矢瀨和亞絲塔露蒂連忙制止紗矢華。

優麻苦笑看著這一幕，但立刻就正色轉向那月說：

「——所以呢，師父，狀況如何？」

「MAR駐留在絃神新島的攻擊部隊，據說開始朝絃神本島進攻了。」

那月看向絃神島的東北方。漂浮在絃神島周圍的絃神新島上有MAR趁領主選鬥之亂搭建的基地設施。從絃神新島到本島的距離，最短只有十公里左右，要防範他們登陸於未然極為困難。

「眷獸彈頭失效，所有死都又已經淪陷，現在他們除了壓制這座島以外，沒其他辦法能打破戰局了。敵人恐怕會不顧一切地進攻。」

那月淡然地說明，凝重氣氛從樓頂流過。

紘神島基本上屬於學術都市，構造並沒有為巷戰做過規劃。特區警備隊的配備終究是以維護「魔族特區」的治安為目的，要因應正式的軍事侵略，戰力便嚴重不足。紘神島並無獨自的軍隊，其防衛本歸日本政府管轄。

然而，由於日本政府打算讓紘神島沉沒，雙方關係注定惡化。再加上紘神島保有的最強戰力——也就是第四真祖不在。狀況之惡劣簡直來到可以想見的下限。

「所以呢，實際上我們贏得過嗎？」

雫梨單刀直入地問。

「MAR把主力移到異境以後，留在這裡的應該是以補給部隊為主。即使靠特區警備隊目前的戰力，想必還是可以跟對方一戰。」

那月道出冷靜的分析。是啊是啊——幾天前才去過一趟MAR基地的紗矢華也跟著鄭重同意。

一般而言，在戰爭這方面有守易於攻的說法。何況雙方戰力若能抗衡，能夠運用地利的特區警備隊理應壓倒性有利。

再加上紘神島屬於「魔族特區」，島上有超過兩萬名登錄魔族，以及含那月在內的眾多攻魔師。就算古城不在，以綜合實力來講甚至有其優勢。

「但是——」那月繼續說：「MAR的人應該也明白這一點。」

「的確……明明如此，他們卻敢進攻過來，要不是單純自暴自棄，就是已經準備了某種王牌。」

雫梨皺眉思索。

原本慵懶地靠著戰車的矢瀨在這時彷彿豎了耳朵，閉眼搖頭說：

「那所謂的王牌聽來似乎登場了。」

「什麼？」

那月等人一起望向矢瀨指去的方位。

人工島北區的海岸。堤防附近的海面隆起如巨浪，海中有巨大身影陸續出現，身影的高度足足超過十公尺。擁有巨大頭部的人形怪物，模樣就像直立行走的抹香鯨。

怪物全身覆有鎧甲般的硬質皮膚，背後長著無數觸手。位於頭部的是六雙發出深紅光芒的眼珠。雫梨認得那副外表。

「那是……未確認魔獸（Unknown）！雙腳步行的未確認魔獸……！」

『竟有此等古怪生物……！』

雫梨和麗迪安同時叫道。之前在紘神島出現被稱作Ⅸ4（Nine Four）的未確認魔獸——擁有六雙眼睛的巨人恐怕就是它的最終版本。

MAR似乎研發了以Ⅸ4為基礎的人型魔獸，還保留來當侵略紘神島的王牌。

「搬出這種玩意兒可真不得了。」

矢瀨露出苦澀的表情，朝海岸邊看了一圈。

ＭＡＲ投入作戰的人型魔獸並非只有一頭。從人工島北區與東區海岸，陸續有眾多魔獸壓境而至，登陸的魔獸數目已超過二十頭。布署在海岸邊的特區警備隊於轉眼間遭到蹂躪而敗退。照這樣下去，絃神島全島遭到壓制也是時間問題。

「藍羽淺蔥，用妳的『聖殲』能把它們解決多少？」

那月低聲問淺蔥。淺蔥看似不甘願地板著臉搖了搖頭。「聖殲」並非單純的攻擊魔法，而是連這個世界的物理法則都能改寫的高等禁咒。無論人型魔獸再怎麼具備強大的魔法抗性，淺蔥還是可以將其擊破。然而——前提是「聖殲」要能發動。

「聖殲」的效力過於強大，發動需要足以將絃神島網路頻寬塞爆的大規模魔法運算。可是，目前絃神島並無餘裕進行那樣的運算。因為主電腦的處理能力絕大部分都用在讓眷獸彈頭失效了。

「假如沒把資源用在讓摩怪實體化，不管有幾頭魔獸都能輕鬆對付，但是照現況頂多就應付兩頭吧。再說還得優先引導市民去避難……」

「既然這樣，就輪到我上場嘍。總之砍了那些大塊頭就行了吧？」

淺蔥懊惱地嘀咕，莫名有自信的雫梨就替她接話了。矢瀨連忙攔住彷彿隨時準備好衝上前作戰的她，並且說道：

「不，小香香妳還是安分點才好。在死都裡頭，妳用魔力轟得那麼痛快，其實現在全身都已經垮了吧？」

「你、你叫誰小香香啊！這點程度的傷勢，正好可以當成讓步！」

「——仙都木優麻，妳帶著那個耍寶修女騎士和獅子王機關的馬尾女去支援東區的特區警備隊，北區由我跟亞絲塔露蒂接手。」

那月一臉看開的表情淡然發出指示。

「了解，師父。」

「耍……耍寶修女騎士……？」

優麻語帶苦笑地點頭，雫梨則氣得肩膀發顫。

唯有高竿的攻魔師才能對抗未確認魔獸等級的活體兵器。既然指望不了淺蔥的「聖殲」，只好靠現場全體戰力跟敵人一拚。

『在下跟「女帝大人」負責防衛基石之門乎？』

麗迪安用愉悅的語氣說道。那月平淡地點頭說：

「就這麼回事。剩下的人手嘛，矢瀨，你知道自己該做什麼工作吧？」

「我該做的工作……啊～～……原來如此……」

矢瀨顯得心情沉重地仰頭向天。論單純的戰鬥能力，矢瀨遠遜於那月她們，不過他仍有其他作戰方式。那月的話就是這個意思。

「你動作要快，光憑在場的人員可撐不了太久。」

那月說完就消失身影。她藉著空間移轉前往戰場了。麗迪安的戰車也跟著起飛，優麻等人同樣消失身影，樓頂只留下矢瀨。

「不得已嘍……那麼，我就去處理我的工作吧。」

矢瀨拋開心結似的搖搖頭，然後從懷裡拿出手機。他撥了矢瀨財閥總裁才有權使用的直通電話號碼。

3

古城稱作「異境盡頭」的分隔牆並非完整平面，而是由讓人聯想到作業區塊的無數設施聚集而成。跟古老特攝電影出現的迷你宇宙船模型有些類似。

設施大多屬於貨櫃狀的小小建築，但是其中也有全長達數公里的大型建築物。

第二名葛蓮妲帶古城他們去的地方則類似電波塔，在那當中顯得格外雄偉。朝夜空垂直伸出的塔就像是從分隔牆長出了荊棘。

塔的高度有五六公里，直徑恐怕是兩百公尺左右。

如果從正上方觀察，被水蒸氣濃霧包圍的那座建築物與其稱作塔，看起來更像是海岬或浮橋，飄在雲海裡的夢幻浮橋。

或許是距離宇宙島中心軸稍遠所致，橋的表面有微弱重力。多虧如此，即使古城他們對無重力環境並不適應，走動起來也沒有那麼費勁。

領路的第二名葛蓮姐在不知不覺中消失身影了。

古城和雪菜無意識地手牽手，兩個人一塊渡過雲海裡的橋——於是，有個嬌小的人影從白色濃霧的另一端衝了過來。

「姐～～古城～～！」

鐵灰色長髮的少女像小狗一樣使勁撲到古城懷裡。低重力讓古城承受不住對方衝來的力道，因而東倒西歪。

「葛蓮姐！原來妳在這種地方啊！」

古城確認這次遇到的是正牌葛蓮姐，並且摸了摸她的頭髮。

葛蓮姐露出心蕩神馳的笑容，還用臉頰蹭古城。雪菜見狀也鬆了口氣。

她所在的地點是建於浮橋前端的小小建築物之前，旁邊還有幾個身影熟悉的少女。有個

樣似醜布偶的生物也在那邊。

「——欸，妃崎霧葉？妳怎麼會……！」

古城認出眼神凶悍的黑髮美女，便困惑地眨了眨眼。手握音叉型長槍的霧葉只是不悅地哼了一聲。

「斐川學姊……還有唯里……」

雪菜認出了坐在地面的唯里等人，就用碎步趕過去。

唯里她們身上的服裝是高神之杜制服，但志緒並沒有穿上衣。相對地，唯里披著志緒的上衣。從上衣袖口可以窺見唯里的右手被燒得發紅而皮開肉綻，無力地垂著。雪菜發覺後就變得表情嚴肅。

而在雪菜旁邊，古城冒出倒抽一口氣的動靜。

「奧蘿菈……」

古城凝望的金髮少女把醜布偶捧在手裡，無所適從地杵著不動。臉頰發紅的她，炯亮的碧眼正不安地左右亂飄。

「奧蘿菈……太好了。原來妳沒事。」

「唔、唔嗯。」

略顯緊張的古城叫了對方，吸血鬼少女便朝他微微點頭。

古城和她保持著尷尬的距離，態度生硬地搔起頭說：

「啊～～……抱歉，拖得這麼晚才到。我來接妳了。」

「有、有勞。誠可嘉也。」

「這、這樣喔。」

古城與奧蘿菈都不正眼看對方，見外地交談幾句之後就一起沉默下來。由於彼此許久沒有見到面，他們不知道該講些什麼。

雪菜等人屏息看著他們倆那種充滿緊張感的互動一會兒，但……

「——欸，你們是太久沒見面的表兄妹嗎！」

到最後唯里似乎忍受不住沉默，就從背後吐槽了。

志緒也傻眼地深深嘆息說：

「總可以多一點反應吧！比如互相擁抱，或者哭著慶幸彼此重逢啊。明明費了那麼大的工夫才又相聚……！」

「話是這麼說沒錯啦，不過被妳們這樣注目，總覺得亂不好意思嘛……！」

古城紅著臉回嘴。嗯嗯——奧蘿菈頻頻點頭。

「學長的態度跟面對我們的時候，差得還真多呢。」

「妲～～……」

雪菜和葛蓮妲都用有些心冷的眼神盯著古城。不用妳們管啦——古城板著一張臉說道。

「對了，奧蘿菈，妳肚子餓不餓？要吃糖嗎？有糖喔。」

古城將手伸進連帽衣口袋，拿出一大把色彩繽紛的糖果。

「古城同學，你什麼時候準備了那些東西……」

「我看他八成是從決定把奧蘿菈帶回來的時候，就滿心想著要用食物釣女生了。」

唯里和志緒講起悄悄話，雪菜則是當面嘆氣。然而，奧蘿菈卻按照期待亮起眼睛，探頭看了古城的手裡。

接著，她發現有小小的銀色戒指混在糖果裡。

「契約圓環……」

「咦？啊，這個嘛……這不是食物啦。」

「啊……」

古城打算把戒指塞回口袋，奧蘿菈就反射性地想抓住他的手。古城一邊對奧蘿菈那樣的反應感到有些意外，一邊開口問她：

「難道說，妳也想要戒指嗎？」

「唔……呃……倘、倘若汝有此意。」

奧蘿菈說著就朝古城的臉上瞥了幾眼。古城稍微思索後，認為這沒有什麼不妥，就打算把戒指交給她。那本來就是古城帶著也沒有用處的東西。

志緒她們看到那一幕就慌了。

「喂，曉、曉古城……！這樣做沒有問題嗎！你把那枚戒指交給奧蘿菈，會讓第四真祖成為『血之伴侶』……呃，不對，兩邊都是吸血鬼的話，伴侶要算哪一方……？」

「古、古城同學……等……好痛！」

原本急著想要站起來的唯里扶著右手臂虛弱呻吟。雪菜立刻從背後扶穩腳步不穩的她，並且問：

「唯里同學……那個……妳的右手臂……」

「啊，這個嘛……我出了點閃失……」

嘿嘿——唯里害羞地吐舌。雖然她故作平靜，手臂的傷勢卻比外表所見更加嚴重。即使花時間治療，感覺也無法恢復到跟原本一樣活動自如。

「那是被夏夫利亞爾．連同夥的炎龍燒傷的。當時，假如我有好好支援唯里，就不至於弄成這樣……」

志緒懊悔地抿唇跪到地上。唯里有些困擾似的搖頭說：

「不是妳的錯啊，志緒。何況有凪沙幫忙治療，暫時是不要緊的。那個女生的治療咒術很厲害耶。啊……不過，我的手臂這樣要動真格戰鬥大概有困難。」

對不起喔——唯里向雪菜低頭賠罪。雪菜咬住嘴唇，什麼話也回不了。

「妳說瓜沙用了治療咒術，那是怎麼回事？果然她也到異境了嗎？」

古城訝異得從旁邊插嘴。他想起剛才第二名葛蓮妲在他們面前出現時，就是化身為瓜沙的外表。

「啊，不對，不是那樣的……瓜沙本人並沒有來就是了……」

「某方面而言，倒也可以當成她有來，但是開口講話的仍然是葛蓮妲……」

唯里和志緒苦惱地望著彼此的臉。實際上她們好像也沒確實掌握發生了什麼狀況。

『唉，那要解釋會很久，等情況穩定一點再說吧？』

從旁插話的醜布偶想擅自為話題收尾。古城看著依然被奧蘿菈捧在手裡的玩偶，慵懶地嘆了氣。

「我說啊，你是該隱嗎？」

「咦？」

古城突然提到的名字，讓雪菜困惑地睜大眼睛。

難怪她們會納悶。以咎神之名廣為人知的英雄，跟一個像是幼稚園學生隨便設計造型的醜布偶，感覺實在沒有相關性，然而——

『哎，加幾條但書勉強可以算你說得對。』

摩怪露出鋸齒狀的牙齒，然後莫名得意地笑了。

『精確來講，我是靠該隱生前的資料重現出來的虛擬人格。紘神島的「棺材」裡有我藉著石板刻下保留的自我人格二元數據。讓AI加以學習之後，重新建構而成的就是我。這副身軀是用「聖殲」製造的假貨，拉風吧？』

「你的目的是解放眷獸彈頭的寄體，對不對？」

古城並沒有多驚訝地問道。當古城吸了淺蔥的血與她共有記憶的那一刻起，對於摩怪的真面目也就跟著理解了。

『哎，因為那是我唯一的牽掛嘛。』

摩怪望著飄在頭上的人工島，懷念似的瞇起眼睛。

『我要向你道謝，古城小哥。因為有你保護第十二號小妞，那些寄體才能得救。要解放她們，無論如何都需要成功範例——讓「零」的女兒獲得自我。』

「……第四真祖跟你，並不是敵對的嗎……？」

雪菜困惑似的問了摩怪。

在古城等人所知的歷史當中，第四真祖是用來弒殺咎神該隱的殺神兵器。然而摩怪稱呼初代第四真祖的名字卻像提起老朋友一樣。

何況自稱是該隱虛擬人格的摩怪還被當代的第四真祖奧蘿菈捧在手裡。不協調的事實讓雪菜等人感到混亂。

『至少留在地表的「天部」造了第四真祖要殺我是事實。為了在遠離地表的異境也能召喚，他們光靠星辰引導與純粹的怨念就創造了一群星之眷獸——得知其存在時，我實在是毛骨悚然。』

摩怪愉悅地望著疑惑的雪菜等人說道。

「你跟第四真祖就反過來利用了這一點。」

古城責怪似的瞪向摩怪。

咎神該隱馴服了名為「零」的人類少年。「天部」會拿他的肉體創造第四真祖，應該也帶有報復叛徒該隱的用意。

不過，連這一點都是該隱他們在計畫中算好的環節之一。

「身為管理者的咎神(你)佯裝自己被殺，藉此封印了通往異境之『門』。你留下的眷獸彈頭也就沒有人能染指了。」

古城瞥向困惑地杵著不動的奧蘿菈。

「要再一次開啟被封印的『門』，需要那群星之眷獸的力量。跟你同夥的第四真祖就將自己分成了好幾塊，把眷獸藏起來。十二頭眷獸，硬是被他塞到什麼都不知情的十二個女兒體內。」

『先說明，那是「零」擅自做出來的事情，我可沒有對他下令。』

摩怪有些嘔氣地辯解。其友人第四真祖會選擇自己消失，對咎神來說似乎也是預料外的狀況。

「創立末日教團的人也是『零』吧？」

是啊——摩怪對古城的質疑點了點頭。

『「吸血王」那傢伙好像有所誤解，然而末日教團的任務本來就是在人們的心裡深植恐懼，進而遏阻第四真祖復活。畢竟在準備就緒以前，要是通往異境之「門」被人打開可就頭痛啦。』

「……準備？」

『我要準備讓眷獸彈頭失效，才能解放那些當寄體的女孩啊。為了將其實現，需要兩項要素。一是人類的科技得發達到足以讓我（該隱）復活，二是和平的時代來臨。要將眷獸彈頭解體，得讓那些當寄體的女孩幸福地度過日常生活，讓她們打從心裡願意繼續活下去。』

「絃神島無獨有偶就滿足了那兩項條件吧。」

『無獨有偶是嗎……也對。假如把第十二號小妞在那一天遇見小哥稱為偶然，或許正是如此。』

摩怪挖苦似的咯咯笑了。

咎神在絃神島的主電腦裡頭以虛擬人格的形式復活以後，就一直透過各種不同的手段在進行布局，要讓眷獸彈頭失效。先是造出名為「魔族特區」的沙盒讓人類與魔族得以共存；另一方面又將「該隱巫女」藍羽淺蔥，以及在地中海發掘出來的「第十二號（奧蘿菈）」聚集到島上。絃神島會被選為「焰光之宴」的舞台，應該也與咎神不無關係。

『理應只是凡人的小哥獲得第四真祖之力時，老實講連我也頭大了。哎，後來事情進展順利，我倒是沒什麼好抱怨的。』

「我想對你說的話可是跟山一樣多……喂，你現在裝成普通布偶也沒用了啦！」

古城瞪著疑似故意靜止不動的摩怪怒罵。為了逃避追究，摩怪繞到奧蘿菈身後。

雪菜等人帶著發愣似的表情望著古城和布偶之間的嚴肅互動。面對摩怪所談的內容，她們的理解能力似乎到現在還是趕不上。

「——那些無關緊要的爛事，可以請你們之後再聊嗎？」

霧葉粗聲粗氣地叫了苦苦想把摩怪從奧蘿菈身邊扒開的古城。她冷酷的嗓音讓古城疑惑地回過頭說：

「不對吧，這哪叫無關緊要……欸，妳也受了重傷嘛……！」

「閉嘴，小心我宰了你。不想被宰就來吸我的血，快點，現在馬上！」

霧葉解開水手服的領巾，將細細頸子與鎖骨露了出來。姑且不提性格，她光看外表也是美得無可挑剔。

古城動員所有的理性，把視線從霧葉的白皙肌膚轉開。

「叫我吸妳的血……欸，為什麼事情會扯到那裡！」

「只要我成為你的『血之伴侶』，就能獲得與吸血鬼相近的再生能力吧？這些傷一下就能痊癒，我便可以再次戰鬥。到時我就要去宰了那頭臭龍族！很合邏輯吧？你有意見嗎？」

霧葉單方面說個不停，奧蘿菈被她的狠勁嚇到，就像絕望的小動物一樣僵住不動。儘管古城也有點懾於霧葉的氣勢——

「沒、沒有啦，我懂妳的邏輯，可是太奇怪了吧。現在妳不必再跟什麼龍族鬥啊，趕快回地表然後到醫院求診啦。」

「那頭龍族傷了我耶！你叫我放過它？別開玩笑。再講我宰了你！那些廢話可以省省，你吸血就對了！我們不是一起在箱根泡過溫泉的交情嗎？」

「兩件事根本扯不上關係吧！何況當時我們又不是一起進去泡溫泉的！是妳後來自己要闖進男湯吧！」

古城生厭地跟死纏爛打的霧葉撇清關係。

而志緒就在古城的視野一隅動手鬆開領帶。她默默地依序解開襯衫的釦子，將胸口露出一大片。

「──等等，為什麼連斐川學姊都開始脫衣服了！」

雪菜注意到志緒的行動以後，就急忙制止她。

可是，志緒一臉認真地走到古城面前說：

「儘管不甘心，但是妃崎霧葉說得沒錯。曉古城，拜託你，要對我做什麼都可以。如果你叫我脫，我就會脫，即使落得跟姬柊一樣羞人的下場也無所謂，所以麻煩你治好唯里受的傷……！」

「呃……原來學姊是那樣看待我的嗎……？」

志緒說的話讓雪菜受到打擊愣住了。相對地，唯里趕到志緒身邊說：

「等、等一下，志緒……妳不必為了我蒙受羞恥！……如果古城同學要我脫，我就會脫的……！」

「不對吧，妳們講這些怎麼都是以我會要求脫衣服當前提啊……！」

唯里她們自己越講越熱烈，古城用疲倦的語氣提出抗議。

葛蓮妲則來回看著古城與唯里她們，呆呆地偏過頭問：

「妲～～……人家也要脫嗎？」

「不用啦！」

『咯咯，你真受歡迎吶，小哥。』

摩怪從奧蘿菈的後腦杓探出臉，還嘲諷似的指出古城的痛處。

「這種情況是要怎麼看才會覺得我受歡迎啦！」

『所以嘍，你想從誰的血開始吸呢，小哥？』

「還問從誰開始吸……你這是何苦嘛。」

古城感受到臉上有志緒等人的強烈視線，為之語塞。

吸血鬼的「血之伴侶」是會陪主人半永久地活下去的存在，就算立的契約屬於暫時性，也不該輕易將他人納為「伴侶」，當中的道理很好理解。

另一方面，要治療唯里等人的傷勢，那會成為有效的手段亦屬事實。假如自己的行動能拯救她們，不就該斷然吸血才對嗎？古城對此感到苦惱。

但古城內心的糾葛毫無預警地被掀起的爆炸聲掩去。

「——啥！」

在紅蓮火焰包圍下，立於浮橋的小小塔樓倒塌崩落。不具魔力的灼熱閃光，那來自龍族的龍息。

「管理塔被……！」

「是炎龍嗎！」

被爆壓掃過而倒地的唯里與志緒同時喊道。霧葉及雪菜被震開後立刻就穩住陣腳，並且各自持槍備戰。

古城、奧蘿菈和葛蓮妲則在地上倒成一片。古城原本想保護她們倆，卻承受不住衝擊而跌倒。

在倒下的奧蘿菈臂彎裡，摩怪的身體起了變化。它的全身冒出細微雜訊，模樣突然變得模糊不清。

『跟絃神島斷了連線啊……』

摩怪看著自己的手逐漸分解湮滅，嘀咕得彷彿事不關己。

「該隱……！」

古城呼喚摩怪。醜布偶回望遲疑的古城，滿足地笑出聲音。

『掰掰啦，小哥。我們……遲早會再見面。』

「唔……啊……！」

奧蘿菈想抱緊摩怪，手臂卻只是空虛地穿過去。古城看著摩怪的殘影消失得無聲無息，因而恍惚地停下動作。

就在隨後——

「學長！」

在古城的視野一隅，有銀色火花猛烈迸散。雪菜用「雪霞狼」擊落了從火焰中飛射而來的銀箭。

「什……！」

古城茫然地低頭看了插進地面的箭矢殘骸。

金屬製的十字弓箭矢。粗而短的造型與其稱為箭，給人的印象更接近樁。

帶有靈力的銀樁。那是以往古城用於殺害奧蘿菈的道具，用來消滅吸血鬼的破魔銀樁。

假如那種銀樁是由「天部」鑄造出來，就算夏夫利亞爾・連手裡還保有相同的貨色也不足為奇。然而，過去令古城深惡痛絕的記憶無預警地復甦，一瞬間讓他結凍似的定住了。那造成了致命的破綻。

「咦……？」

古城臉上沾到了溫熱的液體。美得足以蠱惑人心，帶有光澤的深紅液體。

雪菜的身軀不穩而搖晃，乏力似的跪下。

鮮血湧出，將雪菜的肩膀染成通紅。古城不明白出了什麼事，只是茫然望著那片全新的血漬在雪菜的制服上逐漸暈開。

「姬……柊……？」

在搖搖晃晃的雪菜背後，看得見穿著戰鬥服的夏夫利亞爾・連。

他放出的無形斬擊——理應會斬裂古城還有奧蘿菈的不可視之刃，由雪菜代為承受了。

剛用「雪霞狼」擊落破魔銀椿的雪菜來不及重新舉起兵器，因此，她只能用自己的身體當成肉盾。

「對不起，學長……我……」

雪菜虛弱地露出微笑，鮮血從她的嘴脣湧出。夏夫利亞爾．連發出的斬擊砍斷了雪菜的肩胛骨，傷口直達肺部，是即使當場死亡也不奇怪的嚴重傷勢。

在古城察覺這一點的瞬間，激憤的他已被怒火化為一片空白。

「唔哇啊啊啊啊啊啊啊啊啊啊啊啊啊啊啊啊啊啊啊啊啊啊──！」

隨吼聲吐出的漆黑血霧逐漸染上異境的天空。

4

「夏夫利亞爾．連……！你這臭傢伙～～～～～！」

古城抱起雪菜滿是血跡的身軀，隨著滿溢而出的魔力發出咆哮。

距離約三十公尺處有夏夫利亞爾．連的身影，在他的背後，經過武裝的ＭＡＲ士兵正陸續出現。

連帶的人馬似乎是藉著空間移轉來到宇宙島中心附近，再利用低重力無聲無息地降落在古城他們背後。因此，連雪菜在遭受奇襲之前都沒有發現他們接近。

「你的憤怒令人心曠神怡，曉古城。」

連承受足以搖撼整座異境的魔力波動，並且毫無動搖地告訴對方。

ＭＡＲ的士兵們同時朝古城舉起槍口，根本沒有警告的動作。他們打算二話不說就將古城等人全部槍殺。

「然而，我被你們奪走眷獸彈頭的憤怒，可不是只有這樣！」

「迅即到來，『始祖之金剛（Primus Adamas）』！」

連的話尚未說完，槍響就轟然大作。

可是，古城的眷獸也已經召喚完畢了。漆黑血霧幻化為巨型大角羊（Bighorn）的模樣，黑金剛石（Black Diamond）的結晶成了護壁將子彈反射回去。

被黑金剛石結晶反射的槍彈接二連三地擊倒了ＭＡＲ的那些士兵。這頭漆黑神羊具有將敵方攻擊的威力直接奉還回去的特性。

眾多士兵被自己的槍彈射倒，連的部下隨即陷入無法行動的處境。

不過，古城的眷獸也同時消滅了。古城並沒有解除召喚。神羊好似用盡力氣，在粉碎後灰飛煙滅。

「……學長……這是……？」

雪菜用痛苦的嗓音問道，古城卻什麼也沒有回答。他對於眷獸消滅的原因並非不明白，正是因為心知肚明才只好沉默。

「果然如此。『吸血王』的眷獸不過是一群非完整的試造品，我就知道它們維持形體的時間不可能有多長。」

夏夫利亞爾・連對受傷倒地的部下根本不屑一顧，還露出剽悍的微笑。

古城得到的黑眷獸原本應該會與「吸血王」一起在基石之門消滅；是札娜・拉修卡以幾近蠻幹的形式將其封印，才轉讓到古城身上。

不過，那終究只是應一時之急的做法。

古城得到黑眷獸之後，它們已經慢慢開始消滅了。而且古城來到異境，更加快了它們的崩解。

除了第四真祖的眷獸理應都無法於異境使用，黑眷獸只能在此召喚一次。僅限最後一次的召喚結束後，它們就會完全消失。

「你體內還剩幾頭眷獸，曉古城？」

連挑釁地向被逼到絕境的古城朗聲笑道。

「單純要將你轟走的話，有一頭就夠了，夏夫利亞爾・連！」

古城從正面瞪向連。MAR的士兵早就處於潰滅狀態。炎龍克雷多正一邊在上空盤旋，一邊旁觀古城他們的戰鬥。

該打倒的對手只有連一個人，這項事實讓古城有些迷惘。

就算對方身為「天部」，依舊是血肉之軀。古城只要在這個距離動用黑眷獸，大有機會將連擊殺。這讓古城有所猶豫。

連好似在嘲弄古城躊躇的心思，露出若有深意的笑。

「你想過克雷多身為高傲的龍族，有何理由要聽命於我嗎？」

「什麼？」

「這不值得賣關子。簡單來說，就是我比他更強罷了。」

「……唔！」

側頭部遭受衝擊，古城的視野一陣搖晃。原本被抱在他懷裡的雪菜落到地上。夏夫利亞爾·連用看不見的打擊撼動了古城的腦。

只要讓肉體機能失靈，吸血鬼近乎不死的再生能力就沒有用處。古城發現「天部」那種神力的功用，其實比單純的破壞力更具危險性。

「而且你是不是有所誤解？你該交手的對象並不是我。」

連低頭看著搖搖晃晃的古城，並且取出短劍型的魔具。用來操控名為「焰光夜伯」的吸血鬼——亦即奧蘿菈的魔具。

「啊啊啊啊啊啊啊啊啊啊啊啊啊！」

奧蘿菈在古城背後發出尖聲慘叫。

古城回頭望去，就看見從奧蘿菈全身釋出的濃密魔力在渦卷間形成了洪流。奧蘿菈受到魔具操控，正準備召喚第四真祖的眷獸。

「奧娃！」

「快住手，奧蘿菈．弗洛雷斯緹納……！」

葛蓮妲與霧葉想要制止奧蘿菈。然而受到奧蘿菈灑出的魔力阻擾，她們倆都沒辦法靠近一步。

奧蘿菈召喚出來的眷獸只有一頭。

可是，那並非古城認識的眷獸。如幻影般浮現在奧蘿菈頭上的巨大身影，詭異得像是將第四真祖的十二頭眷獸融合而成的集合體(奇美拉)。

牛頭神(Minotaurus)的胴體、雙頭龍的尾巴、妖鳥(Seirên)的翅膀、水精靈(Undine)的手臂、雙角獸的角和獅子的利爪——這些特徵全都摻雜在一起，形成了融合得並不完全的巨大怪物身影。無法駕馭眷獸的奧蘿菈強行召喚它們，結果只有眷獸的一部分肉體得以具現，進而組成並不完整的怪物。

「混……帳……！」

古城將剩下的黑眷獸全部喚出了。

奧蘿菈召喚的眷獸身上就連身為獸的知性都沒有殘留，只存在將眼裡所映一切都摧毀的鬥爭本能，以及壓倒性魔力。

如果不設法制伏眷獸，光是古城等人全數遇害仍無法了事。最糟的情況下，整座異境都會被破壞。當然，在走到那一步之前，身為宿主的奧蘿菈大有可能先毀掉。

然而，雖說召喚得並不完整，那頭怪物依舊是第四真祖的眷獸。它有壓倒性的魔力；而古城的黑眷獸並沒有足夠的餘力可以對抗。

「糟糕……我的眷獸已經……！」

玻璃碎裂般的聲音響起，那些黑眷獸陸續消滅。反觀奧蘿菈的眷獸毫髮無傷，魔力反而更加增長，幾乎要壓垮古城等人。

最後一頭黑眷獸在古城眼前消失了。奧蘿菈的眷獸發出咆哮，環繞雷光的利爪即將撕裂古城。

擋下利爪的是一道細刃。手握銀槍的雪菜迎面擋住了眷獸的一擊。

「姬柊……？別這樣！妳那副身軀再繼續活動，失血過多就──！」

古城用悲痛的聲音大喊。鮮血仍源源不止地從手握長槍的雪菜身體流出。即使如此，她還是帶著空靈的微笑朝古城喚道：

「學長……拜託你……趁現在救奧蘿菈……！」

「唔……啊啊啊啊啊啊啊啊啊啊啊啊啊啊啊……………！」

古城發出不成字句的吶喊衝了出去。

若有方法阻止失控狀態的奧蘿菈，只有一種可能。吸奧蘿菈的血，將眷獸的支配權覆蓋（Overwrite）過去。

古城失去了黑眷獸，但他仍留有身為吸血鬼的因子，要支配奧蘿菈的可能性並非為零。

「奧蘿菈！」

「古……城……！」

奧蘿菈虛弱地朝著拚命趕過來的古城伸手。她也希望被古城吸血——好讓眷獸的支配權覆寫過去。

所幸雪菜灑下的鮮血氣味已經勾起了古城的吸血衝動。

古城粗魯地抓住奧蘿菈伸出的指頭，摟住她纖瘦的身子，將獠牙扎入毫無防備的頸根。

於是在古城準備吸取滴落鮮血的那一刻，從他背後冒出了聲音。

彷彿將銳利的刀插進柔軟麵包，輕微得不足以當一回事的細小聲音。

夏夫利亞爾・連用十字弓射出另一柄破魔銀樁以後，插入目標所發出的聲音。

「我就知道你會這麼做，曉古城。」

連用漠不關心的語氣撂下一句。他從最初就打算挑古城阻止奧蘿菈失控的那一刻下手。

「學長……！」

雪菜望著心臟被人從背後貫穿的古城，發出細細的尖叫。

「噫……唔……啊啊啊啊啊啊啊啊啊……古城！古城！」

奧蘿菈因絕望而皺起臉。古城全身冒出細密裂痕，像沙子一樣逐漸潰散。奧蘿菈拚命想抱住古城，古城的崩解卻停止不了。

「消失吧，冒牌的第四真祖，連一點灰都別留下。」

夏夫利亞爾·連扔掉功效已盡的十字弓，然後冷冷地斷言。他的聲音並沒有傳到古城耳裡。古城的肉體已經喪失人型，變成了一撮灰末。不久，就連他留下的灰末也消融於異境的黑暗當中。

「怎麼……會……學長……」

雪菜力竭似的當場坐倒在地。

她的眼裡失去了生氣，已經連眼淚都流不出來。

5

「——其獠牙乃是替我等斬除黑暗之光，其吐息為辟邪之焰。尊駕名喚噬炎之蛇。生自聖女靈魄，是為不滅之刃！」

魔力藉唱誦提升至極限，順著雫梨的深紅長劍發了出去。全長超過十公尺的人型魔獸被她從肩頭往腰際斜向劈開，因而跪倒於地。

即使如此，人型魔獸仍未停止活動，還用剩下的左手臂沿地面爬向雫梨。宛如恐怖片的這一幕讓雫梨忍不住發出尖叫。

「欸，剛才那招還不能擊斃它嗎！」

人型魔獸背後的觸手朝雫梨襲擊而來。雫梨立刻舉起長劍，動作卻有欠俐落。連續釋出大規模魔力讓她的疲倦達到了高峰。

當雫梨迎擊第一條觸手時，關節到處都發出令人發毛的聲響。緊接著——從雫梨背後射出了閃光，將人型魔獸的頭轟爆，這才讓怪物完全沉默下來。

『這樣就解決第三隻了是也，修女騎士大人！』

麗迪安從有腳戰車的背後探出臉，還用心情絕佳的語氣朝雫梨喚道。戰車的大口徑雷射在驚險時刻救了雫梨。

「……總覺得表現的機會都被妳搶走了，算啦，沒關係。」

雫梨露出複雜的臉色，卻還是搖搖晃晃地站了起來。

從MAR開始以殘留兵力進攻絃神島，已經過了快三個小時。特區警備隊勉強可以防阻敵方入侵市區，然而防線正節節後退。原因終究在MAR投入戰場的人型魔獸。

相較於以前出現的未確認魔獸Ⅸ4，人型魔獸的增生能力與再生能力都大幅下滑。即使如此，它們依舊具備驚人的耐受力與攻擊力。其智慧有所提升，還懂得配合步兵部隊行軍，作為兵器的威脅度反而有增無減。

那種人型魔獸的總數超過四十頭，光是登陸人工島東區的就有十六頭。雫梨她們打倒了三四頭也還是緩不濟急。

即使如此，戰線能勉強保住是因為有紗矢華奮戰。

「極光的炎駒、煌華的麒麟，汝統天樂及轟雷，乃披憤焰貫射妖靈冥鬼之器──！」

紗矢華舉起銀色西洋弓施放咒術砲擊。

第四頭人型魔獸遭到龐大詛咒直擊，因而崩解了。濃密瘴氣灑落，更讓剩下的魔獸動作遲緩。身為詛咒與暗殺專家的舞威媛盡顯所長。

然而像紗矢華那樣，體力也明顯接近極限了。她背靠大樓牆壁，不停喘著氣。瀏海因為汗水沾在額前，拉弓的右手流出鮮血。

「妳還好吧，煌坂同學？」

優麻擔心地問紗矢華。說這句話的優麻臉色也不好看。為救助特區警備隊的傷患，反覆進行空間移轉的她已經超出極限。

「咒箭在剛才都射完了。不過，要近身作戰還是可以。」

紗矢華說著就讓「煌華麟」變形成長劍。可是，任誰都看得出她握劍的指頭已無餘力。

「妳最好休息一下，煌坂紗矢華。剩下的交給我來接手。」

「不，妳剛才攻擊時，右手臂也有冒出不應該出現的關節聲耶。」

優麻看雫梨逞強，便冷靜地予以指正。哼哼——雫梨卻笑著挺胸說：

「身為曉古城的『血之伴侶』，這點操勞才不算什麼！」

彷彿在自我說服的雫梨嘀咕完，一回神就僵住了。只見她的臉頰逐漸變紅。

為了否認無意識之間吐露的心聲，雫梨氣急敗壞地搖頭說：

「——錯、錯了！剛才說的不算！我想表達的意思是身為耍寶……身為修女騎士，這點小事不算什麼……！」

「哎，怎樣都好啦。」

優麻苦笑著聳了聳肩。

就在隨後，好似要讓皮膚灼傷的強烈魔力撼動了絃神島全土。

力量可比第四真祖的眷獸抑或更勝一籌的邪惡氣息，其凶猛波動讓雫梨與紗矢華都嚇得忍不住重擺架勢。

「這股荒謬的魔力是怎麼來的……！」

「南宮師父喚出『輪環王』了嗎……看來她那邊也相當費力呢。」

優麻自言自語般的嘀咕讓紗矢華等人為之正色。

南宮那月鮮少動用魔女的「守護者」。因為她的「守護者」太過強大，光現身就會扭曲周圍時空，導致負面影響波及絃神島。

反過來說，就是她被逼到不得不冒著風險動用「輪環王」的困境。

「——大家都還活著嗎？」

球形輪胎尖聲急剎，不同於麗迪安的另一輛有腳戰車出現了。那是留在人工島管理公社的舊款戰車「膝丸」，淺蔥握著手機從背面的艙口探出臉孔。她的招呼詞雖不吉利，但是對實際上已經累慘的雫梨等人來說，反而有貼切之處。

『「女帝大人」……妳們那邊的狀況如何是也？』

麗迪安看見懷念的愛機，口氣略顯興奮地問了一句。

「已經讓民眾避難完畢嘍，讓戰線後退到四丁目的運河前。煌坂同學，妳們趁這段期間先恢復一下體力。『戰車手』進行充電與彈藥補給——」

「很遺憾，事情可由不得妳們。」

聽似愉悅的說話聲忽然傳來，讓淺蔥等人頓時回頭。

原本預先保住退路的交叉口中央，站著一名服裝華麗、手拿短杖的女子。她灑落在路上的無數棒棒糖正逐批變成覆有白色外骨骼的魔導士兵。

「拉德麗．連……！」

「再這樣下去會讓戰鬥拖長，因此我要從背後展開奇襲。各位龍牙兵，請解決掉她們。好了，GO！」

拉德麗「啪」地拍響手掌，出動龍牙兵來襲。

人型魔獸進攻的速度沒有起色，惱火的拉德麗就親自來除去作梗的雫梨等人。她身為指揮官會跑到戰場上，與其稱作魯莽，倒不如看成她對本身能力有自信的表現。

「唔……偏偏在這種時候……！」

「真纏人！」

紗矢華與雫梨舉起長劍迎戰大群龍牙兵。

撇開超凡防禦力與強大魔法抗性不提，其實龍牙兵的戰鬥能力並沒有多高。然而紗矢華她們已經耗盡體力，加上對手數量實在太多。她們倆立刻遭到包圍，單方面落於守勢。

麗迪安與淺蔥用對人機槍猛射，打在具備堅韌外骨骼的龍牙兵身上效果卻不大。優麻想直接對拉德麗本人展開攻擊，但對手的破綻之少令她困惑，行動反受箝制。拉德麗活得遠比外表所見還要久，擁有的戰鬥經驗跟優麻等人相差懸殊。

「哎呀呀，妳們意外能打呢。不過，幾位是不是忘了什麼重要的事？」

拉德麗舐了舐嘴唇，好似在戲弄拚命抵抗的紗矢華等人。位於她視線前方的是不知不覺已拉近距離的人型魔獸。

帶有強烈震動的無數觸手同時朝紗矢華她們揮下。

「『戰車手』！」

「明白！解放全砲門是也！」

淺蔥與麗迪安將所有武器一起發射出去。飛彈、雷射、輕重機槍乃至對人用的橡膠彈全都用上，只求抵銷人型魔獸的攻擊。

魔獸的攻擊卻止不住。柔韌如鞭的觸手抽裂地面，灑落的震動波化為爆發性衝擊向淺蔥她們來襲。

以肉身作戰的紗矢華她們連慘叫都發不出就被震飛，淺蔥和麗迪安則是連同戰車一起被砸向大樓。兩輛有腳戰車皆失去行動能力，連雫梨身為頑強的鬼族都完全喪失意識，並沒有起身的動靜。

「嗯……『該隱巫女』的庇佑就到此為止嘍。」

拉德麗望著頭上流血的淺蔥，感慨深刻地嘀咕。

「該隱巫女」的命脈始終受咎神該隱的意志保護，如今也成了風中殘燭。這樣的事實讓拉德麗冒出嗜虐性的滿足感，一面舉起了右手。

用不著命令那些龍牙兵，只要她發出不可視之刃，就能輕鬆讓藍羽淺蔥絕命。可是在手揮下的前一刻，拉德麗發現有小小的異變。

「……這是？」

有股微弱而又凶猛的魔力在倒下的少女們身邊萌現。那股魔力就像心臟一樣怦怦搏動著，看起來也像在吸取些什麼。

異變源自她們的左手，戴在無名指的小小戒指。

它發出深紅色光輝，扎根於身為物主的少女肌膚上，貪婪且毫不留情地啜飲著她們的鮮血。

6

「古城……古……城……………」

奧蘿菈處於恍惚狀態，囈語似的不停呼喚著。

她召出的眷獸無法維持不完整的實體，已經變回霧氣消散。

金髮少女的肉體冒出無數裂痕。肌膚像化石一樣失去顏色，鮮血從深深的龜裂中滴落。她承受不住召喚眷獸的反作用力，開始自我崩壞了。

「呼嗯……終究是用過即丟的人工吸血鬼……撐不住了嗎……」

夏夫利亞爾用毫無感慨的語氣嘀咕。

他已經對這裡的戰局失去興趣了。曉古城灰飛煙滅，奧蘿菈開始崩壞。雖然還有攻魔師少女和龍族女孩留在此處，但她們不會構成多大威脅，連應該不需要親自動手。

『我……返鄉所需之「門」，又該如何……？』

著地的炎龍克雷多仍用龍身發問。

要開啟通往龍族故鄉「東土」之「門」，必須有第四真祖的魔力。克雷多似乎憂慮那會隨著奧蘿菈肉體消滅而喪失。

「不用擔心，克雷多，異境有超過六千具人工吸血鬼。第十二號即將毀壞，星之眷獸的容器大可用她們來代替。也許那樣要管理反而樂得輕鬆。」

連笑著說完這些，就叫來了倖存的部下。跟古城交戰造成眾多人員負傷，不過這點犧牲全在預料之內。比起治療及搜救傷患，還有其他該優先處理的事情。

「——馬上準備替代的人偶。然後，給我把那幾個攻魔師女孩捉回去。手腳折斷無妨，但盡量別傷到她們的臉。難得有新鮮的人類[獵物]落入手裡，我要好好取樂才行。」

連用高壓的態度命令部下，並且低頭看著攻魔師少女。

對必須靠吸血行為維持生命的「天部」來說，人類不過是飼料罷了。

尤其是具備強大靈力的攻魔師，更屬鮮少能獲得的高級獵物。之後就可以一邊享受她們因為痛苦與恐懼而哭叫的模樣，一邊榨乾其血液——心懷期待的連甚至不得不為此雀躍。

可是，那些攻魔師少女至今仍手握武器，瞪著連與他的部下。

「還打算抵抗是嗎？妳們依賴的曉古城已經消滅得連一顆細胞都沒有留下。事到如今，我倒認為妳們根本毫無勝算吧……？」

連露出嘲弄似的笑容，並且朝少女們喚道。他的眼裡會浮現一絲疑問之色，是因為察覺奧蘿菈在接近崩壞之際撿起了小小的金屬片。

曉古城消滅後，在灰末裡留到最後的物品。

那是一枚銀色的戒指。

持續崩壞的奧蘿菈珍惜地緊握那枚戒指。

她所流下的血淚落在手掌，將戒指濡濕染紅。

「古城……」

奧蘿菈將染紅的戒指湊到自己的胸口。

怦怦——有某種物體冒出劇烈的搏動。

✝

浮於東京灣的活體兵器（利維坦）背上，有個銀髮少女正痛苦地喘息。

「唔……！啊啊……！」

縮成一團的叶瀨夏音按住左手掙扎著。

她的臉頰又紅又燙，碧眼裡彷彿蘊含著一股濕熱。苗條的她被淡淡月光照耀全身，模樣有幾分撩人。

「呼……呼啊……夏音姊姊……這種感覺是……」

坐在夏音旁邊的江口結瞳也不停喘氣。年幼的夢魔少女臉上浮現了疑惑與恐懼，以及掩飾不盡的陶醉神情。

「不要緊……放鬆力氣……只有一開始會痛……」

「可是……我不曉得，會有這種感覺……啊……不行……」

結瞳被夏音溫柔地擁入懷裡，全身隨之哆嗦。

她們倆左手的戒指冒出彷彿在吸取什麼的動靜，其光芒更添詭異。

「啊……！」

在裝甲飛行船「蓓茲薇德」艦橋，拉．芙莉亞．立赫班的背抽動了一下。她的白皙肌膚泛著櫻花色澤，碧眼濕潤迷濛。

「公主？您身體有什麼不適嗎……？」

隨侍於拉．芙莉亞身邊的優絲緹娜．片矢伏擊騎士擔心地問道。拉．芙莉亞忸忸怩怩地雙腿互蹭，語帶苦笑地搖頭說：

「無須擔憂。看來，我的伴侶似乎又出了什麼狀況。」

「您說伴侶……是指曉古城大人？我立刻向紘神島確認。」

個性正經的優絲緹娜認真無比地說道。

然而，拉．芙莉亞悄悄地把左手上的戒指湊到胸前，搖搖頭，還帶著莫名嫵媚的神情露出微笑。

「不，無須費心。因為這是我與他之間的私密之事——」

「在這種地方，出這樣的狀況……實在讓人難為情呢……嗯！」

差點被瓦礫活埋的仙都木優麻抽動身子掙扎。平時男生般的氣質藏了起來，此刻的優麻意外地嬌憐動人。

在不遠處的紗矢華和雫梨也一樣，身子扭來扭去。

「不行……再……不對，那邊不可以……救我……雪菜……雪菜……！」

「嗚嗚……這是做什麼……居然讓我像這樣……不、不要……啊啊啊啊！」

平時的潑辣脾氣似乎都成了虛假，紗矢華發出嬌滴滴的聲音。另一方面，雫梨對於初次體驗的感覺似乎只感到迷惑。

在遭到重創的有腳戰車裡，還有淺蔥咬著拇指，正拚命忍耐洶湧而來的歡愉感受。

「……那個白痴……搞什麼嘛，居然在這種地方……太過火了……啊……！」

淺蔥保持被甩出戰車駕駛座的姿勢，全身忽然繃緊。接著她癱軟地趴在地上，發抖似的虛弱吐氣。

『「女帝大人」……究竟發生何事是也……？』

唯獨麗迪安冷靜地透過無線電問道。淺蔥靠她的聲音才總算恢復冷靜，並尷尬地搖頭。

光芒已經從淺蔥的戒指上消失。既沒有奇妙的搏動，也沒有好似被吸血的痛苦與快感。

相對地，可以感受到一種更深的聯繫，彷彿他此刻仍在自己體內的感覺。那種感覺給了淺蔥力量，名符其實的異能之力——

淺蔥使勁推開機體，從有腳戰車底下爬出來。人型魔獸的攻擊理應讓淺蔥受了傷，她卻不覺得痛，連傷痕都沒有留下。

『咯咯……看來妳很享受在其中嘛，小姐？』

有陣說話聲從口袋裡的手機傳出。亂有人味而懷念的合成語音。醜布偶造型的電腦化身不等淺蔥操作，就擅自浮現在螢幕上。

「摩怪？你已經把事情辦完了嗎？」

淺蔥目睹久違的輔助ＡＩ，就草草地反問回去。不管那是從咎神該隱的記憶重現出來的虛擬人格還什麼來著，對淺蔥來說，它只是個嘮叨的搭檔。

而且，摩怪也還是一如往常地答道：

『對啊。多虧如此才卸下了重擔。』

「是喔。既然這樣，翹班多久就要補多少勞力回來喔。你欠我的可多了。」

『手下留情啦，小姐。』

挖苦地發出咯咯笑聲的摩怪開始用本體——絃神島的主電腦進行分量極為龐大的魔法運算。淺蔥從浮在手機螢幕上的魔法陣喚出了深紅光輝。

連這個世界的物理法則都能改寫，被人畏為禁咒的魔法之光。

人型魔獸被深紅光彈射穿，化成純白的鹽塊結晶而崩解。

未確認魔獸具備的魔法抗性與再生能力，在那道光輝面前都毫無意義。ＭＡＲ投入戰場的人型魔獸被禁咒定義成不存在之物了。

「哎……哎呀？」

拉德麗．連望著摧毀人型眷獸的少女，發出了疑惑之語。

將高中制服穿搭得時髦有型，髮型亮麗的女高中生。

在她的周圍飄著無數呈正立方體的光彈。人型魔獸被光彈射中後，一頭接一頭變成了鹽塊消滅。

「藍羽淺蔥的『聖殲』？為什麼威力突然提升了！」

拉德麗驚慌歸驚慌，仍準備下令要龍牙兵向淺蔥發動攻擊。可是，手握長劍的少女再次擋到大群龍牙兵的面前。

「『煌華麟』！」

「『炎喰蛇』！」

煌坂紗矢華的銀色長劍將龍牙兵們的堅韌外骨骼當薄紙一樣斬斷，然後香菅谷雫梨奮力以深紅長劍將龍牙兵粉碎。

「怎……怎麼可能……！」

拉德麗從懷裡拿出空間移轉用的魔具。

可是，這個魔具沒有啟動。仙都木優麻的「守護者」——無臉騎士像藉著更強大的力量防阻空間移轉魔法發揮效用。

「這是怎麼回事？剛才，妳們都用盡力氣了吧？」

拉德麗困惑地環顧淺蔥等人。

理應消耗殆盡的雫梨與優麻好似剛覺醒而力量高漲，淺蔥和紗矢華的傷勢則是完全痊癒了。她們在人型魔獸攻擊下瀕臨死亡，之後在不到一分鐘的短短期間內就出現某種改變。淺蔥等人都獲得無窮魔力與接近不死的再生能力，匪夷所思的狀況——

「情勢逆轉嘍，拉德麗·連。」

淺蔥一邊把玩手機一邊告訴對方。拉德麗的臉因憤怒而鐵青。

「……『該隱巫女』，妳真的那麼認為？就算妳們稍微恢復精神，依舊寡不敵眾喔。」

拉德麗用作戲的語氣說道，並將鐵灰色短杖舉向天空。那好似成了信號，巨大球體出現在絃神島附近的海面。

彷彿將中世紀城堡捏成球狀的巨大浮游城寨。

「『天部』的死都……！難道說，你們還留了另外一座城？」

雫梨仰望天空叫道。理應辛苦摧毀的死都再次出現，連她都難掩訝異。

「這是屬於我的拉連城。跟家兄被你們摧毀的迦雷納連城相比，不覺得這座城更大方氣派嗎？明明是球型卻又大方……真妙。」

拉德麗似乎對雫梨誇張的反應感到滿意，就換了心情說道。

自始至終，拉德麗跟紘神島談判都是站在ＭＡＲ幹部的立場，而非自許「天部」的一員，因此將自己的死都投入這場戰鬥，對她來說肯定不情願。

這也表示，拉德麗身陷的處境就是如此急迫。接下來，她應該會不顧一切地發動攻擊。

淺蔥明白這一點，卻還是同情似的露出苦笑。

「有沒有大方氣派我不管，但是要談到寡不敵眾，照樣是妳輸喔，拉德麗・連。」

「咦？」

妳這是什麼意思——拉德麗瞇起眼。隨後，海上的死都被爆焰籠罩。

攻擊死都的是從上空飛降的航空機編隊，機種為北美聯合製的第五代隱形戰機。不過灰色機體上噴印的是日本國旗，隸屬航空自衛隊的戰鬥機部隊。

「戰鬥機……日本的自衛隊怎麼會……」

拉德麗茫然地睜大眼睛驚呼。

絃神島的防衛原本確實歸日本政府管轄，自衛隊機對死都及MAR侵略部隊展開攻擊是合乎道理。

然而，日本政府在短短二十四小時前才剛做出摧毀絃神島的決策，如今又突然轉換立場，理由令人費解。

「看來似乎是趕上啦。」

從高樓一躍而下的矢瀨基樹以龍捲風般的氣流環身，降落在淺蔥旁邊。

隨行的大型裝甲車陸續跟著面露倦色的他出現。那是陸上自衛隊特種攻魔連的兵員運輸車。

「辦事挺牢靠的嘛。辛苦嘍，矢瀨總帥。」

淺蔥用戲弄人似的口氣這麼說道，還揮了揮手。

矢瀨一邊拿下湊在耳旁的耳機一邊生厭地瞇起眼。

他不僅是人工島管理公社的理事，更是日本矢瀨財閥的總帥。雖然說有段時期曾經因為家族內的紛爭而勢力衰退，矢瀨家對於日本政府的影響力仍舊健在。

矢瀨便動用財閥的人脈，讓日本政府撤回摧毀絃神島的命令。

這樣的提議也讓日本政府有了台階下。眷獸彈頭失效以後，日本政府本來就沒有理由將絃神島視為危險的存在。

而且從東京到紘神島，直線距離約為三百三十公里，軍用運輸機飛一趟只要三十飛鐘。換成可用超音速巡航的戰鬥機，這是不必十五分鐘就能抵達的距離。

特區警備隊持續打撤退戰並非漫無目的，他們一直在爭取讓自衛隊趕至的時間。

「沒想到你們居然跟日本政府交涉……可真是高尚的把戲……」

拉德麗側眼望著開始與人型魔獸交戰的自衛隊員，並露出苦澀的表情。海上的死都正與戰鬥機交鋒。儘管還有剩餘的龍牙兵，仍無從否認戰力不足。

「交涉對象可不只日本政府。」

矢瀨敷衍地搔頭。霎時間，拉德麗的表情變得嚴肅。因為她察覺到從自己頭上新出現的魔力來源了。

「——舞吧，『暴食者(Ghoulah)』！」

為數破千的漆黑短劍如風暴般灑落，剩下的龍牙兵皆遭到貫穿。縱使龍牙兵具備卓越的再生能力，讓無數利刃釘在地面又直接被擊碎，自然就一籌莫展。

拉德麗在轉眼間喪失部卒而陷入孤立。

「裴瑞修．亞拉道爾……！」

拉德麗認出短劍型眷獸的宿主，內心為之動搖。她一面用看不見的斬擊防禦眷獸攻勢，一面用鐵灰色短杖指向亞拉道爾。但是——

「抱歉，我要破妳這柄具有寶石化能力的魔具——」

戴著銀色金屬器械的拳頭從旁粉碎了拉德麗的魔具。拉德麗為了發動魔具而解除屏障，那一瞬間的破綻就讓人逮住了。

「札娜．拉修卡……！」

失去魔具的拉德麗與美豔紅髮女子在極近距離內互毆。

拉德麗的攻勢中穿插了看不見的斬擊，札娜以過人的速度鑽過其空隙。被砍斷的髮絲與血花隨之飛舞。拉德麗展現出的戰技比預料中高竿，在近身作戰這方面卻是札娜更勝一籌，最後拉德麗到底是中了札娜如舞蹈般的腿法，遭到踹飛。

「……妳是怎麼復活的，札娜．拉修卡？我用的魔具應該把妳封進了與眷獸彈頭同等強度的結界啊。」

拉德麗恨恨地瞪著札娜，並且擦去從嘴脣流出的血。

「既然是利用與眷獸彈頭相同技術製造的結界，拿出跟眷獸彈頭相同的技術不就破解掉了嗎？沒錯，比方說……位於異境的眷獸彈頭維修裝置便可一用。」

札娜用裝蒜的口氣告訴對方。那不可能——拉德麗搖頭。

曉古城與他的夥伴應該沒有空閒帶寶石化的札娜等人到異境。話雖如此，連與MAR的士兵也沒有理由幫助札娜他們。

然而，事實是札娜等人復活了。這代表除了曉古城他們之外，還有人可以往返異境，又具備拯救札娜和亞拉道爾的動機。一支拉德麗料都沒有料到的伏兵。

「難道說，讓你們復活的人是——」

「對了對了，我丈夫有話託我轉達。」

札娜打斷拉德麗發抖的聲音，單方面換了話題。

「轉達……？」

拉德麗緊張地擺出架勢。札娜是第一真祖的「血之伴侶」——換句話說，她的丈夫就是「遺忘戰王」本人。

「『既然第四真祖那小子砸了一整座死都，我要是不幹一樁大事，怎麼能跟他分庭抗禮』——我丈夫是這麼說的。」

札娜使壞似的嘻嘻笑了。她的視線正望向浮於海上的死都。

不知怎地，原本展開激烈空戰的自衛隊戰機突然逃也似的從戰鬥空域脫離。孤零零留下的死都背後冒出了一道朦朧黑影。

那道黑影呈獸形——難保不會連死都也一口吞下的巨狼。

將所有亡者吃光抹淨以前，絕不會感到滿足的餓狼。吞噬太陽與月，以血玷汙天空者。

第一真祖，齊伊・朱蘭巴拉達的第一眷獸「幻月狼(Parhelion)」——

「該不會……！啊啊……！等等，我們暫停！我投降！就跟妳說投降了嘛！夫人吉祥，小的投降！欸，住手啦啊啊啊啊！」

兩手高舉的拉德麗．連一臉拚命地叫鬧。

喀——就在隨後，龐然巨物被啃咬的聲響迴盪於夜空。

7

在飄浮於雲海的鐵灰色浮橋前端，少女們正發出苦悶的聲音。

「之後……你給我記住，曉古城……我會加倍討回……處子之血的人情……唔……！」

妃崎霧葉按著左手，懊惱地緊咬嘴唇。從凌亂黑髮空隙間可以窺見白淨頸子泛著紅潮，吐出的氣息夾雜甜美嬌喘。

「不行……不……我，要跟唯里……啊啊！」

「唔……嗚嗚，對不起，雪菜……可是……我已經……！」

志緒和唯里用力相擁，拚命忍耐著湧上的快感。

染為深紅的戒指深陷於她們的手指，不停地劇烈搏動。

夏夫利亞爾．連一臉嚴肅，從略有距離的位置觀望她們的狀況。

「這是怎麼了……？細菌兵器……不對，屬於詛咒一類嗎……？」

ＭＡＲ總裁的眼裡浮現疑惑之色。

要收拾動不了的這些攻魔師很容易。可是，假如她們受了細菌或詛咒汙染，那就有可能招來無法挽救的慘劇。在屬於封閉環境的異境中，細菌汙染及詛咒擴散是最該提防的威脅。

是否該攻擊她們？連難得躊躇了。

因此，他遲了點才察覺同時間發生的另一項異變。

「繼承焰光夜伯血脈者，奧蘿菈．弗洛雷斯緹納在此解放汝的枷鎖……！」

肉體持續崩壞的奧蘿菈用祈禱般的姿勢不停低喃。

她手裡握著古城留下的銀戒。戒指吸了奧蘿菈流的血，發出深紅光芒。

「『第四真祖』曉古城！吾允許！由汝繼承宿於吾身的所有眷獸——！」

金髮吸血鬼少女擠出僅有的一絲餘力，發出吶喊。

她握的戒指隨之碎散，黃金之霧從中湧現。

那片霧氣在轉眼間增加質量，化成了一名少年的身影——表情帶著幾分慵懶的吸血鬼少年。

「噢噢噢噢噢噢噢噢噢噢噢噢噢噢噢噢噢噢……！」

與消滅時模樣相同的古城復活以後，抱住即將癱倒的奧蘿菈。

理應碎去的銀戒正在古城的手裡再生。

古城把戒指套上奧蘿菈的手指，奧蘿菈本身恐怕並沒有察覺。用於製造「血之伴侶」的契約戒指，當中封有古城心臟與肋骨的碎片——亦即古城的細胞組織。

吸過奧蘿菈的血以後，古城就從區區的一團細胞成功復活了。

「怎麼可能……曉古城竟然再生了……！」

夏夫利亞爾・連茫然地吐了氣。

理應完全化成灰的吸血鬼復活過來。事態出乎預料，剝奪了他的冷靜。

而且，指揮官的動搖也在部下之間傳播開來，理應壓倒性占優勢的ＭＡＲ陣營陷入了輕度恐慌狀態。

『姐啊啊啊——————！』

葛蓮妲看到古城復活，亢奮得化成巨大龍族的模樣。

她周圍的空氣產生撼動，有大量飛行型魔獸出現。它們打旋著好似要保護鐵灰色龍族，接著同時襲向ＭＡＲ的那些士兵。

「蜂蛇？用於維護環境的魔獸為何會攻擊我們……！」

連因驚愕而皺起臉。

所謂蜂蛇，就是透過基因改造孕育出來，可依程式設計的習性維護宇宙島的人工魔獸。如同昆蟲當中的蜜蜂會依本能築巢，蜂蛇與生俱來的習性就是會填補及維護異境。

而且葛蓮妲身為人工龍族，似乎被賦予可以任意召喚那些蜂蛇的能力。

蜂蛇本身戰鬥能力不高，但數量到底是太多了。士兵們遭受幾百隻蜂蛇襲擊，落入混亂的漩渦當中。

「是她在下令！殺了那頭鐵灰色龍族！」

連撒下作為觸媒的龍牙，召喚出眾多龍牙兵。

龍牙兵具備堅韌的外骨骼，蜂蛇的攻擊對它們不管用。它們舉起白色的刃狀手臂，衝向身為蜂蛇召喚者的葛蓮妲──

濃灰色槍刃一閃而過，將那些龍牙兵予以粉碎。

「成效不壞。擅自吸我的血這件事，這次可以寬待你，曉古城！」

穿著典雅水手服的黑髮少女執起雙叉槍，勇猛地笑了笑。她若無其事揮動在對付炎龍時應已折斷的左臂，並發動共鳴破碎術式。龍牙兵們的外骨骼承受不住那波震動而碎散。

『葛蓮妲～～～～～～～！』

克雷多以龍化的樣貌朝鐵灰色龍族吐出爆焰。

灼熱閃光燒滅大群蜂蛇飛射而來，卻在命中葛蓮妲的前一刻就被擋下，彷彿撞上看不見

的牆。那是以模擬空間切斷術式造成的空間斷層屏障。

手持銀色長劍的唯里擺出了保護葛蓮妲的態勢，擋在克雷多面前。她那理應燒得焦爛的右手臂已經痊癒到連傷痕都不留，是可匹敵吸血鬼真祖的異常再生能力。

「唯里……妳的手臂……！」

志緒用發愣似的口氣問。唯里帶著毅然笑容回頭說：

「嗯。已經沒事了，謝謝妳，志緒。這也要感謝古城同學才行呢。」

「……既然如此，這次換我們還他人情了。」

志緒一邊含淚嘀咕一邊用悍然的視線看向克雷多。

赤銅色炎龍飛升至上空。在葛蓮妲背上的唯里和志緒也追著他，前往異境的天空。

當MAR的士兵與大群蜂蛇激烈混戰時，在雲海中的浮橋上頭出現了一塊有如空白的安靜地帶。

姬柊雪菜渾身是血，倒在已毀的管理塔前方的廣場。她被夏夫利亞爾・連用看不見的斬擊砍中，傷勢嚴重到仍有呼吸都讓人覺得不可思議。

古城靜靜地朝雪菜接近。

失去意識而沉睡不醒的奧蘿菈被他抱在臂彎裡。

「……學長……奧蘿菈呢？」

雪菜用虛弱的聲音問古城。連自己瀕臨死亡時都還在擔心別人，古城覺得從中就可以看出她的風範而露出苦笑。

「不必擔心，現在她好歹也是我的『血之伴侶』。」

古城說著讓睡著的奧蘿菈躺到地上。

奧蘿菈交疊於胸前的左手上，銀色戒指正在發光。用來製造「血之伴侶」的契約戒指。以此為觸媒，古城的魔力供給到她身上。

奧蘿菈召喚眷獸以後差點承受不住而崩解，藉由成為古城的血之伴侶，她便從死滅深淵復活了。而且古城透過覆寫的形式，得到了寄宿在她體內的十二頭眷獸，得到屬於第四真祖的那些眷獸——

「你每次都這樣，一下子就會去吸其他女生的血……真是……」

雪菜用打趣似的口吻說。

古城毫不慚愧地微笑，並且探頭看向雪菜的臉。

「還有一個人的血，我無論如何都想吸，妳不介意吧？」

雪菜被古城從正面凝望，害羞似的別開了目光。古城硬是抱起這樣的她。雪菜的輕咳混了鮮血。

「請別盯著我看……因為我現在的臉，很淒慘……」

雪菜用泫然欲泣的聲音懇求。她全身都是傷，臉頰髒兮兮地沾著乾掉的血與泥土。失去血色的肌膚蒼白到讓人覺得不吉利，跟平時端正的外表一比簡直目不忍睹。

古城卻無情地搖頭。

「不要。」

「為什麼……？」

「因為妳很可愛吧？」

「怎麼在這種時候……說這些……」

雪菜怨怨地瞪向古城。古城一臉正經地低頭看著她說：

「假如不是在這種時候，我就說不出口。」

古城彷彿怕羞地迅速說完，就在抱著雪菜的手上使勁。鮮血與死亡的濃厚氣味相互混雜，從中可以感受到她身上的怡人芬芳。

「學長……你是騙子……」

雪菜虛弱地扭過身。那是她豁盡全力的軟弱抵抗。

「我才沒有騙妳，我一直都這麼覺得。個性正經的妳不懂世故，不坦率又愛逞強，卻有一副善良的好心腸，而且還願意一直陪伴我到現在。」

古城把嘴唇靠向雪菜耳邊細語。

雪菜放鬆全身力氣，把冷透的身軀交付給古城。

「學長，你願意負責任嗎？」

「……責任？」

古城疑惑地停下動作。雪菜傻眼似的嘆氣說：

「請學長要一直跟我在一起，不要再跑到我看不見的地方……或者擅自消失……！」

雪菜把手湊在古城的臉頰，凝望著他的眼睛。即使身負瀕死的重傷，連站起來的氣力都已經喪失，雪菜唯有眼裡的毅然光彩依舊和平時一樣。

「妳說……一直在一起，姬柊，妳認為那樣好嗎？即使離不開我的身邊？」

「是的。因為我是你的監視者……所以……」

雪菜悄悄地撥起頭髮。接著，她將細細的頸子像供品一樣獻給古城。

「所以，請你吸我的血——」

古城將獠牙深深扎入她毫無防備的頸根。雪菜口中發出惆悵似的嘆息，古城便用力摟緊她。

兩人身影交融似的合而為一，盡納於異境的無星夜空眼底。

8

「都這種時候了，那兩個人搞什麼啊……咦？啊！那樣行嗎？哇！他們倆居然……咦咦！」

搭在葛蓮妲背上的志緒發現雪菜與古城相擁而大感驚慌。從上空俯瞰那兩個人的模樣，簡直像一對情侶正沉溺於不檢點的行為。

「啊哈哈……只論現在的話，應該可以任他們去吧。」

唯里紅著臉苦笑。

灼熱閃光隨後飛來，唯里揮動長劍將其擊落。

赤銅色炎龍視葛蓮妲為目標，盤旋於異境的夜空。他背後率領著隸屬ＭＡＲ的大群攻擊直升機。

葛蓮妲與克雷多——兩頭龍族的機動性幾乎平分秋色。上升力與加速是克雷多勝，反觀葛蓮妲則是靈活敏捷。敵我火力的差距卻相差懸殊。

葛蓮妲喚出的那些蜂蛇，在克雷多的龍息面前幾乎無力。即使有唯里和志緒支援掩護，頂多也只能拚到不相上下。

另一方面，在飄浮於雲海的浮橋上，妃崎霧葉仍繼續和ＭＡＲ的士兵交戰。

由於有大群蜂蛇幫忙擾亂，ＭＡＲ的部隊配合得七零八落。然而ＭＡＲ陣營有龍牙兵，面對攻擊力與再生能力高的龍牙兵，蜂蛇的數目正逐漸遭到削減。夏夫利亞爾・連還進一步投入手上所有龍牙兵，使霧葉的劣勢成為定局。

「事情不好玩了呢……」

霧葉瞪著受損的雙叉槍，咂了嘴。

即使霧葉本身的能力有所提升，並不代表裝備也會隨著強化。霧葉在成為「血之伴侶」後，咒力與體力都大為增長，乙型咒裝雙叉槍就承受不住了。

照這樣下去，長槍一旦毀壞，就會失去對抗龍牙兵的手段。那樣的話，霧葉必敗無疑。

當霧葉的美麗臉孔因為不愉快的預估而皺起時——

「——『水精之白鋼（Sadalmelik Albus）』！」

有人在霧葉背後高喊，巨大眷獸從圍繞浮橋的雲海中現形。肉體剔透如水流的蒼白水之精靈——亦即水妖。

長有鉤爪的纖掌掃過地面，將龍牙兵變為化石般的骨片。第四真祖的第十一號眷獸強行把人工魔族還原成誕生前的基體狀態了。

「迅即到來，『雙角之深緋（Alnas Minium）』！」

緊接著，有緋色雙角獸撼動異境上空的大氣出現。衝擊波子彈隨咆哮吐出，將ＭＡＲ的攻擊直升機連著赤銅色炎龍一塊擊落。

「嘖……克雷多！那些無能的飯桶在搞什麼……！」

夏夫利亞爾·連瞬間失去絕大多數的戰力，就拔掉耳戴式的無線電。他氣得把無線電砸在地上。

身上連帽衣沾滿血跡的少年靜靜走到連面前。

那是曉古城。

「抱歉。讓你久等了，夏夫利亞爾·連。」

古城用毫不拘束的口氣喚道，態度親暱得像是在叫街上偶然遇見的熟人。

他的外表跟遭到夏夫利亞爾拿十字弓暗算而消滅之前完全無異。

可是，此刻的古城身上圍繞著一股沉穩的氣息，既沒有凶猛的殺氣，也沒有控制不住的魔力外洩。古城本身看起來好像也對那種感覺有疑惑之處。

「曉古城……嗎……」

夏夫利亞爾・連踩爛腳邊的無線電並瞪向古城。

龍牙兵全軍覆沒，麾下的士兵開始逃走。跟古城對峙的只有他一人。

「區區人類，為何要來阻擾我？一再殺你，你仍會復活，還馴服了第十二號，奪走屬於『焰光夜伯』的那些眷獸……你覺得這種事情可以被允許？你究竟算什麼！」

連定罪般的質疑讓古城由衷露出苦笑。

吸血鬼；獅子王機關的監視對象；絃神島領主；高中生——可以想到的頭銜有好幾種。

但古城此刻該報上的名號恐怕只有一個。

「我是第四真祖。」

古城用打趣似的口氣告訴對方。連的臉因殺意而扭曲。

「根本沒有第四名真祖存在。那是愚蠢的『吸血王』散播出去的都市傳說……毫無根據的流言。」

「不，那你就錯了。」

古城靜靜地搖頭。

在一開始，或許那的確是無實據的都市傳說。

可是，經過漫長歲月，那項傳說成了真實。各方勢力的盤算與種種陰錯陽差的巧合，再加上人們的願望，在現實裡造就了傳說中的怪物。

「所謂的第四真祖，就是世界最強吸血鬼的名號。不死且不滅，不具任何血族同胞，不求統治，率有災厄化身的十二眷獸，只顧殺戮、破壞而超脫世理的吸血鬼——而你選擇了與這樣的對手為敵。」

「胡言亂語……！」

連身邊的大氣搖盪了。「天部」神力催發的不可視之刃。

古城笑著露出獠牙。

「來，讓我們開始吧。夏夫利亞爾·連，這跟『天部』與咎神的怨仇已經沒有關係了。你為了支配人類這種無聊的目的，利用奧蘿菈及絃神島的罪過，我要一次跟你算個清楚！接下來，是屬於第四真祖的戰爭！」

連朝著猙獰大吼的古城發出神力之刃。

然而，連施展的無形斬擊在迸出美麗火花以後便全數碎散。手持銀槍的嬌小人影衝到古城面前。

「——不，學長，是我們的聖戰才對！」

雪菜露出迷人微笑，然後朝夏夫利亞爾·連發動攻勢。她的制服此刻仍沾著血跡，從肩頭一直到胸前與背後也還留著大塊缺口。

然而，她從缺口露出的肌膚卻白如瑞雪，找不到半點斑痕。雪菜得到古城的「血之伴侶」資格後，取得了匹敵真祖的回復能力。

「凡人之流……！沒用！」

「咦！」

連硬生生地用右臂擋下了雪菜的銀槍。伴隨著金屬相碰的尖銳聲響，發動攻擊的雪菜被彈了出去。

「什麼！」

雪菜在空中像貓一樣翻身而後著地。她的臉因驚愕而緊繃。

連的手臂從破掉的袖口露出來了，上頭罩著一層黑銀色的金屬，金屬表面配合他的動作滑順地改變形狀。

連並非穿了盔甲或強化服，他的肉體本身就是魔具。連早已將自己的一部分肉體置換成魔具。

「你在身體裡……裝了聖殲派陣營所用的魔具嗎……！」

古城茫然嘀咕。

相較於同為「天部」的修特拉．D及妹妹拉德麗，夏夫利亞爾．連的神力強大到不自然的地步，祕密就在這副異形般的身軀。由此也可以理解連敢誇下海口說自己比炎龍克雷多更強的理由。他為了提升自身戰鬥能力，拋棄了血肉之軀。

「聖殲派？啊啊……你是說對真相毫無所知，還把該隱奉為神明的那群蠢貨吧。」

連不屑地說道。不具厚度的漆黑極光像斗篷一樣將他的全身罩住。那道黑色極光的真面目，就是連第四真祖的魔力都能隔絕的異境侵蝕之力。

「不要拿我跟那種廢物相提並論。我這身模樣是『天部』為了洗刷『大聖殲』恥辱而造出的睿智結晶！更是用來誅討眾真祖的極致肉體！」

連發出了神力之刃，靠魔力無法防禦的不可視斬擊。古城往旁一縱翻了跟斗，躲開對方的攻擊。

「就算你們想讓眷獸彈頭失效，想毀掉再多的死都也是枉然。只要我還活著，『天部』遲早會重臨支配者之位。我正是ＭＡＲ之主！我正是『天部』之王！」

「嘖——！」

古城將自己的魔力像砲彈一樣集中射出。那是他在恩萊島與雫梨修行之際，唯一學會的仿冒版咒術。

可是，那道攻擊卻受到連披在身上的漆黑防護膜（極光）阻隔。

「何況我的手牌尚未用盡啊，曉古城！畢竟你替我把東西帶到了這裡！」

連高喊並指向背後的牆壁。

古城稱作「異境盡頭」的宇宙島分隔牆。位於牆中心的無重力地帶，有顆巨大的球體像壓扁的乒乓球一樣黏在上頭。

夏夫利亞爾・連保有的「天部」死都——迦雷納連城的殘骸。

「什麼……？」

有龐然大物咬破半毀的死都外牆現身。

它們像猛禽一樣張開翅膀，然後緩緩地朝著古城等人這裡起飛。

頭部讓人聯想到猙獰的蜥蜴；蛇的尾巴；獸類的四肢——模樣酷似克雷多隸屬的龍族。

然而，它們並非龍族。非但如此，那根本就不是正常生物。

它們的肉腐爛入骨，每個動作都會濺出腐汁。

眼球已融化脫落的空洞眼窩；無法痊癒的傷痕；外露的骨頭。

其真面目是屍體，以魔法操控的龍族屍首。

「屍龍（Dragon Zombie）……！」

雪菜聲音發抖。製造褻瀆死者的行屍，當然屬於禁忌之術。將寶貴的龍族製作成行屍，更是絕不容許的行為。

「可憎的迴廊守護者只配落得這種末路。」

夏夫利亞爾・連鄙視地說道。陌生的字眼讓古城蹙眉。

「迴廊守護者……？」

「沒錯。龍族是為了監控『天部』動向而從異星飛來的監視者。不過在『大聖殲』過後，利用異境者從此絕跡，那些龍族在任務結束後就去了其他地方，除了少數被留在地表的個體以外。」

「是你把它們的亡骸化成了行屍？為什麼要做這種事……？」

雪菜仰望接近而來的屍龍問道。

連搖了搖頭，彷彿嫌這是個無聊的問題。

「當然是為了當成兵器利用。就算化為屍首，龍族仍未失去其堅韌肉體以及異能之力。更重要的是，屍體都會乖乖聽命於我。」

連低聲笑了出來。

從死都爬出的屍龍共有七頭。

假如它們真擁有匹敵炎龍(克雷多)的力量，對於當下的古城等人來說無疑是威脅，難怪連會為此耀武揚威。

「這種兵器收拾起來比眷獸彈頭還要麻煩。可以的話，我本來並不想用，但是死到臨頭還不停掙扎的你們要負全責。儘管後悔吧……哈……哈哈……！」

連展開了漆黑防護膜，並且朝古城他們邁步走來。隨後，一陣意想不到的聲音把連叫住了。那是被古城用眷獸擊墜後，變回龍人樣貌的克雷多。

『夏夫利亞爾．連……你這……傢伙……！』

克雷多以流露憤怒的眼睛瞪向連。

連回望受創的龍人，冷冷地嘲笑道：

「怎麼了嗎，克雷多？莫非是同族的屍體被化為行屍，讓你大動肝火？倘若如此，你還滿感性的嘛，就憑你這骯髒的魔獸……」

「你……！」

克雷多拖著遍體鱗傷的身軀朝連直撲而來，連使出的無形斬擊襲向龍人。龍人全身上下被劃出無數裂傷，色澤近似熔岩的血花飛濺。

連好似醉心於那陣血花，因而露出嗜虐的笑容，霎時間——

「……『難陀』……『跋難陀』！」

「什麼！」

火焰毫無預警地滿布天空，讓連的笑容隨之僵凝。

有一頭屍龍爆裂碎散，另一頭則是全身遭到千刀萬剮而化成焦黑肉片。火焰染紅夜空，輝煌銀光如彗星般流過。

「怎麼搞的……這是怎麼搞的……！」

連慌得破口大罵。

游於雲海中的是全長達三十公尺的巨大眷獸。全身覆有炎與劍的蛇——不，那是東洋之龍，吸血鬼的眷獸。

「眷獸……？怎麼可能！為何會有第四真祖以外的吸血鬼眷獸在異境！」

連會一臉驚慌也是當然。

在飄浮於宇宙空間的異境內部無法用眷獸。唯一的例外，是第四真祖那些以在宇宙使用為前提而製造的星之眷獸——幾千年來，連一直如此深信。

可是，古城卻沒有多訝異。倒不如說，他甚至有預感會變成這樣。

熱愛與強敵戰鬥勝於一切的那個男人，不可能對屍龍這種稀有的怪物沒興趣。

「嗨，古城，你身陷的戰鬥依舊讓人感到樂趣橫生呢——」

金霧環身的修長吸血鬼出現在被毀的管理塔上。

加坎與吉拉——身為他同伴的兩名年輕貴族也在一塊。

即使認出了沉睡的奧蘿菈，他們連眉頭都沒有動過一下，表示他們從最初就看著這一場戰鬥，包括古城喪失力量而消滅，還有他以第四真祖身分復活的瞬間。

「迪米特列．瓦特拉……是你！你為何還活著……？你所擁有的眷獸，為何能夠在異境使用……？」

夏夫利亞爾．連懊惱地搖頭。可是，瓦特拉不回答他的問題，彷彿對方不值得自己出手。瓦特拉無視連，隨即又召喚了新的眷獸。

蛇之眷獸在深紅光輝籠罩下，陸續襲擊殘存的屍龍。古城認得瓦特拉放出的那種光輝有什麼玄虛。

「『聖殲』嗎……畢竟那傢伙從一開始就滿心想到異境闖蕩嘛……」

古城想起自己跟他在真祖大戰的那場戰鬥，露出吃不消的臉色。

瓦特拉藉淺蔥協助得到了「聖殲」之力，還趁機向聖域條約機構尋釁生事，讓古城等人吃了不少苦頭。

「是啊。那一位為了適應異境，八成會毫不介意地事先改造自己的肉體與眷獸。」

雪菜也帶著跟古城一樣疲憊至極的表情嘀咕。回想起來，迪米特列．瓦特拉從一開始就對第四真祖懷有非比尋常的執著心。那恐怕就是為了調查第四真祖的眷獸，藉以摸索在異境行使力量的方法吧。

「豈有此理……豈有此理，豈有此理，豈有此理，怎會有這種荒唐的事情！」

視為王牌的屍龍遭到瓦特拉單方面地逐頭擊墜。夏夫利亞爾．連似乎沒辦法認同那樣的事實，全身為之顫抖。

連背對仍在與屍龍交戰的瓦特拉，並且展開逃亡。

可是，他逃不了幾步就停下了。

因為古城先一步繞到他逃往的方向。

「你想去哪裡，夏夫利亞爾．連？你的對手在這裡耶。」

古城淡然喚道。

他對連的憤怒已經消失了，只剩下同情。

古城同情這名男人光是懷著生為「天部」的空虛自尊，就一直被支配全人類的無謂野心牽著鼻子走，還橫跨了幾千年之久。

「曉古城……！憑你的能耐不會是我的對手，難道你還不懂嗎……！」

連以漆黑防禦膜阻絕古城發射的魔彈。接著他對古城發出看不見的無數斬擊。

然而，連的神力之刃沒能觸及古城就全部消滅了。

妃崎霧葉藉乙型咒裝雙叉槍設下模擬空間斷層的屏障，保護了古城。

「不懂的人是你。我的『血之伴侶』可不是只有姬柊喔。」

古城率著身穿典雅水手服的少女，兇狠地揚起嘴角。

下個瞬間，迸出的閃光瞬間劃破大氣。

閃光化作光槍，將夏夫利亞爾．連的漆黑防禦膜連同肉體一起貫穿。那道光槍在防禦膜開出了直徑約一公尺的空隙，無聲無息地鑿去他的右臂與側腹。

「什……麼……？」

連呆愣地望向光槍的源頭。

在那裡有志緒和唯里手持銀弩的身影。改良型六式降魔弓．十字弓模式——將空間連著敵人一起削去的咒術砲擊。能貫穿萬般存在，由她們兩人合力施展出來的最強術式。連即使靠「侵蝕」也防不住那種攻擊。

「——狻猊之神子暨高神劍巫於此祀求。」

雪菜抓準敵人停下動作的片刻破綻，主動衝進了出手攻擊的間距。透過令人聯想到優雅舞蹈的身法，銀色長槍隨著禱詞突刺而去。

「破魔的曙光、雪霞的神狼，速以鋼之神威助我伐滅惡神百鬼！」

「怎麼……可能……！」

雪菜的長槍環繞著神格震動波，透過志緒她們鑿開的防護膜裂口，捅進了夏夫利亞爾．連的肩膀。

連拚命操作魔具想重組防禦膜，捅進身上的槍卻從中阻擾，讓防禦膜無法完全閉合。心急而皺起臉的連發現古城高舉右手的身影已映入視野。

連眼裡浮現懼色。

「迅即到來，『獅子之黃金(Regulus Aurum)』——！」

古城灑落的深紅血霧變成了巨獸形貌。被黃金光輝籠罩的雷光巨獅。古城身懷化作雷電的眷獸魔力，揮下拳頭。

這記重拳打在捅進連肩膀的金屬槍柄上——

「結束了，大叔！可別這樣就死了喔，『天部』之王！」

雷鳴撼動了異境的夜空。

魔具殘骸飛灑散落，自稱「天部」之王的男子就這麼被轟了出去。

9

她從廢墟之城望著那道黃金光輝。

酷似姬柊雪菜的嬌小少女。

少女的服裝和彩海學園的制服十分相像，不過那是件款式設計略有差異的水手服。仰望異境夜空的她，眼睛好似發亮的紅寶石那般深紅。

「原本是因為好奇才姑且來這裡看看狀況，但好像輪不到我們上場耶。」

少女低頭看著坐在旁邊的同父異母的姊姊說道。在立於人工島中央的高塔樓頂上，跟少女同父異母的姊姊披著白袍，把石板(Slate)形狀的薄薄行動裝置擱在腿上。

「對啊。哎，如果在這裡就落得需要我們介入的處境，倒也很令人困擾。」

異母姊姊叼著插在番茄汁包裝的吸管，淡然答道。少女微微噘起嘴脣說：

「嗯。可是，好讓人擔心喔。對付區區『天部』居然就苦戰到這種地步。照這樣看來，之後可有得受了耶。」

「……不過以結果來看，那個人達成目的了啊，以再完美不過的形式。」

異母姊姊微微地笑了。在她的行動裝置上，有醜布偶的立體影像從螢幕露出挖苦似的笑容。

「所以嘍，獲得十二名『血之伴侶』的曉古城就這樣取回了第四真祖之力，距離他成為『曉之帝國』的領主又近了一步。」

少女望著無星的夜空，道出了作戲般的台詞。

呵呵——異母姊姊愉悅地笑了笑。

「雖然路還很長遠，至少，通往我們所在未來的可能性被保住了。」

「就是啊。」

「那麼，我看就給點福利當成犒勞的象徵吧。」

白袍少女執行了隨興組出來的檔案。行動裝置的畫面上描繪出奇妙魔法陣，有動靜顯示她的魔力流進網路。

少女意外似的看著異母姊姊的端正臉龐，露出微笑說：

「沒想到萌蔥對他這麼好。」

「哎，偶爾也要孝順才行嘛。」

少女的異母姊姊——萌蔥用遺傳自母親的率直口氣說道，然後聳了聳肩。

嗯——少女也默默地點頭。

她們所在的這座人工島，目前仍有超過六千具的吸血鬼沉睡著。

體內寄宿著匹敵真祖的眷獸，純真而毫無戒心的眾多寄體。要讓她們所有人都過上安穩的生活，應該會是一項困難的工作。然而人稱咎神的男子就是留下了那名為未來的詛咒。

而她們都相信曉古城會實現那樣的未來。

為此，他已經在這座異境取回力量了。

接下來，他將率著「伴侶」們凱旋，回到將來有一天會被稱為「曉之王國」的那座島。

「歡迎回來，古城爸爸。下次再見嘍。」

少女們使壞似的嘻嘻微笑以後，便隨著黃金霧氣消失身影。

之後僅留下廢墟的街景，還有靜靜的海浪聲。

終章 Outro

海邊坡道一隅的階梯上坐著放學後的少女們。

其中一個是將黑色長髮束得短短的嬌小少女，另一個則是髮色如彩虹般奇妙，會依觀看角度變換色澤的金髮吸血鬼。

別說髮色或眼睛顏色，應該連種族都不同的兩個人卻有十分類似的舉止與氣質。

當她們坐在一塊，不知怎地看起來也像親姊妹。

兩個人各自拿著在附近攤販買的杯裝冰淇淋。

黑髮少女吃的是薄荷巧克力口味，金髮少女那一杯則疊了草莓、焦糖和生巧克力口味的三球冰淇淋。

黑髮少女望著大口吃冰的金髮少女，眼神像是望著自己的妹妹，還溫柔地問她：

「好吃嗎，奧蘿菈？」

嘴邊沾到冰淇淋的金髮少女略顯興奮地點頭回答：

「宛如樂園的果實……！」

「是嗎？那太好了。」

黑髮少女用手帕幫幸福地笑著的朋友擦臉，也愉悅似的瞇起眼。

接著，她——曉凪沙忽然將目光落在奧蘿菈的左手腕。

金屬製的黑色手鐲受陽光照耀而閃閃發亮。全新的魔族登錄證。那表示這名金髮吸血鬼已被認同是「魔族特區」的登錄魔族。

這座島，則是她好不容易得到的歸宿——

能讓她跟朋友們一同生活的故鄉。

†

自夏夫利亞爾．連入侵異境後，已經過了一星期。

靠著「天部」被形容成不老不死的驚人回復力，夏夫利亞爾．連勉強保住一命。他已被扭送聖域條約機構，跟妹妹拉德麗及其餘資助恐攻的同盟者一起接受法辦。

魔導產業複合體ＭＡＲ遭到解散，各部門將以其他企業名義獨立運作的消息，已由新的經營團隊對外發表。然而，可以想見巨型多國籍企業垮台將對世界經濟造成莫大的影響。競爭企業主導的收購戰，還有針對外流技術及人才的爭奪戰持續激化，當前的狀況依舊不容樂觀。

另一方面，合稱十七氏族的「天部」顯貴，對於同族夏夫利亞爾．連引發的一連串事件則以聯名形式表達了遺憾之意。他們表示將支付龐大賠償金給為此犧牲的人們，還願意代為修建遭到摧毀的城市。

日後，他們會在短短一夜之間，將損毀的基石之門及港灣等絃神島的主要設施完全恢復原狀，讓全世界見識「天部」深不可測的實力——那又是另一段故事了。

「所以說……被眷獸彈頭當成寄體的那些女生，結果是決定由世界各地的『魔族特區』收留啊？」

被斜陽照入的放學後教室。古城懶洋洋地靠著椅背問了一句。

「對啊。國籍姑且設在絃神市國，現在已經談好讓她們無限期去留學啦。光靠絃神島（我們）要收容六千名以上的吸血鬼，也實在有困難嘛。」

坐古城對面的矢瀨帶著亂疲倦的表情笑了笑。

夏夫利亞爾．連引發的異境入侵事件落幕以後，只過了七天。市內的混亂已大略平息，但是人工島管理公社目前應該仍有堆積如山的工作。身為公社理事的矢瀨也忙得焦頭爛額，到今天才有空來學校露面。

「我認為那是妥當的著落。畢竟絃神島的魔族人數劇增，應該也會有不少國家對此感到不快。」

來教室接古城的雪菜用一如往常的正經語氣說道。

從異境的眷獸彈頭儲存倉回收到的寄體少女共有六千四百五十名。

每個少女的血液裡都寄宿著真祖級眷獸。雖然剛醒來的她們處於不穩定的狀態，但是夏夫利亞爾．連已經證明這些少女可以成為強大的戰略兵器。

就算絃神島是「魔族特區」，倘若獨占了她們所有人，仍免不了要遭受來自國際的譴責。基本上，能接納她們的養父母及學校數目絕對不夠。

然而，為了安全地對她們進行管理，利用絃神島主電腦在虛擬實境中提供的「課堂」便不可或缺。從中導出的折衷方案，就是讓她們留學。

「哎，既然是以留學生的名義，那些女生應該就不會被當成實驗體了吧。」

古城嘀咕了一句，彷彿在說服不安的自己。

「起碼有一定程度的作用啊。」

坐古城旁邊的淺蔥一邊用單手操作手機，一邊滿不在乎地告訴他。

「關於那部分，三名真祖似乎也有關心喔。既然知道她們養在體內的眷獸有多猛，我想沒有多少人敢找她們麻煩啦。」

「希望如此……」

矢瀨不安地拄著腮幫子嘆氣。

畢竟連知道世界最強的吸血鬼第四真祖就在這裡，還想要對絃神島動手的人都從來沒有絕跡過。以迪米特列·瓦特拉為首，衝著第四真祖來滋事的人反倒不少。

想到這一點，感覺分散至全世界的六千四百五十具寄體日後勢必成為衝突的火種，還會將古城牽連進去。不過，也只能等事情發生再說了。

「說到這個，瓦特拉後來直接前往所謂的『東土』了對吧？」

為了甩開不祥的預感，矢瀨硬是改變話題。

「是啊。他還僱了那個叫克雷多的龍族大叔當嚮導。」

古城用敷衍的口氣說道。瓦特拉把異境當目標的理由本來就是為了探訪位於「迴廊」後頭的「東土」——他的目的似乎是要調查太陽系外的行星。

瓦特拉擁有匹敵真祖的魔力，又能在異境召喚眷獸，即使不靠第四真祖也能獨力將「門」開啟。想到「東土」一探究竟的瓦特拉，還有孤獨而一心想回故鄉的龍族生存者——雙方在利害關係上就這樣取得了奇蹟般的共識。

「那個吸血鬼(人)從一開始就有那樣的目的喔。畢竟到那邊以後，全世界都算是敵陣。」

淺蔥有些傻眼地嘆息。

對公認是個戰鬥狂(Battle Mania)的瓦特拉來說，連「天部」都能逼退的「東土」陣營，應該會成為他夢寐以求的強敵。

不過瓦特拉的古怪行為，對人類而言也未必毫無益處。

倘若炎龍與丹伯葛萊夫所言屬實，坐擁龍族的「東土」陣營同樣有意進攻這個世界。

更讓古城等人頭痛的事實在於，紘神島已是異境的窗口，難保不會成為對方展開侵略的最前線。

「……倒不如說，將來瓦特拉本人說不定會率領他在『東土』獲得的軍團回到這個世界呢。」

淺蔥壞心地嘻嘻笑著暗示有那種可能性。

古城打從心裡排斥地繃著臉說：

「妳別扯了。這可不是開玩笑的，那傢伙真的有可能辦到。」

「那麼，為了迎接必當要來的那一戰，你可要努力為我們的夜之帝國增強戰力。」

矢瀨露出帶有深意的笑容看了古城。

「說要增加戰力，我能怎麼做啊……？」

古城表情認真地反問。矢瀨頗有興致地望著雪菜及淺蔥說：

「這還用問。你要替夜之帝國增加戰力的話，生育第二代吸血鬼是最快的辦法吧。據說視情況而定，真祖與『血之伴侶』之間產下的小孩會擁有與真祖同等或更強的力量耶。」

「真祖和『血之伴侶』生的小孩……啥？你說啥！」

古城聽出矢瀨台詞裡的含意，講話聲音都變了調。

淺蔥和雪菜從眼裡流露出明顯的厭惡感，鄙視地瞪向矢瀨。

「……基樹，你好噁心。」

「說得對……矢瀨學長，我認為你剛才的發言實在是社會難容。」

「我只是陳述客觀事實吧！」

矢瀨沒想到淺蔥她們給的反應會這麼尖銳，就鬧了脾氣反駁。

淺蔥冷冷地嘆息說：

「你就是這樣，才會被那個叫什麼來著的學姊甩掉啦。」

「我才沒有被甩！那個人只是為了養傷才暫時回本土啊！」

矢瀨滿臉通紅地回嘴。令人心酸的是他越像這樣拚命反駁，說的話也就越沒說服力。

「對了，藍羽學姊。關於之前發現的情報操作，有沒有釐清些什麼？」

雪菜無視繼續辯解的矢瀨，轉而向淺蔥發問。

雪菜介意的情報操作，指的是古城剛從異境回來就發生了規模遍及全世界的異變。在領主選鬥成為贏家，還解決夏夫利亞爾·連進攻異境事件的一名少年。人們流傳他其實就是第四真祖，唯獨其真實姓名與經歷卻已經從大眾的記憶和紀錄完全消滅了。

「說老實話，完全查不出頭緒耶。」

淺蔥不服似的搖頭。

曉古城被人傳出去的情報，早就超出靠駭客或情報管制所能因應的極限了。淺蔥等人也都做了第四真祖的身分會在全世界傳開的心理準備。

然而實際面對時才發現，幾乎沒有一般人記得第四真祖的底細。關於在領主選鬥活躍的雫梨與結瞳也一樣。留下的只有第四真祖是一名神祕吸血鬼的含糊傳聞，還有曉古城是一個普通高中生的情報。

在對付末日教團時大展身手，還有讓MAR侵略部隊潰滅，也被當成連存不存在都無法確定的第四真祖所為，紀錄一併遭到竄改。在古城他們不知情的背後，有人改寫了情報。

「我也找了『戰車手』協助，將資料歷程清查過一遍，卻發現痕跡就像時光倒流一樣全消失了。消失的就只有關於古城真面目的紀錄。」

「……獅子王機關的調查結果也是一樣。除了高水準的靈能力者與魔法師還記得，就只有跟曉學長與第四真祖的相關情報從所有人的記憶中消失了，簡直像是發生了大規模的『焰光之宴』。」

「……『焰光之宴』嗎……」

雪菜提起的可憎字眼讓淺蔥鼓起腮幫子。

由第四真祖眷獸的不定性造成的失憶現象。假如與那相同的現象能靠人為引發，再搭配淺蔥的駭客技術，要操控世界大眾的記憶應不無可能。然而，現實是不可能辦到。

「靠現在的技術水準，即使讓摩怪全力運作，也不可能操作如此大量的情報。假如硬體方面再進步十年……不，進步二十年，或許就有辦法。」

淺蔥不悅地如此嘀咕後，把關掉畫面的手機擺到桌上。

「可是，有那等技術的話，為什麼要特地幫我隱藏真面目？省得被捲入不必要的麻煩，我固然是覺得謝天謝地啦……出手的人還真是親切耶。」

古城吐露老實的感想。得到第四真祖之力的他能像這樣當個普通高中生，就是託神祕人操弄情報的福。

「二十年後的……科技……」

雪菜若有所思地嘀咕。她的視線落在自己左手上的戒指，然後立刻改念似的搖搖頭。

「分不清對方是敵人或同伴的話，倒也不能太樂觀就是了。」

古城難得用嚴肅的口氣說道。

「說得對。為防萬一，我們還是必須更加增進實力。」

雪菜望著古城微笑了。她在內心發誓，為了不再讓古城消滅，自己身為監視者，就必須變得更強。

淺蔥聽雪菜說了那樣的話，卻心慌似的繃著一張臉。

「姬柊學妹，妳說增進實力……該不會……」

「咦？」

與疑惑的雪菜呈對比，矢瀨賊賊地笑著把肩膀湊向古城。

「哎哎哎，好在姬柊夠積極。這不是太棒了嗎，古城？有這麼可愛的女生願意跟你打拚做人。」

「吵死了！為什麼是你一臉高興的樣子！」

古城嫌煩似的想把猛拍自己背的矢瀨趕走。雪菜聽見他們倆的對話，臉立刻變紅了。她這才發現自己失言。

「啊！呃……不、不是的！我剛才說那些，並沒有要生第二代吸血鬼的意思……我只是覺得要更努力修行……不、不是你們想的那樣……！」

「算啦，姬柊學妹要這樣的話，那我也不會客氣……畢竟競爭對手本來就不只妳一個人嘛……」

「我就說不是那樣……！」

「呼……這座島……依舊好熱耶。」

矢瀨聽著淺蔥和雪菜爭辯，裝模作樣地擦掉額頭的汗水。

古城無奈地嘆氣，然後把視線轉到窗外。

他望著魔族特區被金色陽光照耀的景致，懶洋洋地嘀咕：

「……饒了我吧。」

✝

盛夏之城——

那座都市名叫絃神島，浮在太平洋上的小小島嶼。它是以碳纖維、樹脂、金屬還有魔法打造而成的人工島。

金髮的吸血鬼少女坐在海邊坡道一隅，俯瞰被夕陽照耀的城鎮。

那座城鎮並沒有多大。單軌列車從密集的建築物空隙穿梭飛馳而過，同一個車廂裡載著人與魔族，彷彿理所當然的光景——

聽得見海鳥的啼聲順著海風傳來。

遠方某處響起告知放學時刻的音樂。

當她捨不得地望著吃完的冰淇淋空盒時，旁邊的黑髮少女忽然冒出起身揮手的動靜。

她急忙循著朋友的視線看去。有個揹著黑色吉他盒的清秀少女，跟長相並不起眼的少年正往這裡走來。

「——古城！」

金髮吸血鬼少女聲音開朗地叫出少年的名字。

她跟黑髮的朋友彼此相望，然後兩個人手牽手跑去。少年察覺到她們倆朝這邊趕來，就害羞似的苦笑。揹吉他盒的少女露出有些鬧情緒的表情，還伸手揪住他的連帽衣袖管。

在遠東魔族特區裡，那是稀鬆平常的一天——

人稱第四真祖的吸血鬼所擁有的日常光景。

後記

正篇完結！就這樣，已向各位奉上《噬血狂襲》最後一集。

誠摯感謝各位願意陪伴至今。這部作品發展得比當初設想的更長，因此連原本並無預定揭曉的幕後設定都能描寫到，辛苦歸辛苦，我還是有點樂在其中。當然，要進一步奢求的話，還有希望更加活躍的角色以及許多想描寫的情境，時間與頁數卻不容我全部寫進去。總之琉威和優乃戲份完全被砍掉了，真的很抱歉。我絕不是忘了他們喔……

從執筆這部作品算起過了九年半，現實世界在這段期間的動盪，如今想起來真令人驚訝不已。尤其是從初期就在追本作的讀者，於這段期間感到環境大有改變的人想必不在少數。

與其說我個人有所改變，感覺用「有所衰退」或者「有所磨耗」來形容會比較貼切。反過來講，絲毫沒變的是寫作《噬血狂襲》的時間一直讓我感到幸福。有塊地方能讓我寫古城等人的故事，又有人願意閱讀，真的讓我由衷感激。因此，假如各位讀了這部作品以後，能有一時三刻跟我一樣樂在其中，那就令人再高興不過了。

那麼，文庫正篇姑且就此完結，不過值得萬分慶幸的是在這之後，新作ＯＶＡ的藍光光碟與ＤＶＤ仍會以標題《STRIKE THE BLOOD Ⅳ》繼續上市一陣子。受惠於傑出的製作成員與配音班底，內容絕對不會辜負各位的期待，新撰的原創極短篇預定也會收錄在內。動畫這邊如果也能請各位陪伴到最後，便是甚幸。

此外，配合本集發售，原本僅於線上通路販賣的あかりりゅりゅ羽老師所繪的四格漫畫《噬血狂襲　這裡是彩海學園國中部》電子書籍版，似乎也要在各家電子書店上架了。這部作品同樣要請各位多多指教。

負責本作插畫的マニャ子老師，這次同樣備受您的照顧。能夠在這部作品與您一起工作到最後，無論對作品或對我來說，實乃幸運光榮。

還有參與製作／發行本書的相關人士，我也要由衷向你們表示感謝。

對於讀完本書的各位讀者，我當然也要致上最高的謝意。

那麼，但願我們還能在下一部作品相見。

三雲岳斗

噬血狂襲

STRIKE THE BLOOD

七魔劍支配天下 1~4 待續

作者：宇野朴人　插畫：ミユキルリア

最強魔法與劍術的戰鬥幻想故事第四集登場！
2020年《這本輕小說真厲害》文庫本部門第一名！

金伯利魔法學校再次迎來春天，奧利佛等人也升上二年級。照顧新生、新的課程和各自的修行，讓他們每天都忙得不可開交。有一天，他們決定去學園附近的魔法都市伽拉忒亞散心，一起吃喝玩樂，完全不知道那裡最近有危險的砍人魔出沒——

各 **NT$200~290/HK$67~97**

幼女戰記 1~11 待續

作者：カルロ・ゼン　插畫：篠月しのぶ

昨日的正義，是今日的不正義。
儘管如此，這也全是為了祖國的未來。

繼續戰爭何其愚蠢，任誰都心知肚明。但即使議和派的雷魯根趕往義魯朵雅拚命進行外交談判，盧提魯德夫上將也仍然針對失敗時的情況，暗中策劃著預備計畫。而提出異議的盟友——傑圖亞上將侍奉著必要的女神，認為「障礙物就必須排除」……

各 **NT$260~360/HK$78~110**

回復術士的重啟人生 1~8 待續

作者：月夜淚　插畫：しおこんぶ

長久以來的因緣與復仇的連鎖，
如今即將劃上休止符！

完全預判凱亞爾葛戰略的布列特，將人類逼到窮途末路。此時艾蓮提議要以「賢者之石」再次「重啟世界」！完全居於劣勢的情況下，艾蓮提出自己所構思的最後一計，凱亞爾葛將犧牲自己，作為人質前往死地──

各 **NT$200~230/HK$67~75**

ざっぽん
插畫／やすも

因為不是真正的夥伴而被逐出勇者隊伍，流落到邊境展開慢活人生6

Banished from the brave man's group, I decided to lead a slow life in the back country.6

Kadokawa Fantastic Novels

因為不是真正的夥伴而被逐出勇者隊伍，流落到邊境展開慢活人生 1~6 待續

作者：ざっぽん　插畫：やすも

危險逐漸逼近邊境都市佐爾丹！即使周遭掀起騷亂，生活也絕對不會受到侵擾！

與神祕老嫗米絲托慕淵源匪淺的大國軍船及最強刺客襲來，佐爾丹面臨前所未有的危機；然而襲擊者們並不知道這個地方有一群世界最頂尖的勇者！雷德與露緹展現卓越的英雄能力，媞瑟對決系出同源的殺手，莉特更因為加護之力而獲得狼的感官能力！

各 NT$200~220/HK$70~73

我想成為影之強者！ 1~3 待續

作者：逢沢大介　插畫：東西

「傳說的始祖」覺醒時刻逼近——
大規模的「影之強者」風格事件這次也大量發生！

在克萊兒提議之下，席德參加了討伐吸血鬼始祖「噬血女王」的任務，來到無法治都市。出現在他眼前的，是自稱「最資深的吸血鬼獵人」的神祕美少女瑪莉，以及無法治都市的三大勢力。為尋求「始祖血脈」和「惡魔附體者」的關連，戰場變得一片混亂⋯⋯

各 **NT$260/HK$87**

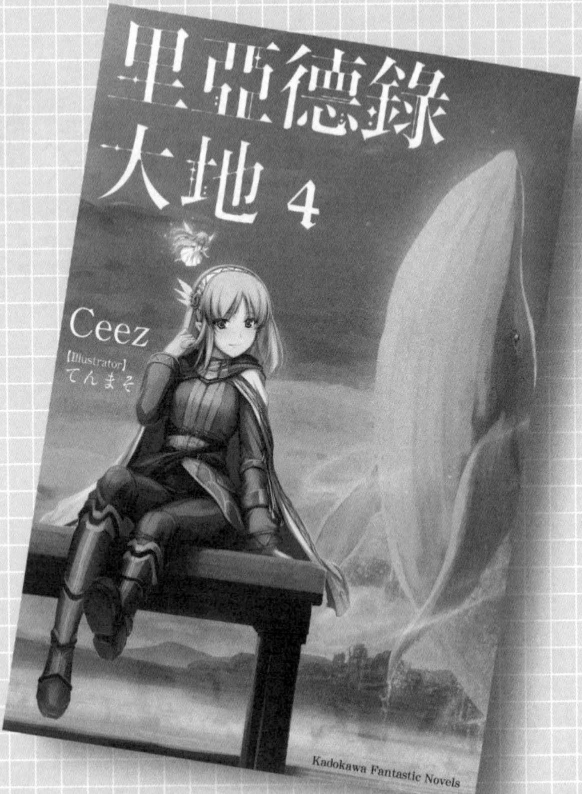

里亞德錄大地 1~4 待續

作者：Ceez　插畫：てんまそ

守護者之塔藍鯨的MP即將枯竭，
葵娜制定作戰計畫設法幫助它。

葵娜為了讓露可見長女梅梅，帶著莉朵和洛可希努再次前往費爾斯凱洛。待在費爾斯凱洛時，煙霧人型守護者告訴葵娜有個守護者之塔維持機能的MP即將枯竭，希望她幫忙。這個守護者之塔竟然是在水中移動，身長超過一百公尺的藍鯨……？

各 **NT$250~260/HK$83~87**

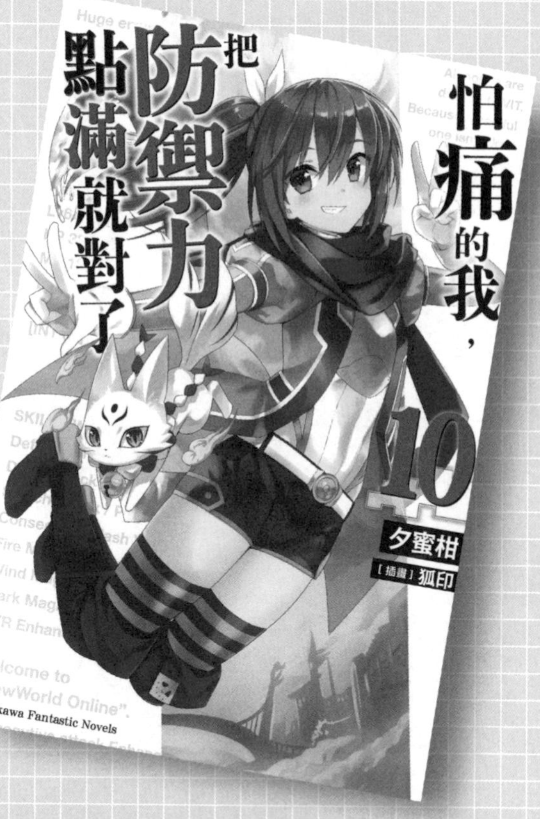

怕痛的我，把防禦力點滿就對了 1~10 待續

作者：夕蜜柑　插畫：狐印

新銳玩家崛起，將【大楓樹】視為勁敵!?
日本宣布2022年第二期電視動畫預定播放！

在第八次活動後，梅普露和莎莉又到處尋找隱藏地城，享受在遊戲裡觀光的時刻。但意想不到的是，這當中新的強敵接二連三地出現在梅普露面前！渾身雷電的少女、操偶師、神射手、女僕裝的公會會長？這群新崛起玩家會掀起怎樣的波瀾？

各 **NT$200~280/HK$60~75**

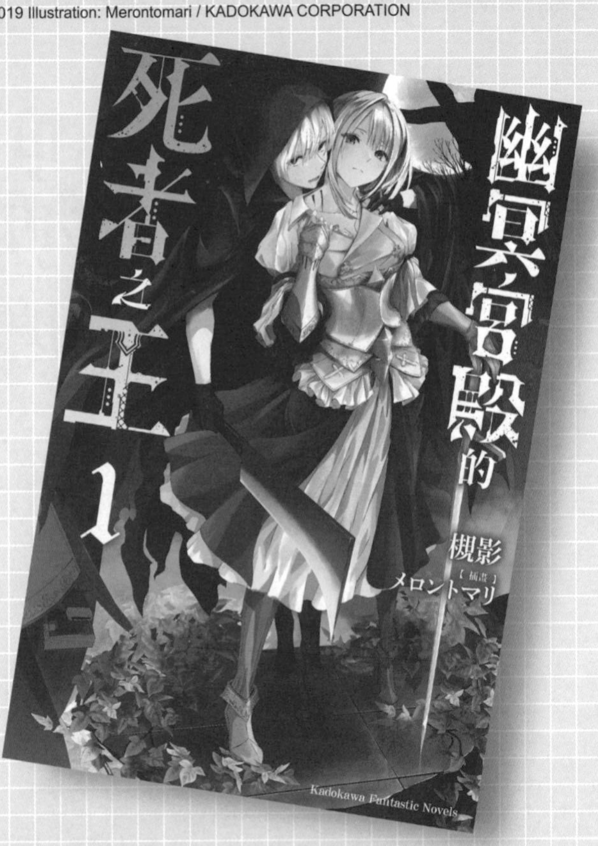

幽冥宮殿的死者之王 1 待續

作者：槻影　插畫：メロントマリ

不死者vs死靈魔術師vs終焉騎士團，
三方勢力展開前所未見的戰鬥！

少年恩德受病痛折磨而喪命，再次甦醒時發現自己因為邪惡死靈魔術師的力量，變成了最低階不死者。他為了贏得真正的自由，決心與死靈魔術師一戰，然而追殺黑暗眷屬直到天涯海角，為誅滅他們不惜賭上性命的終焉騎士團卻又成了他的障礙……！

NT$240/HK$80

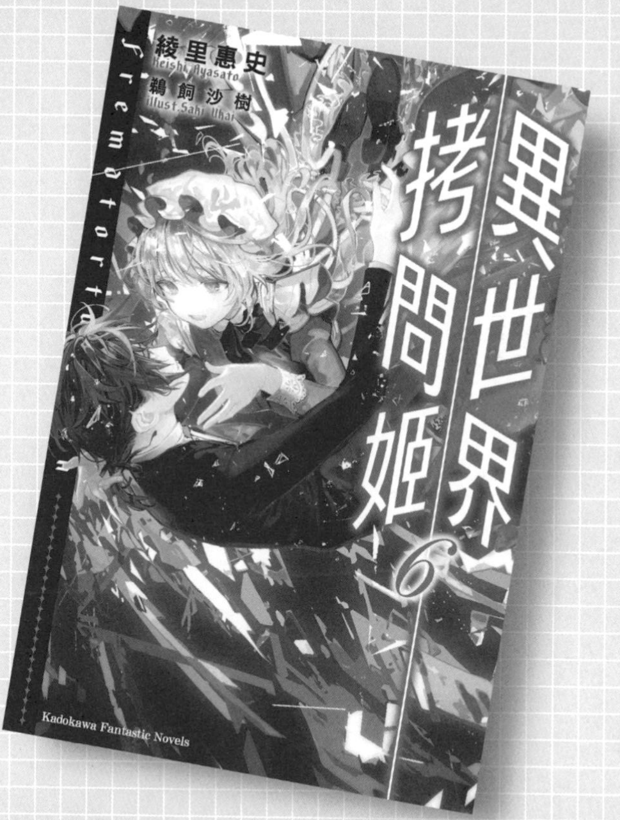

異世界拷問姬 1~6 待續

作者：綾里惠史　插畫：鵜飼沙樹

這不是戀愛故事，
而是憧憬與愚昧行為、還有幸福的愛之物語。

「拷問姬」被神與惡魔囚禁，因此櫂人以代理者之姿掌握了人類、獸人與亞人聯合召開的會議，三種族聯合防衛戰線也在他的麾下開始運作。然而隨從兵對各地的侵襲隨著不斷重複而越發激烈，化為悽慘地獄的世界將殘酷的選擇硬生生地擺到櫂人面前……

各 **NT$200/HK$60~67**

國家圖書館出版品預行編目資料

噬血狂襲. 22, 曉的凱旋/三雲岳斗作；鄭人彥譯. -- 初版. -- 臺北市：臺灣角川股份有限公司, 2021.10

面；　公分

譯自：ストライク・ザ・ブラッド. 22, 暁の凱旋

ISBN 978-986-524-880-2(平裝)

861.57　　　　110013829

Kadokawa Fantastic Novels

噬血狂襲 22（完）

曉的凱旋

（原著名：ストライク・ザ・ブラッド 22 暁の凱旋）

2021年10月27日　初版第1刷發行

作　者：三雲岳斗
插　畫：マニャ子
日版設計：渡邊宏一
譯　者：鄭人彥

發 行 人：岩崎剛人
總 編 輯：蔡佩芬
編　輯：孫千棻
美術設計：黃永漢
印　務：李明修（主任）、張加恩（主任）、張凱棋

地　址：104台北市中山區松江路223號3樓
電　話：（02）2515-3000
傳　真：（02）2515-0033
網　址：www.kadokawa.com.tw
劃撥帳戶：台灣角川股份有限公司
劃撥帳號：19487412
法律顧問：有澤法律事務所
製　版：巨茂科技印刷有限公司
ＩＳＢＮ：978-986-524-880-2